Kerstin Ekman

Die Totenglocke

PIPER ORIGINAL

Kerstin Ekman
Die Totenglocke

Roman

Aus dem Schwedischen
von Hedwig M. Binder

Piper München Zürich

Von Kerstin Ekman liegen bei Piper außerdem vor:
»Am schwarzen Wasser«
»Das Engelhaus«
»Geschehnisse am Wasser«
»Hexenringe»
»Skord von Skuleskogan«
»Springquelle«
»Stadt aus Licht«
»Winter der Lügen«
»Zum Leben erweckt«

August 2001

Titel der schwedischen Originalausgabe:
»Dödsklockan«, erschienen im
Albert Bonniers Förlag, Stockholm

Satz: Satz für Satz. Barbara Reischmann, Leutkirch
Druck und Bindung: Clausen & Bosse, Leck
Printed in Germany ISBN 3-492-27022-0

1

Montag, 14. Oktober

Es herrschte noch nicht einmal Schußlicht draußen. Gleichwohl nahm er die Büchse vom Haken an der Wand und hängte sie sich über die Schulter. Die Achttageuhr in der Stube schlug vier, und im Küchenflur hörte er die Hunde erwartungsvoll winseln. Sie hatten ihn auf der Treppe gehört, obwohl er ganz vorsichtig auf Strumpfsocken hinuntergetappt war. Er mußte in dem Flur seine Stiefel holen, und sowohl Sjunga als auch Skott meinten, es sei soweit, als sie ihn mit dem Gewehr sahen. Die Gråhündin legte den Kopf zwischen die Pfoten und wandte ihren gelben Blick nicht von ihm, während er in die Stiefel schlüpfte. Der Dackel begann wild herumzutollen und warf im Eifer seinen Wassernapf um. Måns hätte ihn beinahe eingeklemmt, als er die Tür schloß. Er hörte, wie Sjunga mit einem langen, winselnden Seufzer die Hoffnung aufgab, wohingegen Skott zu bellen anfing.

Måns rannte schier über den Hof, um außer Hörweite der Hunde zu kommen. Wenn sie das Haus aufweckten, wüßte er nicht, wie er erklären sollte, warum er um diese Zeit wegging. Wenn Eva aufwachte, wollte er sagen, daß er vor der Elchjagd, die an diesem Morgen beginnen sollte, zu aufgeregt sei, um noch länger schlafen zu können. Sie würde ihm wahrscheinlich nicht glauben.

Er war hinter dem Viehstall abgebogen und ging nun über das sumpfige Weideland. In der Senke zum Wald knirschte froststarr das Gras unter den Stiefeln. Es war nahezu windstill, und er durchquerte ein paar kalte, reglose Nebelstreifen, bevor er zum Gatter am Waldrand gelangte. Der Wald schwieg in dem fahlen Vormorgenlicht. Måns sah nicht viel, doch kannte er den Pfad so gut, daß er trotzdem relativ schnell und geräuschlos vorankam. Gut einen halben Kilometer wand sich der Weg am Rand des Moores entlang, ehe man zu einem Kahlschlag kam, der zu Vinterrönningen gehörte. Von dort schwenkte er wieder direkt in urzeitdunklen Wald ab. Die Stämme der Rottannen erhoben sich aufrecht wie Schiffsmasten, und hoch über seinem Kopf strich in einer langen, säuselnden Dünung, die hier unten gar nicht zu merken war, ein sanfter Wind durch die Wipfel. Der Boden war nadelglatt, dabei leise zu begehen und weich. Nach ein paar hundert Metern lichtete sich der Wald, und zwischen den Bäumen schimmerte gelb abgefallenes Birkenlaub. Der Pfad gabelte sich. Links führte er weiter zum Flymyran, dem großen Moor, das allmählich in den See Spjuten überging. Rechts führte er direkt nach Gökkällan hinunter, der Kate, die Vinterrönningen zum Wald hin am nächsten lag.

Diesem folgte er bis zum Gatter der Weide von Gökkällan und blieb dort instinktiv stehen, ohne sagen zu können, ob er ein Geräusch gehört oder ob seine Augen am Waldrand auf der anderen Seite eine Bewegung wahrgenommen hatten. Von hier aus konnte er eine Ecke von Gustaf Åkermans Häuschen und die große Espe sehen, die blutrot in einem leichten Lüftchen schwelgte. Er lehnte sich an das Gatter und ließ den Blick an den Laubschößlingen am Waldrand entlangschweifen. Es war schummrig und neblig und schwer zu sagen, was es sein mochte, gleichwohl war er überzeugt, daß sich dort etwas regte. Nach ein paar Minuten erschauderte er vor Kälte und wollte schon weitergehen. Da entdeckte er sie. Es waren keine Elche. Es war ein Sprung Rehe, der im Laubgehölz auf der anderen Seite geäst hatte und jetzt mit lautloser

Würde auf seine Seite der Wiese zog. Noch lag die Weide zwischen den Tieren und ihm, und mehr als Konturen und fließende Bewegungen, die in den Nebel und die Dämmerung glitten, waren kaum zu erkennen, doch glaubte er, fünf Stück zählen zu können.

Geschepper von Blech auf Stein und ein kräftiges Wasserplatschen zerrissen die Stille. Die Tiere setzten sich augenblicklich in Bewegung und entschwanden in Richtung Wald. Für den Bruchteil einer Sekunde sah er ihre Hinterteile im Dunkel der Bäume aufblitzen, dann waren sie fort. Von Gökkällan her hörte er den Bleicheimer gegen die Brunneneinfassung scheppern.

Gustaf war am ersten Tag der Elchjagd offensichtlich frühzeitig auf den Beinen. An jedem anderen Morgen wäre Måns quer über die Weide zu dem Haus gegangen und hätte Gustaf besucht. Er hätte Kaffee bekommen, und sie hätten die Taktik und die Aussichten durchdiskutiert, bevor sie sich auf den Weg gemacht hätten, um sich mit den anderen zu treffen. Heute überraschte Måns sich selbst damit, daß er das tat, was die Tiere soeben getan hatten. Er bog in den Wald ein.

Er fror, als er mit langen und nicht sonderlich leisen Schritten den Pfad entlangging. Dies war schon seine dritte schlaflose Nacht. Bereits am Samstag morgen hatte er Kopfschmerzen bekommen, und sie ließen noch immer nicht nach. Er hatte keine Ahnung, wie er sechs lange Tage im Wald durchstehen sollte, wenn er nicht schlafen konnte. Am liebsten hätte er geheult, aber in der Einsamkeit brachte er das nicht fertig. Statt dessen lief er dahin und versuchte, die Angst und Reue zu unterdrücken, indem er sich damit befaßte, wie sehr er fror, wie hungrig er war und wie beharrlich die Kopfschmerzen pochten. Måns Westling waren im Alter von zweiunddreißig Jahren Gefühle wie Angst und Schrecken eigentlich unbekannt. Von Nerven hatte er bisher nicht viel gemerkt. Möglicherweise hatte er sie ein bißchen kribbeln fühlen, wenn er auf Hasen angesessen und eine Stunde lang denselben Fleck im Harsch fixiert hatte. Nun aber war er dieser Angst, die seinen Schlaf fraß und ihm jegliche Freude an der Jagd verleidete, wie ein Kind ausgeliefert. Er war im Augenblick zu müde, um seine Gedanken zu entwirren. Zwar war er sich nach wie vor im klaren darüber, daß er an der Lage, in die er geraten war, selbst schuld hatte, aber es war trostlos, mit Eva nicht darüber sprechen zu können. Etwas Derartiges hatte er sich noch nie eingebrockt.

Måns sah auf die Uhr. Er war jetzt schon mehr als eine Stunde unterwegs und, ohne es zu merken, auf dem Pfad, der zwischen den frostbraunen Farnstauden zunehmend schwieriger zu erkennen war, weit in Richtung Flymyran gegangen. Er verlangsamte sein Tempo und hatte sich schon fast entschlossen, umzukehren und nach Hause zu gehen, als er über eine Elchlosung stolperte. Er erstarrte, als er merkte, daß sie noch warm war. Mit einem Mal hatte er seine Kopfschmerzen und die beharrlich nagenden Gedanken vergessen. In seiner Nähe war ein Elch, und er hatte seine Büchse geschultert. In einer Stunde wäre es wahrscheinlich hell genug zum Schießen. Er bereute jetzt, Sjunga nicht mitgenommen zu haben. Auf dem trockenen Boden nach Elchfährten zu suchen, war ein hoffnungsloses Unterfangen. Er war in einen lichten Kiefernwald gelangt, wo bei der geringsten Bewegung unter seinen Füßen Zweige knackten. Er beschloß, noch etwa hundert Meter dem Pfad zu folgen, bis dieser oberhalb des Moores um einen kleinen Felsen bog. Flymyran war ein beliebter Elcheinstand, und auf der Südseite der Felskuppe hatte er einen Ansitz, wo er in früheren Jahren leicht fröstelnd viele Stunden zugebracht hatte.

Der Boden war sumpfiger geworden, und es war schwierig, mit den Gummistiefeln lautlos zu gehen. Es roch kräftig nach Gagelsträuchern und Sumpfporst, und aus den

Moorlöchern stieg direkt in die windlose Luft Modergestank auf. Als Måns um den Fuß des Felsens zum Flymyran hinuntergegangen war, sah er praktisch nichts mehr. Das frühe Morgenlicht schwand, es war unzuverlässig, und der Nebel umgab ihn in großen, schmutziggrauen Fetzen. Inmitten der Trostlosigkeit und Müdigkeit aber verfolgte ihn das Glück. Vorsichtig sank er in der Nässe auf die Knie und besah sich die Fährte, die seinen Weg kreuzte.

Es war die größte Elchfährte, die er je gesehen hatte. Er maß sie mit der Hand und traute seinen Augen zunächst nicht. Schon oft hatte er in dem weichen Boden hier regelrechte Elchtrampelpfade gesehen. Niemals aber eine Fährte, die dieser gleichgekommen wäre. Vor lauter Aufregung hatte er vergessen, daß er fror, vergessen, warum er am Morgen planlos das Haus verlassen hatte. Das mußte dieser unvergleichliche Hirsch sein, von dem Gustaf aus Gökkällan schon früh im Herbst geschwafelt hatte. Måns hatte bei Gustafs Ausführungen über einen gigantischen Urzeithirsch gelacht, der zur Brunftzeit hier unten im Flymyran herumgeistere und von dem Gustaf erstmals an einem schummrigen Septemberabend auf dem Heimweg vom Preiselbeerensammeln einen flüchtigen Blick erhascht habe.

Måns kniete noch immer und sah sich um. Vorsichtig zog er die Gummistiefel aus, um auf dem heillos saugenden Moorboden leise voranzukommen. Er beschloß, ein Stück in Richtung des Felsens zu gehen und im Schutz eines jungen Rottannenbestands auf die Helligkeit zu warten. Es war gut möglich, daß er da unten im Moor etwas zu sehen bekäme, wenn er sich ruhig verhielte. Behutsam setzte er die Füße auf und wechselte auf trockeneren Boden über. Bis zu den Tannenschossen kam er jedoch nicht. Wie von einer Gewehrsalve krachte es durch die nebelweiche Stille, er zuckte zusammen und blieb stehen. Zwischen den Stämmen nahm er einen flatternden schwarzen Schatten wahr, und erst als sich seine Aufregung gelegt hatte, begriff er, daß ein Stück Auerwild aufgestrichen war.

Er beschloß, sich gar nicht die Mühe zu machen, noch weiterzugehen, auch wenn er nicht glaubte, daß das Auerhuhn von ihm aufgescheucht worden war. In unmittelbarer Nähe war ein übermannshoher Stein, an dem sank er nieder und lehnte sich mit dem Rücken dagegen. Sogar ein entwurzelter Baum befand sich in Reichweite, auf den er seine Füße in den durchnäßten Socken hochlegen konnte.

Leicht fröstelnd begann er nun auf die Helligkeit zu warten. Gustaf erzählte gern, daß er einen Elch in der Nähe »spüren« könne. Man durfte all sein Gerede und seine Ausführungen über die Jagd natürlich nicht zu wörtlich nehmen, Tatsache aber war, daß auch Måns etwas zu spüren glaubte, wie er da saß und die Moordünste wie Dampf aus lautlos kochenden Zaubertöpfen aufsteigen sah. Die Herbststürme hatten von einer Birke hinter ihm das Laub heruntergefegt und wie schwefelgelben Schneefall ausgebreitet. Måns hätte sich gern eine Pfeife angezündet, um herauszufinden, ob sich überhaupt ein Lüftchen regte und wenn ja, aus welcher Richtung es käme. Aber er wollte es nicht auf den Versuch ankommen lassen. Zündholzgerappel würde sich in einem Paar empfindlicher Elchlauscher in der Stille des Morgengrauens wie ein kleinerer Erdrutsch anhören.

Er mußte, den Kopf an den Stein gelehnt, kurz eingenickt sein, doch mit einem Mal waren alle seine Sinne wieder aufs äußerste gespannt. Er hatte das unverkennbare Geräusch einer Schale, die aus schlammigem Moorboden gezogen wurde, vernommen. Es war ganz in der Nähe, viel näher, als er je zu hoffen gewagt hatte. Er kauerte sich neben den Stein, jeden Nerv und jeden Muskel auf das eine ausgerichtet, nämlich dort unten im Moor etwas zu erkennen, bevor es zu spät wäre. Hinter ihm raschelte eine Espe in einem Windhauch, und aus dem Moor waberte jetzt der Nachtnebel. Naßkalt und klamm strich er ihm ums Gesicht und brachte ihm Augen und Nase zum Laufen. Måns saß da und wartete darauf, daß sich das Geräusch wiederholen würde, aber es tat sich nichts. Immerhin lichtete sich zusehends der Dunst. Schwarz glänzende Pfützen schimmerten dort unten auf, und über seinem Kopf trieben die Wolkenfetzen auseinander und legten Ausschnitte eines kaltblauen Herbsthimmels frei. Es war jetzt richtig hell, und als der erste Sonnenstreifen im Wasser glitzerte, begann Måns derart zu frieren, daß er schauderte und Mühe hatte, stillzuhalten.

Dann sah er plötzlich, was er die ganze Zeit schon hätte sehen können, wenn der Nebel nicht gewesen wäre. Knappe fünfzig Meter von ihm entfernt waren in einem Erlendickicht neben einem abgrundtiefen schwarzbraunen Tümpel vier helle, hohe Beine zu erkennen. Der unförmige Schatten darüber war kein Felsblock, wie Måns angenommen hatte, sondern der Rumpf eines Elchs. Er glaubte sogar ein Paar wippender Lauscher ausmachen zu können. Still saß er da und hörte sein Herz so laut schlagen, daß es bis zu dem Dickicht zu hören sein mußte. Er umklammerte seine Büchse, die eiskalt und nebelfeucht war. Noch sah er zu wenig und sorgte sich derart wegen des Windes, daß er einen trockenen Mund bekam und kaum zu atmen wagte. Nur ein Hauch in Richtung des Dickichts würde alles zerstören – der Elch würde vor der menschlichen Wittrung wie vom Wind getragen flüchten, ohne sich ihm überhaupt ordentlich gezeigt zu haben. Der Nebel, mit jeder Minute dünner und diesiger, trieb jedoch noch direkt auf ihn zu. Jetzt vernahm er erneut das Geräusch von Schalen, drei, vier Tritte und einen knackenden Ast. Im nächsten Augenblick hatte der schwarze Dunstschatten dort unten Leben und Form angenommen. Aus dem Dickicht kam in gemächlich gleitendem Troll der größte Elchhirsch, den Måns je gesehen hatte. Wuchtig wie ein Felsblock wirkte er und war dennoch zu diesem unglaublich weichen Gang fähig. Über den grauweißen Läufen war der Körper dunkel, fast schwarz. Als er unvermittelt stehenblieb und sich zwischen zwei vom Wind zerzausten Nebelfetzen zur Schau stellte, sah Måns einen langen, grausigen Kopf mit stark geschwollenen Wülsten über den Augen. Der Elch war vorderlastig und um Hals und Widerrist gedunsen. Die Rosenstöcke, die weit vorn am Stirnbein saßen, waren fast ebenso stark wie Månsens Unterarme. Genau wie Gustaf gesagt hatte, war das Geweih gegabelt. Mit vielen Verästelungen und groben Enden ragte es, für Rivalen in der Brunft lebensgefährlich, gerade nach vorn. Das mußte der Hirsch sein, von dem Gustaf schwadroniert hatte; es konnte kein anderer als der Schwarze mit dem Mördergeweih sein. Großer Hirsch, alter Mörder – weiß der Himmel, was Gustaf ihn alles hieß.

Das Merkwürdige war, daß er in dieser Gegend Schüssen so lange hatte entkommen können. Hier wurde selten ein Elchhirsch erlegt, der älter als fünf oder sechs Jahre alt war. Måns wagte ihn auf weit über zehn, vielleicht fünfzehn Jahre zu schätzen. Doch jetzt sah es so aus, als hätte seine Stunde geschlagen. Nur der Nebel mußte sich noch ein bißchen mehr verziehen. Måns atmete tief ein, brachte das Gewehr in Anschlag und zielte grob auf den Riesen, der ihm seine ganze schwarze Breitseite zuwandte. Mit den Schalen wühlte dieser in irgend etwas am Boden, wobei sein Haupt mit den nach vorn gerichteten Geweihenden mit nach unten ging. Måns konnte nicht mehr sehen, was er trieb, hörte ihn aber wühlen und schnauben. Das waren Lungen, damit konnte er wahrlich schnauben!

Wirbelnden Rauchschwaden gleich trieben jetzt die Nebelstreifen zu ihm herauf, und als er zielen wollte, war das Korn verschwunden. Der Lauf der Büchse begann ihm in den Händen zu zittern, und er versuchte sie nach unten zu drücken, um sich mit der linken Hand aufstützen zu können. Die Espe hinter ihm wisperte mächtig, und plötzlich hatte er alles auf einmal: freie Sicht und den Elch mit ständig ihm zugewandter Flanke in gemächlichem Troll auf die Südseite des Moores zuhaltend. Måns legte den Finger auf den Abzug und folgte ihm mit dem Visier, bis die Kornspitze genau an der richtigen Stelle der Elchflanke war.

Jetzt hätte er abdrücken müssen. Hinterher konnte er nicht mehr mit Sicherheit sagen, was ihn dazu veranlaßt hatte, im entscheidenden Moment den Finger nicht zu krümmen. Womöglich hatte er dasselbe Geräusch wie der Elch gehört und war zusammengezuckt. Womöglich hatte er gemerkt, daß der Elch die Luser spitzte und seine empfindsame Muffel herumschwenkte und witterte. Der Schuß ging automatisch los, allerdings um Sekunden zu spät – der Elch war schon weg. Seine hellen Läufe blitzten in der Flucht auf, und Måns hörte es in der Dickung krachen, wo der schwere Körper die Bäume knickte, als er dort einbrach. Nur wenige Sekunden später war es wieder still, und Måns gönnte es sich, zu fluchen.

»Huhu!« ertönte es plötzlich laut und singend wie von einem verirrten Kuckuck im Oktoberwald. Måns fluchte von neuem und antwortete nicht. Die Stimme erklang vom Pfad herab, und Måns wurde nun klar, daß der Elch vor dem Geräusch der Trampelschritte dort oben geflüchtet war. Jetzt stand dieser Trampler da und huhte wie ein Idiot demjenigen zu, der den Schuß abgegeben hatte. Er fragte sich, was für ein verdammter Blödmann das sein mochte, der vor sieben Uhr morgens so unbeschwert, als ginge er auf der Straße einer Stadt, den Elchwald durchschritt. Bibbernd vor Kälte und mit eingeschlafenen Beinen stolperte Måns, nachdem er auf einem Abstecher seine Stiefel geholt hatte, zum Pfad hinauf.

Die ganze Zeit über wußte er irgendwo im Hinterkopf, wer dort oben stand, wer ganz einfach hier vorbeikommen mußte. Die Jagdgesellschaft würde sich um sieben Uhr auf der Straße vor Gökkällan sammeln. Für zwei Leute bedeutete der Pfad vom Spjuten herauf und am Flymyran entlang eine Abkürzung. Aber es gab nur einen, von dem man sich vorstellen konnte, daß er nach einem gerade erst abgefeuerten Schuß im Elchgelände huhte.

Als Måns den Pfad erreichte und den Trampler etwa hundert Meter entfernt in Richtung des Felsens entdeckte, blieb er stehen. Er merkte gar nicht, daß ihm die Gummistiefel aus der Hand fielen. Die Anspannung soeben dort im Moor und der Schock der Enttäuschung nach dem Schuß, der ins Leere gegangen war, ließen ihn die Kälte und die Kopfschmerzen noch intensiver als zuvor empfinden. Er war nicht mehr Herr seiner Gedanken – wußte nur, daß vor kurzem noch alles so gewesen war, wie es sein sollte. Er war angespannt und auf eine einzige Sache konzentriert gewesen: im ersten Morgenlicht des ersten Jagdtages den größten Elchhirsch seines Lebens zu schießen.

Nun überkam ihn erneut die Angst, die ihm schon zwei Tage lang im Nacken gesessen hatte. Auf zwei Beinen kam sie angestelzt, in Form der untersetzten Gestalt, die sich auf dem Pfad näherte. Ein Mann in einer gelben Wildlederjacke, die hier zwischen den Bäumen merkwürdig leuchtete. Grüne Diagonalhosen, die an den kurzen, drallen Schenkeln spannten, Wickelgamaschen wie ein richtiger Jägermeister und zu allem Überfluß die Doppelbüchse 30–06 over and under mit Ejektor und allen erdenklichen Finessen, schweineteuer und linienrein, im Futteral geschultert. Der Lauf wippte im Takt der gemächlichen Schritte, die sich Måns stetig näherten.

Måns wußte nicht, was er tat, als er seine Büchse hob. Er hatte keine Ahnung, daß er anlegte und mit der gleichen atemlosen Präzision zielte wie kurz zuvor auf den Elchhirsch. Methodisch und automatisch führten seine Hände die gewohnten Griffe für ihn aus. Alles, was er fürchtete, alles, was er haßte und zu vergessen wünschte, kam auf dem Pfad ruhig auf ihn zugegangen und blieb jetzt unvermittelt stehen. Die Kornspitze zeigte ohne Zittern auf die linke Brusttasche der Wildlederjacke. Der Mann rief ihm etwas zu, doch Måns hörte nichts. Ihm war das Blut in den Kopf geschossen, und in seinen Ohren pochte und dröhnte es.

Er hatte während seines langen Umgangs mit Jagdwaffen noch nie, auch nicht aus Versehen, auf einen Menschen gezielt. Es war ein seltsames Erlebnis, den anderen auf dem Korn zu haben. Absolut still stand der, breitbeinig und unschlüssig. Ängstlich? Wahrscheinlich.

Ich werde hinterher sagen, er sei, als ich den zweiten Schuß auf den Elch abgegeben habe, in der Schußlinie aufgetaucht. Das war der erste Gedanke, der Gestalt annahm und ihm durch den Kopf ging. Fahrlässig erschossen, dröhnte es in ihm. Plötzlich wurde ihm schneidend bewußt, was er im Begriff war zu tun, und da zitterten seine Hände, so daß der Gewehrlauf vor seinem zielenden Auge schwankte. Er mußte ihn für einen Augenblick gesenkt haben, denn jetzt kam Leben in den anderen. Mit ein paar schwerfälligen Sätzen war er vom Pfad geradewegs in den Wald verschwunden. Måns setzte ihm nach, ohne einen Gedanken im Kopf, der bloß dröhnte und ihm die Tränen aus den Augen trieb. In seinen nassen dicken Socken lief er schneller und leiser als der andere, doch nahmen ihm die Stämme die Sicht, und einige Augenblicke lang schien er ihn verloren zu haben. Da leuchtete zwischen ein paar Ästen gelb die Wildlederjacke. Zweige knackten, und er konnte ihn angestrengt keuchen hören. Er wandte den Kopf und sah, daß Måns aufholte. Offenbar versuchte er größere Schritte zu machen, doch für das buschige und dicht bewachsene Gelände waren seine Beine zu kurz. Er stolperte über einen Baumstumpf und schrie auf, während er Hals über Kopf vornüberstürzte. Die Doppelbüchse klang auf, als er gegen einen Stein fiel, und dann war es still.

Måns stand über der Mulde, in die der andere gefallen war, und hob erneut die Büchse. Er war nie zuvor elchfiebrig oder schußhitzig gewesen, jetzt aber hatte es ihn erwischt. Seit dem Moment, da der Fehlschuß auf den aufgescheuchten Elchhirsch abgegangen war, beherrschte ihn dieses Fieber. Es hatte ihm Kälteschauer und Übelkeit durch den Körper gejagt und seinen Verstand außer Funktion gesetzt. Mit seiner Schießerfahrung würde er für den Mann, der da knapp zwanzig Meter vor ihm gestürzt war, nur einen einzigen Schuß benötigen.

Er glaubte ebenso methodisch zu zielen wie kurz zuvor im Moor. Doch er spürte nicht einmal den Rückstoß, als die Büchse mit der Mündungskraft einer halben Tonne abging. Er wußte nicht, daß er das gesamte Magazin leerte, bevor er die Waffe wegwarf und davonrannte.

2

Freitag, 11. Oktober

Am Freitag abend um kurz vor sieben hatte Rickard Turesson angerufen. Damit hatte alles angefangen, auch wenn Måns, der in dem Moment, als Eva den Hörer abhob, die Treppe herunterkam, das noch nicht hatte ahnen können. Als er mitbekam, daß es Rickard war, trat er so nahe ans Telefon, daß er dessen Stimme hören konnte.

»Wie geht's?«

Er klang aufgeräumt.

»Måns geht's bestens«, antwortete Eva lächelnd. »Er war im Wald und hat Beerensammler verjagt, und Gustaf Åkerman kommt mehrmals am Tag angerannt und quatscht von einem riesigen Ungeheuer von Elch, den er beim Flymyran gesehen hat.«

»Richte Måns aus, daß ich einen Hund gekauft habe.«

Da riß Måns den Hörer an sich.

»Was für einen Hund?«

»Das wirst du schon sehen«, erwiderte Rickard geheimnisvoll. »Aber ich wette, daß du einen solchen Elchhund noch nie gesehen hast.«

»Hast du ihn da?«

»Nein, Klas Bodin bringt ihn aus der Stadt mit. Er kommt allerdings erst mit dem Zug um fünf vor elf.«

»Er wollte doch zum Essen bei Georg Mård dasein.«

»Er hat vorhin angerufen und gesagt, daß das nicht gehe. Er habe eine Sitzung. Wir sollen ihn aber heute abend vom Zug abholen.«

Nachdem Måns den Hörer aufgelegt hatte, schnitt er eine Grimasse, die Klas Bodin und der Stadt und allen Sitzungen und Launen der Welt galt, welche drohen konnten, den Auftakt zur Elchjagd zu zerstören.

»Kommt er nicht?« fragte Eva.

»Schön wär's! Er hat natürlich eine Sitzung, so daß wir mitten in Mårds Essen zum Bahnhof fahren und ihn abholen dürfen.«

Als er in der windigen Dämmerung des Herbstabends die Landstraße zu Mårds Anwesen entlangtrabte, regte er sich immer noch über Klas Bodin und dessen Sitzung auf. In seinem Innersten wußte er, daß er ein bißchen kindisch reagierte. Eva sagte immer, wenn alle Jahre wieder in den Tagen vor dieser Herbstwoche das Elchfieber sie packe, würden sie wie die Kinder und brausten wegen allem, was nicht genau nach Plan gehe, auf. Hinterher wäre es ein leichtes gewesen, zu sagen, daß Bodins Sitzung, die ihn an diesem Freitagabend aufgehalten hatte, letztendlich die Ursache all dessen gewesen sei, was später geschah. Das wußte Måns natürlich noch nicht. Keiner von ihnen wußte das zu diesem Zeitpunkt. Måns war nicht philosophisch veranlagt und würde auch später nicht darüber spekulieren, daß ein Menschenleben von launischen Zufällen abhängen kann.

Es war nicht weiter als einen halben Kilometer von Vinterrönningen nach Stora Nybygget, wo Mård wohnte. Das Haus hatte eine von herbstlich blutendem Ahorn gesäumte Auffahrt, und das ursprüngliche Häuschen, in dem Mårds Eltern gewohnt hatten, lag im Schatten einer überdimensionierten und strahlend gelben Villa aus Holz. Bevor Nybygget errichtet worden war, hatte das Anwesen Halvöreby geheißen, doch Mård hatte dafür gesorgt, daß sich das änderte. Die Veranda hatte weiße Holzsäulen, und in prächtigen Betontöpfen blühten bis in die späten Frostnächte die Rosen. Georg war Witwer, und das Haus stellte für ihn und seinen erwachsenen Sohn weniger ein Zuhause dar als eine Manifestation von Georgs Energie, Unverfrorenheit und seiner Fähigkeit, Geld Junge kriegen zu lassen. Er hatte anfänglich so viel Wald geerbt, daß er die mühselige und wenig einträgliche Landwirtschaft hatte aufgeben können. Jetzt saß er mit einem Sägewerk, einem Holzhof und einer eigenen Buslinie da. Er war Vorsitzender des Gerichtssprengels, Kirchenältester und ganz allgemein eine Stütze in ökonomischen und moralischen Fragen. Leute, die älter waren als Mård, konnten über seine Geschäfte von vor dreißig Jahren Geschichten erzählen. Es waren keine schönen Geschichten, aber griesgrämige Greise, die sich zeit ihres Lebens mit steinigen Böden abgerackert haben, verdienen es vielleicht nicht immer, daß man ihnen glaubt.

Jetzt stand dieser Midas der Waldgemeinde auf seiner Säulenveranda und unterhielt sich mit den beiden Gästen, die bereits eingetroffen waren. Der eine war Erik Emilsson, der Förster; er war groß und schwarzhaarig wie einer vom fahrenden Volk, und er verzog den Mund nur in äußerst dringenden Fällen zu einem Lächeln. Der andere war der kleine, knochendürre Anders Flod aus Gillermossen, der seine Hofstelle von der Grube von Rasby gepachtet hatte. Er hatte eine finnische Frau, die genauso unglaublich arbeitsfreudig und sparsam war wie er. Ihre Angewohnheit, ihm jährlich Nachkommen zu schenken, machte die wirtschaftliche Situation auf dem Fünfzehn-Hektar-Hof jedoch ein wenig unberechenbar. In der Schule wurden die zehn Flodsprößlinge Gillermäuse genannt, teils, weil es vom Dialekt her nahelag, teils, weil sie so lebhafte Augen wie Mäuse hatten, emsig waren und ständig an etwas herumknabberten, was sie gerade hatten ergattern können.

Seit Måns Westlings Vater gestorben war, setzte sich die Elchjagdgesellschaft aus denselben sieben Personen zusammen. Anders Flod war der eigentliche Fleischjäger unter ihnen. Er konnte es sich nicht leisten, eine Arbeitswoche mit Jagen zu vergeuden, wenn keine ordentliche Ausbeute dabei heraussprang. Måns konnte es sich im Grunde ebensowenig leisten, hätte aber gleichwohl nie auf die Jagd verzichten können. Georg Mård war seit dem Herbst 1946, als er eine kapitale Schaufel erlegt und 304,5 Punkte sowie eine Geweihmedaille in Gold errungen hatte, Trophäenjäger. Seit ein paar Jahren lernte er seinen Sohn Pelle im Wald an. Die wahren Elchspezialisten unter ihnen aber waren der Förster, Erik Emilsson, und Gustaf Åkerman aus Gökkällan. Ihnen stand kein Grundbesitzeranteil an der Beute zu, doch sie waren aufgrund ihrer persönlichen Bekanntschaft mit so gut wie dem gesamten Elchbestand des Bezirks unersetzlich, und beide hatten sie Nasen wie Stöberhunde.

Rickard Turesson, der zusammen mit den Schwestern Bodin auf Rasby bei der stillgelegten Grube wohnte, war ebenfalls dabei, soweit Måns zurückdenken konnte, wenn er auch noch nie einen nennenswerten Einsatz an den Tag gelegt hatte. Rickard war ein ruhiger und freundlicher Mann, der ohne zu protestieren Stunden auf ungünstig gelegenen Ansitzen zubrachte, wo die Schußchancen nicht sehr groß waren.

Das Essen bei Mård vor Beginn der Elchjagd besaß den Charakter einer Strategie- und Planungssitzung und war eine ebenso feste Tradition wie das Elchlebersouper auf Vinterrönningen am Ende der Jagd, wo jede Phase des Pirschens, Postierens und Schießens der vergangenen Woche mit einer Sorgfalt durchgegangen wurde, die für denjenigen, der in einem entscheidenden Augenblick fehlgeschossen oder dessen Hund ein Fiasko erlitten hatte, peinlich werden konnte. Gustaf Åkerman war bei Mårds Essen nie dabei. Er ließ sich nicht dazu bewegen, Hemd und Kragen anzulegen und auf Stora Nybyggets glattem Parkettboden aufzutreten, nachdem seine Stöberhundkreuzung Båj einmal Mårds ungespielten Flügel angepinkelt hatte. Weder er noch Mårds Haushälterin hatten in diesen fünf Jahren die Feindschaft überwinden können, die diesem Vorfall entsprossen war.

Daß Klas Bodin zu dem Präludium auf Nybygget eingeladen war, beruhte allein darauf, daß er ein paar freie Tage bei seinen Schwestern auf Rasby verbringen wollte. Niemand sagte etwas, als Rickard Turesson eintraf, aber alle fanden, daß Bodin, da er doch unmöglich rechtzeitig hier sein konnte, hätte absagen können. Sein Ansinnen, am Bahnhof abgeholt zu werden, zumal er gar nicht an der Jagd teilnehmen würde, ließ sich allenfalls damit entschuldigen, daß er Rickards neuerworbenen Elchhundfund mitbrachte. Schon auf der Veranda legte Rickard dessen Abstammung und Eigenschaften klar. Es handelte sich um einen karelischen Bärenbeißer, er hieß Karim und war mit dem Schiff von Helsingfors nach Stockholm gekommen. Knapp zwei Jahre alt und kürzlich erst zur Jagd abgerichtet, hatte er einen Preis gekostet, der Mård sich ans Kinn fassen ließ. Die Mutter sollte jedoch einhundertachtzig Elche zum Schuß gestellt haben.

Georg Mård führte sie ins Herrenzimmer, wo der mit einer Medaille ausgezeichnete 304-Punkter, mit Kopf und allem konserviert, böse von der Wand glotzte. Die Stimmung war feierlich und erwartungsvoll gedrückt, genau so, wie es sein mußte. Der jüngste Landregen und die Wetteraussichten für die kommende Woche wurden mit lakonischen Kommentaren bedacht. Man verwies des öfteren auf Gustaf Åkerman, der auf der Grundlage des Vogelflugs und der Nachwirkungen einer alten Knieverletzung Langzeitprognosen aufzustellen pflegte, die für zuverlässiger als die der Amerikaner und auch des Fernsehmeteorologen erachtet wurden. Auch konnte man noch eine Diskussion über eine neuerworbene Doppelbüchse beginnen, die in Mårds Gewehrständer hing. Es handelte sich um eine Frans Sodia, die so perfekt ausbalanciert und so elegant geschnitten war, daß alle Gäste der Reihe nach ausprobieren mußten, wie sie an der Wange schmeichelte. Dann rief plötzlich eine rauhe Stimme, daß das Essen auf dem Tisch stehe. Ernst, aber mit leuchtenden Augen und über engen weißen Hemdkragen braunrot glühenden Nacken zogen sie ins Speisezimmer ein.

Georg Mårds Haushälterin hieß Valborg und war eine respekteinflößende, große und ernste Frau. Sie war eine Erweckte, kochte aber gut. In alter Manier hatte sie das Büfett in der Küche angerichtet, und von dort begab man sich mit seinem gefüllten Teller ins Speisezimmer mit dem Kristallüster und den Tapeten mit klarblauen pastoralen Landschaften. Valborg wachte in der Küche über drei Sorten Hering, über Fleischbällchen, Zwiebelröllchen, Omeletts, Aufläufe, Frikassees, Aufschnitt, über Geräuchertes, Kaltes, Warmes und Eingelegtes. Auf der Anrichte im Speisezimmer hatte Georg die Getränke bereitgestellt und schenkte ihnen aus einer beschlagenen Karaffe mit dem Monogramm Gustafs des Dritten Schnaps ein. Der kleine, magere Anders Flod hatte zu sprechen aufgehört und zu essen begonnen, und das würde er, wie es schien, bis zum Schluß tun. Er hatte aber auch von zu Hause den Auftrag, für alle zehn Gillermäuse zu essen und dann zu erzählen, was es gegeben habe. »Laßt uns anstoßen, Männer«, schlug Mård beim ersten Schnaps vor, und als es Zeit für den zweiten war, hatte sich die Stimmung so weit gehoben, daß Måns leise ein Trinklied anstimmte. Noch ehe der Chor einfallen konnte, wurde er aus der Küche von Valborgs Gitarre und rauh klingendem Sopran übertönt. Sie sang »Himmel und Erde mögen brennen«, doch das tat sie immer, wenn in Georgs Speisezimmer Schnaps getrunken wurde. Seine Gäste waren so an diese Form konfessionellen Protests gewöhnt, daß sie das Lied im Lauf der Zeit gelernt hatten und einzustimmen pflegten, denn

Valborgs Stimmgewalt war ebenso beachtlich wie ihre moralische Energie.

Nach dem Büfett gab es Kalbsbraten mit Sahnesauce und Gurken, nach dem Kalbsbraten Quarkpudding und danach in Mårds wunderbarem Salon Kaffee und Sahnetorte. Måns war so satt, daß er mit Müh und Not die Augen bewegen konnte, als er mit seiner Kaffeetasse endlich auf einem hellgelben Seidensofa saß. Erik Emilsson und Rickard schienen von schläfrigem Wohlbehagen erfüllt zu sein und nahmen sich auffallend kleine Stücke von der Torte. Lediglich Flod wirkte von dem Überfluß unberührt. Er aß fleißig weiter, bis Valborg kam und mit sehr bestimmten Bewegungen die Kaffeetassen abräumte. Das, was von der Torte noch übrig war, packte sie in eine Schachtel und nahm es mit, als sie nach dem Abspülen zu einer Versammlung mit Kaffee und Gesang bei Bruder Walfridsson im Lilla-Bethel-Saal verschwand.

Die Stimmung hob sich merklich, nachdem Valborg die Haustür hinter sich zugemacht hatte. Georg trug die Zutaten für den Whisky-Soda selbst herein, und man begann ernstlich über die Jagd zu sprechen. Zumeist waren es die alten Geschichten, die die Runde machten. Alle kannten sie bis ins kleinste Detail, so als wären es Bibeltexte, was aber keine neuen Deutungen und Auslegungen verhinderte. Die richtig guten Geschichten handelten von Gustaf Åkerman und stammten aus einer anderen Zeit. Gustaf war siebzig, und aufgewachsen war er mit einer früh verwitweten Mutter, sechs Geschwistern und einem Vorderlader auf Gökkällan. Früher wurde gemunkelt, er habe in seiner Jugend während der Schonzeit auf dem zur Grube von Rasby gehörenden Grund und Boden mehr als zweihundert Elche geschossen. Vor Gericht hatte er nur ein Mal gestanden, und bevor das Urteil gefällt wurde, hatte ihm der Amtsrichter einen Vortrag über die Jagdzeiten gehalten.

»Wenn ich das Gewehr an der Wange angelegt und den Elch aufs Korn genommen habe, dann ist die richtige Zeit, dann ist er zum Abschuß frei«, hatte Gustaf geantwortet.

Einen Monat Gefängnis ohne Bewährung hatte er bekommen, doch er betrachtete diese Zeit als eine der größten Pläsanterien seines Lebens und konnte auch nach vierzig Jahren noch davon erzählen. Die Zeit und die Legenden hatten Gustaf nahezu respektabel werden lassen. Nun führte er in seiner Einsamkeit auf Gökkällan ein so gut wie volksheimgemäß geordnetes Dasein, bezog eine Volkspension und jagte jeden Herbst in Gesellschaft sowohl des Försters als auch der benachbarten Grundbesitzer.

Die Pendüle mit den vergoldeten Rosen und pausbäckigen Engeln schlug bereits halb elf, als ihnen Klas und sein Zug wieder einfiel. Sie leerten hastig ihre Gläser und erhoben sich. Als sie auf die Treppe hinaustraten, kam auf der Landstraße vor Stora Nybygget der letzte Bus mit Pelle Mård am Steuer angedonnert. Der Wende- und Stellplatz für Mårds vier Busse befand sich hinter Nybygget, dort, wo früher der Viehstall von Halvöreby gestanden hatte. Als Pelle den Bus zum Parken dorthin fahren wollte, hielten sie ihn an.

»Du mußt den Wagen nehmen und uns, so schnell du kannst, zum Bahnhof bringen«, ordnete Georg an. »Klas Bodin kommt mit dem Zug um fünf vor elf, und wir hätten ihn beinahe vergessen.« Pelle lebte ganz im Schlagschatten zweier starker Persönlichkeiten – der Raum beanspruchenden und lebensbejahenden des Vaters und Valborgs streng religiöser. Georg betrachtete ihn als einen relativ nutzlosen Auswuchs seines eigenen Lebens, dennoch bewachte er ihn manchmal, wenn er argwöhnte, daß Valborg ihn mit Religion vollzupumpen versuchte, mit eifersüchtiger Intensität.

»Das wird zu eng im Auto, wenn ihr alle mitwollt.«

Pelle war müde, nachdem er den ganzen Tag über auf der herbstlich glitschigen Landstraße gefahren war, und wollte am liebsten ins Haus, etwas essen und sich schlafen legen. Die Gesellschaft war jedoch angeheitert und wollte dem denkwürdigen Hund am Bahnhof einen gebührenden Empfang bereiten.

»Dann nimm doch den Bus«, schlug Erik Emilsson vor. »Darin müßten wir doch Platz haben.«

Pelle mußte wenden, und sie stiegen ein. Mit Innenbeleuchtung schaukelte der Bus wieder auf die Landstraße. Anders Flod und Måns Westling saßen ganz hinten und sangen.

»Du mußt einen Zahn zulegen, wenn wir zum Zug um fünf vor elf rechtzeitig dasein wollen«, rief Georg nach vorn zum Fahrersitz.

»Das schaffen wir sowieso nicht.«

Die Fahrt zum Bahnhof dauerte mindestens eine halbe Stunde, denn die Landstraße schlängelte sich sowohl an der Kirche als auch an der Schule sowie einer ganzen Reihe von Höfen vorbei, bevor sie an der Gabelung bei Nygårda von einer etwas größeren Landstraße aufgenommen wurde, die irgendwann zum Bahnhof führte. Es war bereits zwanzig vor elf, und an und für sich war es nicht zu machen, so rechtzeitig dazusein, daß Klas Bodin nicht auf sie warten mußte. Aber für eine Schar Jagdfreunde, die eines von Valborgs berühmten Gastmählern verschmaust und Mårds besten Whisky genossen hatten, gab es nichts, was nicht zu machen war.

»Fahr über den Kroktorpsvägen«, rief Måns lautstark nach vorn.

»Das geht nicht.«

»Das geht ja auf keine Kuhhaut, was für dich heute alles nicht geht!«

Doch strenggenommen hatte er recht. An Kroktorp vorbei, das nunmehr eine Unterkunft für Waldarbeiter war, führte ein schmaler, kurvenreicher Fahrweg durch den Wald. Dieser konnte im Herbst und Frühjahr, wenn es viel geregnet hatte, unbefahrbar sein, doch er ging ein Stück hinter Stora Nybygget direkt durch den Wald und ersparte zum Bahnhof so manchen Kilometer.

»Natürlich geht das.«

Georg hatte sich erhoben und wollte, daß Pelle anhielt, bevor sie an der Abzweigung vorbei waren.

»Macht, was ihr wollt«, sagte Pelle. »Ich fahre da jedenfalls nicht. Da ist es zu schmal für den Bus. Man kann von der Straße abkommen, wenn die Banketten derart locker sind.«

Als er endlich anhielt und sich vom Fahrersitz erhob, waren sie an der Gabelung vorbei.

»Ich fahre«, sagte Måns plötzlich. »Es war immerhin mein Vorschlag.«

Er startete den schweren Bus und setzte zurück. Die anderen feuerten ihn an, als er in die Seitenstraße hineindonnerte und der Wald sich um den erleuchteten Wagen schloß. Pechschwarze Herbstfinsternis herrschte hier drinnen, und die Scheinwerfer spielten über das Dunkel, als wäre es eine Masse mit Gewicht und Konsistenz, worin die Tannenstämme und Felsblöcke lose umherzuwirbeln schienen, wenn das Licht auf sie fiel. Die Straße war schmal und kurvig, aber gleichzeitig vergnüglich zu fahren. Måns glaubte sie recht gut zu kennen, so viele Male, wie er mit dem Fahrrad hier schon entlanggekommen war!

»Du mußt ordentlich Gas geben, wenn du rechtzeitig dasein willst«, sagte Georg. »Es ist zehn vor.«

Er sagte das vornehmlich im Scherz, denn sie würden es sowieso nicht schaffen. Klas Bodin würde schon warten, gab es doch weder einen Bus noch ein Taxi, womit er von dort wegkäme.

Anders Flod, der mit Liedern vollgestopft war, hatte vom Bauern und vom Husaren zu singen angehoben, und in Anders' Fassung war der alte Text so witzig, daß selbst Erik Emilsson eines seiner seltenen Lächeln zeigte und mit einfiel. Es klang seltsam, als sein kratziger Baß im schmetternden Tempo der Polka Flods schrille Stimme untermalte. Nach einer Weile sangen sie alle zusammen. Sogar Pelle kam durch den Bus heran und sang den Refrain:

Ich glaub gar, du bist närrisch,
Du hast ja wohl 'nen Stich!
Es sind bloß alte Pötte,
die Mutter schickt an mich!

Irgendwann nach der siebten Strophe, als Måns mehr als die Hälfte des Weges gefahren war, ohne je über fünfzig gekommen zu sein, unterbrach Georg sie.

»Jetzt fährt der Zug ein!« rief er und schwenkte seine Taschenuhr.

»Der ist schon vor einer Viertelstunde eingefahren«, erwiderte Erik gelassen. »Diese Uhr ist ja schön anzuschauen, geht aber nicht sonderlich gut.«

Unter den Passagieren hinter Månsens Rücken entbrannte eine heftige Diskussion über das Für und Wider von Golduhren. Er schmunzelte über Georgs hitzige und Eriks schwerfällige Argumentation. Der Zug war in der Tat, genau wie Erik gesagt hatte, vor einer Viertelstunde eingetroffen. Måns versuchte auf den kurzen geraden Strecken zwischen den Kurven Gas zu geben. Auf dem letzten Kilometer, bevor der Fahrweg auf die Landstraße führte, gab es ein gerades Stück, wo er erstmals auf sechzig kam. Weiße Birkenstämme blitzten im Dunkel der Tannen auf, wenn die Lichtkegel vorüberfegten. In der Schwärze des Straßenrandes sah er die Seher eines Hasen aufleuchten, ansonsten aber schien es im Wald kein Leben zu geben. Der Bus holperte und hüpfte in den ausgefahrenen Spuren dahin, und wenn er durch die Wasserlachen brauste, spritzte der Schlamm bis zur Windschutzscheibe hoch.

Die gerade Strecke war schneller zu Ende, als er sich von früher zu erinnern glaubte, und seine Kurventechnik fiel etwas gewagt aus. Der Bus brach hinten aus, richtete sich aber in gefährlicher Nähe zu einem Birkenholzlager wieder auf, und Måns spürte, daß er das Fahrzeug wieder in der Hand hatte. Die anderen hatten nichts gemerkt. Flod hatte ein Lied über Korporal Kanon angestimmt. Måns warf einen Blick auf die ausgelassenen, roten Gesichter im Spiegel und wollte gerade in den Gesang einfallen, da passierte es.

Er sah nichts. Doch er spürte den Aufprall, obwohl dieser nicht sonderlich heftig war, und er hörte Blech über Blech kratzen. Instinktiv bremste er und merkte, wie die Räder auf der vom Laub glitschigen Fahrbahn blockierten. Der Bus schlitterte lautlos noch ein Stück weiter, bevor Måns ihn zum Stehen bringen konnte. Er wußte nicht, was geschehen war, und stellte auch gar keine Vermutungen an. Er hatte das Gefühl, völlig leer zu sein im Kopf, und er leckte sich über die trocken gewordenen Lippen. Er begriff, daß es schnell gegangen sein mußte, denn Flod sang, nachdem der Motor verstummt war, noch eine ganze Weile weiter:

Das geht nicht an, du!
Mit Karl Johann, du
im Bett wird's eng, du
und trä-biäng, du …

Sie hatten es nicht einmal gemerkt. Flod hörte jedoch zu singen auf, und Georgs Stimme durchschnitt die Stille:

»Was ist denn los?«

»Ich weiß nicht«, murmelte Måns.

Sie starrten ihn an, als er sich vom Fahrersitz erhob und

ausstieg. Der heftige Wind, der an den Baumwipfeln zerrte, war das einzige, was er hörte. Langsam ging er im Dunkeln die Straße ein Stück zurück. Als er sah, daß sich weiter entfernt etwas bewegte und blitzte, fing es ihm in der Magengegend und unter den Armen zu stechen an.

Beim Näherkommen erkannte er, daß es sich um das Rad eines Fahrrads handelte. Es drehte sich, und in den schwachen Reflexen aus dem erleuchteten Bus blitzten die Speichen auf. Das Fahrrad war umgekippt, und es befand sich nur noch das Hinterrad auf der Fahrbahn. Der Rest schien demoliert zu sein. Er drehte sich um und lief zum Bus zurück. Die anderen drängten sich in der Tür. Georg war noch immer hochrot und wirkte verwirrt und gereizt. Pelle war blaß geworden.

»Was ist denn los? Was hast du getan?«

»Ich bin aufgefahren.«

»Worauf?«

»Hast du eine Taschenlampe im Bus? Ich sehe nichts dort hinten.«

»Worauf bist du aufgefahren? Worum geht es denn?«

»Hol die Taschenlampe«, sagte Georg knapp.

Måns bekam eine Stablampe in die Hand gedrückt, und als er zurückging, folgten ihm die anderen schweigend. Die Lampe hielt er vor sich ausgestreckt, und seine Hand zitterte so, daß das weiße Licht hüpfte, als er es über das Fahrrad schweifen ließ. Das Hinterrad hatte aufgehört, sich zu drehen.

Langsam ließ er den Lichtkegel über die Fahrbahn wandern, konnte in der Nähe des Fahrrads jedoch nichts entdecken. Plötzlich riß Erik Emilsson die Lampe an sich und leuchtete direkt in die zottigen, vom Frost versengten Farnstauden am Straßenrand. Konstant und ohne Zittern lag der Lichtfleck auf einem Fuß in einem braunen Schnürschuh mit halbhohem Absatz, der etwas schiefgetreten wirkte. Måns konnte sich nur mit Mühe aufrecht halten, als er den anderen folgte, um sich den Körper, den Emilsson beleuchtete, anzusehen.

Es war eine Frau irgendwo zwischen vierzig und fünfzig. Sie trug einen dunkelblauen Mantel und hatte sich gegen den Wind ein blaugetupftes Kopftuch umgebunden, das ihr jedoch ins Gesicht gerutscht war. Sie war senkrecht in die Luft geschleudert worden und auf einen Stein gefallen. Der Wind hatte schon viele glitschige gelbe Birkenblätter auf den reglosen Körper herabgefegt. Emilsson fiel auf die Knie, hob die Frau vorsichtig an den Schultern hoch und drehte sie so, daß sie ganz auf den Rücken zu liegen kam. Er löste das Kopftuch und zog es ihr behutsam vom Gesicht.

»Wer ist das?« flüsterte Pelle Mård.

Måns starrte in ein fülliges und leicht unregelmäßiges Gesicht mit halb geöffneten Lippen und geschlossenen Augen, es wirkte ausdruckslos und anonym.

»Ich weiß nicht«, murmelte er. »Ich weiß wirklich nicht ...«

Er trat ein paar Schritte zurück auf die Straße, und als Rickard Turesson ihm den Arm um die Schultern legte, begann er zu weinen.

3

Freitag, 11. Oktober

Ohne ein Wort zu sagen, gingen Georg und Erik daran, die Frau von der nassen Erde aufzuheben. Sie war schwer, das merkte man an der kurzen Atmung der beiden, als sie sie so weit hochbekommen hatten, daß sie mit dem Kopf an Eriks Brust ruhte. Sie mußten sie so vorsichtig wie möglich tragen, da sie nicht wußten, wie ernstlich verletzt sie war. In der Dunkelheit war das nicht zu erkennen.

»Was habt ihr vor?« fragte Rickard ängstlich.

»Wir müssen sie wohl zum Bahnhof bringen und dort Hilfe holen.«

Sie gingen mit ihrer schweren Last langsam zum Bus. Månsens heftiger Weinkrampf hatte sich gelegt, doch ihm war übel, und er hatte Mühe, in den Bus zu steigen. Rickard half ihm auf das Trittbrett. Erik und Georg legten die Frau auf die Rückbank. Pelle kam mit ihrer Handtasche hinterdrein.

»Müßte nicht die Polizei herkommen?«

»Das wichtigste ist doch wohl, daß wir sie zum Arzt bringen«, gab Georg zurück.

Einen Augenblick lang war es still. Måns stand zwischen Anders und Rickard eingeklemmt und betrachtete das unbekannte Gesicht, das so erschreckend ruhig war und ihnen allem Anschein nach nichts zu sagen hatte. Erik hatte der Frau ein zusammengefaltetes Taschentuch an die Schläfe gelegt, und auf dem Stoff breitete sich allmählich ein großer, hellroter Fleck aus. Måns wurde erneut übel. Als er sich abrupt umwandte, hörte er Pelle sagen:

»*Ich* bin nicht gefahren!«

Georg, der sich über die Frau gebeugt hatte, richtete sich langsam auf.

»Aber jetzt wirst du fahren«, sagte er.

Pelle hatte für gewöhnlich schwere Lider, die mehr als die Hälfte seiner wasserklaren blauen Augen verbargen. Doch jetzt waren sie vor Schreck aufgerissen. Sein Gesicht war weiß und schweißnaß.

»*Ich* bin gefahren. Es hat niemand etwas anderes behauptet«, sagte Måns so ruhig, wie er nur konnte.

»Ich fahre nicht!« platzte Pelle heraus. »Ich habe die ganze Zeit gesagt, daß ich diesen Weg nicht fahren will!«

»Du fährst«, sagte Georg leise. »Wir müssen sie so schnell wie möglich in die Stadt ins Krankenhaus bringen. Begreifst du das denn nicht?«

»Schon, aber du kannst selber fahren. Oder Måns kann weiterfahren.«

»Man wird Blutproben nehmen und eine Unmenge Fragen stellen.«

Pelle starrte ihn an.

»Soll ich jetzt an dieser Geschichte schuld sein! Bloß weil ihr getafelt und gezecht habt!«

Seine Stimme überschlug sich und ging nach oben, doch Georg unterbrach ihn mit der gleichen Ruhe wie zuvor.

»Keiner von uns wird Schuld bekommen, wenn du tust, was ich sage. Es war nicht Månsens Fehler, daß sie im Dunkeln ohne Licht gefahren ist. Måns ist nicht anders gefahren als sonst auch, wenn aber herauskommt, daß wir getafelt und uns ein paar genehmigt haben, ist er trotzdem dran, und wenn es noch so sehr ihre eigene Schuld war.«

»Beeilt euch jetzt«, bat Rickard nervös. »Die Hauptsache ist doch, daß wir endlich in die Stadt kommen mit ihr.«

»Ich denke jedenfalls nicht daran, die Schuld für diese Geschichte auf mich zu nehmen«, beharrte Pelle.

»Außer ihr selber und dem Fahrrad, mit dem sie ohne Licht im Stockfinstern gefahren ist, wird hierfür niemand Schuld bekommen, wenn du endlich tust, was ich sage!«

Georgs Stimme war anzumerken, daß er so viel Widerstand von Pelle nicht gewohnt war.

»Wenn du aber nicht tust, was ich sage, wirst du genauso dran sein wie wir. Es gibt etwas, und das heißt Beihilfe.«

»Beihilfe zu was denn?« kreischte Pelle. Er klang weinerlich.

»Zu Trunkenheit am Steuer!«

Månsens Übelkeit und Verwirrung legten sich, und er merkte auf einmal, daß er sich schämte. Er klopfte Georg auf die Schulter, damit er ihn in dem schmalen Mittelgang durchließ.

»Ich fahre«, sagte er.

Georg warf ihm einen Blick zu. Sein Gesicht war dunkel vor Zorn, und auf seiner Stirn traten knotig und geschwollen die Adern hervor.

»Das wirst du nicht tun«, sagte er umgehend.

»Wir können nicht noch länger hier herumstehen und diskutieren. Sie muß ins Krankenhaus.«

»Du wirst hopsgehen.«

»Dann gehe ich eben hops. Das ist schließlich meine Sache.«

»Nein«, versetzte Georg. »Dann gehen wir alle hops.«

Er sah sich nach Unterstützung um. Anders Flod hatte sich neben die bewußtlose Frau gesetzt und ihren Kopf auf seinen Schoß gelegt.

»Fahr schon«, bat er.

Georg zuckte die Achseln, als Måns den Fahrersitz einnahm. Als der Bus anfuhr, ging er nach hinten, um sich zu setzen, blieb aber hinter Pelles Sitz stehen.

»Igitt, was bist du bloß für ein Hasenfuß!« sagte er leise und deutlich.

Seine Worte schienen nicht von Belang zu sein. Pelle heulte bereits.

Måns fuhr ganz langsam. Ihm schlotterten derart die Knie, daß er Mühe hatte, den Fuß auf dem Gaspedal zu halten. Auf dem Kroktorpsvägen waren es nur noch wenige hundert Meter, und Måns hatte beschlossen, nicht weiter als bis zum Bahnhof zu fahren. Dort müßte es möglich sein, einen Wagen zu bekommen oder schlimmstenfalls auf eine Ambulanz aus der Stadt zu warten. So, wie er nach diesem Schock am ganzen Leib zitterte, hatte er nicht vor, mit dem Bus, den er nicht gewohnt war, auf die Reichsstraße zu fahren. Und gar an Blutproben oder polizeiliche Ermittlungen denken, das wollte noch konnte er im Augenblick. Doch er wußte, daß am besten Pelle gefahren wäre.

Der Wald lichtete sich, und Måns hatte schon fast die Landstraße erreicht, als er Erik rufen hörte:

»Halt an!«

Seine Nerven waren so gespannt, daß er ganz abrupt auf die Bremse trat; er geriet dabei erneut ins Schlingern und konnte den schweren Bus nur mit Müh und Not abfangen. Er sah nach hinten. Anders Flod hatte noch immer den Kopf der Frau auf seinem Schoß liegen, und Erik stand daneben.

»Es ist zu Ende«, sagte Anders leise.

»Bist du sicher?« fragte Rickard.

»Ich habe es mir schon gedacht, als wir sie in den Bus gebracht haben. Aber jetzt bin ich mir sicher.« Eigentlich zweifelte keiner an seinen Worten. Auf Gillermossen half man sich selbst, wenn es um Geburten und Krankenlager ging, und zu glauben, Anders könne nicht einschätzen, wann es mit einem Menschen zu Ende sei, wäre lächerlich gewesen. Trotzdem hegte Måns, als er zu den anderen nach hinten ging, die aberwitzige Hoffnung, er möge sich getäuscht haben.

»Dann hat es nicht viel Sinn, in die Stadt zu fahren«, sagte Georg leise.

»Aber wir müssen ja wohl die Polizei anrufen. Vom Bahnhof aus.«

Nach diesen Worten wurde es still im Bus. Rickard hatte beklommen und unsicher geklungen.

»Mach das Licht im Bus aus, Pelle.«

Erik Emilsson stand noch immer über die Frau gebeugt und sah Pelle nicht an.

»Die Scheinwerfer kannst du ebenfalls ausmachen.«

Pelle tat, was er gesagt hatte, und es wurde zunächst dunkel wie in einem Sack. Nach einer Weile fing Erik zu sprechen an, und Måns konnte nur undeutlich sein Gesicht erkennen.

»Ich finde nicht, daß es viel Sinn hat, die Polizei anzurufen.«

Niemand sagte etwas darauf, und Erik zündete ein Streichholz an. Er hatte seine Pfeife hervorgeholt und gestopft, doch es schien, als wollte er sich in dem schwachen Licht die anderen ansehen, denn er ließ das Streichholz abbrennen und nahm sich zum Anstecken der Pfeife ein neues. Er klang ruhig und überlegt, als er sprach.

»Die arme Frau hier ist schließlich tot, und ihr kann nicht mehr geholfen werden. Daß sie ohne Licht durch den Wald gefahren ist, begreife ich nicht. Aber sie hat wahrscheinlich nie im Leben angenommen, daß sie hier jemandem begegnen würde. Ich kann nicht einsehen, daß Måns oder wir etwas dafür können.«

Måns gab ihm im Grunde recht, spürte aber gleichzeitig, daß an Eriks Überlegungen etwas nicht stimmte. Der Schock und die Dunkelheit verwirrten ihn. Eriks Augen, die im Licht des Streichholzes aufschimmerten, wirkten wachsam, als er seinem Blick begegnete. Måns überkam das lächerliche Gefühl, daß er vor Erik Angst habe, er hatte aber keine Ahnung, warum er vor ihm Angst haben sollte.

»Was hast du vor?« fragte er.

»Nichts«, antwortete Erik. »Es würde nicht viel nutzen, jetzt etwas zu unternehmen. Wir wären nur wegen etwas dran, wofür wir nichts können.«

Er stand auf.

»Hebt sie hoch«, sagte er.

»Was hast du vor?« fragte Rickard.

»Nichts. *Wir* haben etwas vor. Du auch«, fügte er mit einem Blick auf Pelle Mård hinzu, der sich ein Stück zurückgezogen hatte. »Du kannst hier anfassen. Wir legen sie an die Straße und fahren nach Hause. Schließlich hat kein Mensch den Bus gesehen.«

»Das ist nicht richtig«, rief Pelle schrill.

»Nein? Ist ihr denn damit geholfen, wenn sie ins Krankenhaus kommt?«

»Das einzige, was wir damit erreichen, ist, daß Måns wegen Trunkenheit am Steuer ins Gefängnis wandert«, sagte Georg. »Und wir anderen werden wegen Beihilfe verurteilt.«

Erik hob die Frau hoch. Er wollte, daß sie mithalfen; er nahm es peinlich genau mit diesem Detail, und zu sehen, wie ruhig er war und wie klar er dachte, erfüllte Måns mit widerstreitender Bewunderung. Die anderen wirkten verwirrt oder ängstlich – das heißt, Anders Flod zeigte keine Regung. Sein Blick ging wachsam von einem zum andern, und an seiner Nase hing dauernd ein wasserklarer Tropfen, der sich nicht löste.

»Wir müssen sie zur Landstraße bringen und dort noch ein Stück weit tragen«, sagte Erik. »Ich möchte keine Busspuren in der Nähe haben.«

Bis zur Landstraße waren es nicht mehr als dreißig Meter, aber es war ein schweres Stück Weg für sie. Erik blieb stehen und sah sich um, bevor er in Richtung Bahnhof ging. Die Straße war in der Dunkelheit wie ausgestorben. Sie lauschten auf Autos, hörten aber nur das Atmen des Tannenwaldes im Dunkeln. Erik ging bis zur nächsten Abzweigung. Diese führte nach Nipparbol, einem kleinen Anwesen im Wald, und er blieb mit der Frau, die er die ganze Zeit über mit Hilfe mal des einen, mal des anderen getragen hatte, vor der Milchbank von Nipparbol stehen. Falls er müde war, so merkte man es ihm nicht an. Er horchte lediglich aufmerksam auf Autos. Georg half ihm, die Leiche genau so an den Straßenrand zu legen, wie sie am Kroktorpsvägen gelegen hatte. Måns wandte sich ab, um diese peinliche Sorgfalt, mit der sie die Frau in der gleichen Stellung wie zuvor zurechtlegten, nicht mit ansehen zu müssen.

Erik sagte kein Wort, als er fertig war. Eilends ging er vor den anderen zum Bus zurück. Dort angekommen, wandte er sich an Pelle:

»Kannst du fahren? Oder bist du zu zittrig?«

»Ich kann wohl fahren«, antwortete Pelle wider Erwarten.

»Dann setz ungefähr hundertfünfzig Meter zurück. Das ist schwierig im Dunkeln, aber es muß gehen. Da hinten ist eine Stelle mit einem Birkenholzlager, wo man, glaube ich, wenden kann. Es muß im übrigen gehen. Wir dürfen auf der Landstraße keine Reifenspuren hinterlassen.«

Sobald er im Bus war, sank Måns auf einen der Sitze und schloß die Augen. Er bekam mit, daß Pelle langsam zurücksetzte, und hörte Erik draußen Anweisungen rufen, damit Pelle nicht vom Weg abkam. Das lange und verzwickte Wendemanöver bekam er ebenfalls wie durch einen Nebel mit. Wenn Pelle mit dem Bus vom Weg abkäme und steckenbliebe, wären die Aussichten, ihre Situation zu klären, nicht sehr groß. Måns vermochte sich jedoch für das, was um ihn herum vorging, nicht mehr zu interessieren. Ihn hatte eine derart bleierne Müdigkeit überkommen, daß er sich kaum erheben wollte, als Rickard ihn an der Schulter faßte und sagte, sie seien in Stora Nybygget angekommen und müßten aussteigen.

Zuerst wollte er nicht mit hineinkommen. Er blieb vor dem Haus stehen und sagte, er wolle heimgehen und sich schlafen legen. Erik hielt ihn zurück.

»Du kommst mit rein. Wir müssen auf Klas Bodin warten.«

»Wozu soll das gut sein?«

Darauf antwortete Erik erst, als sie in der Diele waren. Dort drehte er sich um und sah sie in dem kalten, nüchternen Licht von Georgs Dielenleuchte an.

»Es ist wohl das klügste, wenn wir diese Geschichte so schnell wie möglich vergessen«, sagte er langsam. »Es kommt natürlich nicht in Frage, mit irgend jemandem darüber zu sprechen.«

Måns hatte das Gefühl, daß er ihn ansah, und wich seinem Blick aus.

»Es wird doch für jeden von uns nur schlimmer, wenn wir reden«, sagte Erik. »Wir sitzen schließlich alle im selben Boot. Ich weiß nicht, was ihr von der Sache haltet. Außer daß sie verdammt scheußlich und unangenehm ist, natürlich. Aber ich habe das Gefühl, du, Måns, und vielleicht noch ein paar von euch, ihr habt so eure Zweifel, daß es auch recht ist. Die solltet ihr allerdings für euch behalten. Und vergeßt nicht – der Frau hätten wir ohnehin nicht helfen können.«

Eine so lange Rede hatten sie Erik Emilsson noch nie halten hören. Es schien jedoch das letzte zu sein, was er in dieser Sache zu sagen gedachte. Als sie dann in Georgs Salon waren, schwieg er und schenkte sich ein Glas Whisky-Soda ein. Georg servierte den anderen, Måns wollte jedoch zuerst nichts haben.

»Nimm nur einen«, sagte Georg. »Du siehst verfroren und blaß aus.«

Im Schein der Lampe mit dem grünen Seidenschirm, die auf dem Tisch stand, wirkten sie alle strubbelig. Måns überkam das eigenartige Gefühl, diese fünf Männer zum ersten Mal in seinem Leben zu sehen. Er war sich bewußt, daß seine Wahrnehmung vom Schock einerseits unheimlich geschärft war und daß er andererseits seit dem Augenblick, als sie von der Milchbank von Nipparbol zum Bus zurückgegangen waren, alles wie in einem seltsamen Nebel erlebte. Dennoch war es lächerlich, wie fremd ihre gut bekannten Gesichter wirken konnten, nur weil er alles wie durch ein umgedrehtes Fernglas sah – detailgetreu und in großer Entfernung. Georg war der einzige, der nicht blaß war. Sein massiges Gesicht war meistens rot – vor Zorn, vor Wohlbehagen nach einem guten Essen oder aufgrund einer Anstrengung, die seinen kurzen, massiven Körper ins Schwitzen brachte. Obwohl er noch nicht viel über sechzig war, hatte er völlig weißes Haar, und die Farbe seiner Augen, kalt eisblau, war noch nicht matt geworden, wenngleich es vierzig Jahre her war, daß dieser blaue Glanz auf den Tanzböden der Umgebung die Herzen der Mädchen zum Schmelzen brachte. Georg hatte einen lustigen Mund. Måns war das bisher nie aufgefallen. Die Oberlippe war straff und dünn und ganz leicht geschürzt, wog man sie gegen die Fülle der Unterlippe ab. Diese wirkte, genau wie die Augen, in dem gealterten Gesicht unerwartet und beinahe frech. Pelle glich seinem Vater in gewisser Weise, obwohl er schmal und blaß war und von seiner Mutter eine düstere Schmächtigkeit geerbt hatte. Måns erinnerte sich an sie aus seiner Kindheit als an eine Frau von etwas bläßlicherem Valborgzuschnitt.

Die anderen hatten wieder über die Jagd zu sprechen begonnen. Das, was im Wald geschehen war, schien ein für allemal abgemacht und geklärt, jedenfalls nichts zu sein, was immer wieder durchgekaut werden müßte. Die Unterhaltung kam jedoch nur mühsam in Gang, und die

Worte fielen spärlich. Pelle beteiligte sich nicht. Er hatte innerhalb einer halben Stunde so viel Whisky in sich hineingeschüttet wie in seinem ganzen bisherigen Leben zusammengenommen noch nicht, vermutete Måns. Das schien jedoch keine andere Auswirkung auf ihn zu haben, als daß seine geschwollenen Lider nur noch schwerer wurden. Schließlich schlief er friedvoll in seiner Sofaecke ein, ohne daß er, seit sie nach Nybygget gekommen waren, ein Wort gesagt hätte. Er schlief mit halboffenem, feuchtem Mund und schnarchte leise.

Meistens redete Anders Flod. Er gab leise ein paar von den alten Geschichten zum Besten, die alle schon kannten. Unmittelbar bevor er zu einer Pointe kam, gluckste er still vor sich hin, und dies war das einzige Lachen, das es an diesem Abend für seine Erzählkunst gab. Måns fragte sich, ob er im Hinblick auf das, was hinter ihnen lag, überhaupt etwas empfinde. Sein längliches Gesicht mit dem ewigen klaren Tropfen unter der Nasenspitze verriet jedenfalls nichts dergleichen. Er glaubte Flod zu kennen, sogar gut zu kennen. Eine arbeitsfreudige Nisse, die sich kein anderes Vergnügen gönnte als das, aus dem unvermeidlich eine neue Gillermaus resultierte, die Kleider, Essen und Schuhe brauchte. Anders war klein und sehnig, und sein Körper war so fest, daß seine Muskeln knotig wirkten. Sein Haar war einmal dunkel gewesen, doch nach fünfzig Jahren Schweiß unter der Arbeitsmütze war davon nicht mehr viel übrig. Da er die Schirmmütze immer nach vorn schob, war seine Stirn weiß und sein Nacken rotbraun wie Bronze und faltig. Er schien die seltsame Situation, in der sie sich befanden, ohne weiteres akzeptiert zu haben, genauso wie er sich in die meisten Gemeinheiten geschickt hatte, die das Leben schon für ihn bereitgehalten hatte. Jedenfalls grübelte er wohl nicht über Vergangenes nach. Seine blaßblauen Augen waren jedoch wachsam, während er die ewigen Geschichten erzählte. Hin und wieder warf er Måns einen Blick zu, der diesen die Augen niederschlagen ließ.

Erik Emilsson verzog über Anders keine Miene, berichtigte ihn aber manchmal etwas umständlich in Details. Er besaß die natürliche Autorität eines schweigsamen und hochgewachsenen Menschen. Er war fast zwei Meter groß, hatte braune Augen und südländisch wohlgeformte Züge, die in seiner Jugend für zigeunerhaft gehalten worden waren. Måns bildete sich ein, gehört zu haben, der Förster sei in seiner Jugend überhaupt etwas zigeunerhaft veranlagt gewesen. Doch das war lange her, und jetzt hatten das Schweigen des Waldes und das Nachdenken sein Wesen so abgeschliffen, daß er selten Aufsehen erregte. Beeindruckt, wie sie von seinen Maßen waren, sagten die Leute manchmal, er habe Hände wie Schaufeln oder Abortdeckel. Aber das stimmte nicht. Sie waren zwar größer als die anderer Leute, aber schön und wohlgeformt. Er besaß eine Seite, über die man sich lustig machte, doch nie so, daß er es mitbekam. Im Haus des Försters wechselten von Jahr zu Jahr, mitunter gar von Monat zu Monat die Haushälterinnen. Ihnen allen war gemeinsam, daß sie zwar im Haushalt nicht viel konnten, aber stets jung und ansehnlich waren. Einige von ihnen waren zupackend und willensstark gewesen, doch das hatte nichts genutzt. Keine hatte ihn zu etwas umgarnen können, was einer Ehe glich.

Rickard Turesson war, was diesen Punkt betraf, in aller Seelenruhe so klug gewesen wie Erik. Er hatte etwas beinahe Feminines an sich, und daß er seit mehr als zwanzig Jahren auf Rasby oben Hahn im Korb war, war eine lustige Vorstellung. Als der Vater der Geschwister Bodin starb, war er Kontorist bei der Grube und ein sehr gern gesehener Gast im Haus gewesen. Klas Bodin hatte sich aus dem maroden und kurze Zeit später stillgelegten Unternehmen hinauskaufen lassen. Und es war Rickard, der sich der wirtschaftlichen Verhältnisse der beiden Schwestern annahm, der ihnen dabei behilflich war, zu verkaufen und ihr Dasein so zu ordnen, daß sie das weiße Haus am See behalten konnten. Nun führten sie dort oben einen bescheidenen Pensionsbetrieb. Die Lage war touristisch reizvoll, und das Herrenhaus war altmodisch und marode vornehm.

In den ersten fünfzehn Jahren war fleißig darüber spekuliert worden, welche der Schwestern Bodin Rickard heiraten werde. Fanny war zwar ein paar Jahre älter als er, doch sie war die intelligentere und zielstrebigere. Die hübschere war natürlich Clara, doch das ebneten die Jahre ein. Rickard hatte alle – die Schwestern eingeschlossen – auf die Folter gespannt und mit seiner verschmitzten Freundlichkeit die Situation so ausbalanciert, daß niemand sicher sagen konnte, wer es sein werde. Mittlerweile waren die Leute längst dahintergekommen, daß keine es sein werde. Es bestand kein Zweifel daran, daß Rickard es so, wie es war, am besten hatte. Durch die Jahre und das Wohlergehen auf Rasby war er etwas füllig geworden, sah jedoch jünger aus als seine fünfzig Jahre. Sein Gesicht war glatt und grenzte mit dem schönen weichen Mund und der geraden Nase schon ans Liebliche. Er hatte noch immer reichliches, leicht graumeliertes dunkelblondes Haar, das er über der Stirn zu einer Welle ordnete.

Rickard hatte jetzt Angst, das sah man, so, wie er dasaß, sein Glas drehte und mit einem Lächeln, das ausnahmsweise nicht bis zu den Augen reichte, zerstreut und mechanisch der Unterhaltung folgte. Daß Rickard niemals auf eine solche Idee wie Erik gekommen wäre, stand außer Frage. Doch ebenso fraglos war, daß er sie akzeptieren mußte. Eine Geschichte wie diese liefe auf eine Katastrophe hinaus, bei der die freundliche und vorsichtige Konsolidierungsarbeit von zwanzig Jahren vernichtet würde. Es war nicht anzunehmen, daß die Schwestern ihn nach einem Gerichtsverfahren und einer Verurteilung wieder auf Rasby haben wollten. Sie waren äußerst strikt in moralischen Fragen, kirchlich engagiert und hingen einer gesellschaftserhaltenden Weltanschauung an.

Für Måns lagen die Dinge anders. Er wußte, daß er Eva das, was auf der Forststraße geschehen war, hätte erklären können. Sie würde ihm helfen, und irgendwie würden sie aus der Geschichte wieder herauskommen. Doch das, was danach geschehen war – das, was Erik vorgeschlagen hatte und was sie alle zusammen bei der Milchbank von Nipparbol ausgeführt hatten –, das würde er ihr nie erzählen können.

Er konnte nicht sagen, daß er es bereute. Er war zu verwirrt und beklommen, um wirklich zu wissen, wie er es gern haben wollte. Daß es sinnlos war, dazusitzen und zu plaudern, nur um die Zeit totzuschlagen, war ihm jedoch klar. Er hatte angefangen, so wie Rickard sein Glas zu drehen, leerte es jetzt aber in einem Zug und sagte einfach so ins Blaue hinein, obwohl Georg Mård über irgend etwas redete, was sich vor Jahren bei einer Rehwildjagd zugetragen hatte:

»Was, zum Henker, sollen wir jetzt tun?«

Es war eine Weile still. Sie sahen ihn an. Anders zwinkerte irritiert mit den Augen.

»Tun? Was meinst du damit?«

Er antwortete nicht, wußte nicht, was er antworten sollte. Verstand es sich denn nicht von selbst, daß sie etwas tun mußten? Sie konnten doch nicht nur wie ein Haufen sich mausernder Krähen herumsitzen und daran denken, was geschehen war, während ihre Münder etwas anderes wiederkäuten. Nach einer Weile antwortete Georg ruhig und zurechtweisend, als spräche er mit einem Kind:

»Nichts werden wir tun. Das verstehst du doch.«

Måns öffnete den Mund, um etwas zu sagen, kam aber nicht mehr dazu. Sie hörten ein Klopfen. Jemand pumperte mit der Faust an die Haustür. Måns bekam schlagartig wieder einen trockenen Mund und spürte, wie er am ganzen Körper schwitzte. Es war fast dasselbe Gefühl wie in dem Moment, als er im Bus den Aufprall gespürt und das Blech über das Fahrrad hatte kratzen hören.

»Das ist bestimmt Klas«, sagte Georg ruhig und ging öffnen.

So war es natürlich, und Måns schämte sich augenblicklich für seinen Schrecken. Er hörte, wie Georg draußen in der Diele Klas Bodin lautstark begrüßte, und nach ein paar Minuten kam der Hund hereingeschossen, den Klas für Rickard mitgebracht hatte. Das Tier flitzte umher, bellte nervös und machte nebenbei ein paar Tropfen an das famose Flügelbein, womit Båj sein Debakel im Gesellschaftsleben erlebt hatte. Kurz danach stand Klas in der Tür. Er keuchte angestrengt nach einem gut fünf Kilometer langen Marsch durch die Dunkelheit, und seine schicken braunen Halbschuhe und die ordentlich gebügelten Tweedhosen waren lehmverschmiert.

»Soso, da sitzt ihr also.«

Er war untersetzt und korpulent und hatte die gleichen flinken grauen Augen wie seine Schwester Fanny. Måns redete sich ein, Klas müsse durchschauen, daß etwas vorgefallen war.

Während Georg ihm einen Whisky einschenkte, saßen sie alle still und verzagt da. Das war nicht normal. Er mußte es durchschauen.

»Habt ihr vergessen, daß ihr mich abholen solltet?«

Er klang spitz, weil er nach diesem Marsch noch immer ganz außer Atem war.

Erik räusperte sich nach seinem langen Schweigen.

»Wir haben dich nicht vergessen«, erwiderte er. »Es war nur so, daß wir nicht fahren und dich abholen konnten.«

»Nein?«

Er sah amüsiert drein, gerade so, als hätte ihm der Fünfkilometermarsch im Wind mit einem zerrenden Hund und einer schweren Reisetasche im Grunde gar nicht viel ausgemacht. Möglicherweise amüsierte ihn ihre Verlegenheit. Måns wurde nicht klug aus ihm.

»Es konnte keiner fahren«, erklärte Erik.

»Was, zum Kuckuck, soll das heißen? Keiner von euch kann Auto fahren?«

Er lachte, und sein Blick wanderte munter und spähend von einem zum andern.

»Nein«, sagte Georg und grinste, »wir haben schließlich hier gesessen und einiges getrunken.«

»Ach so, ihr nehmt es mit einem Mal peinlich genau! Ich habe nicht gedacht, daß sich das nun auch auf dem Land durchgesetzt hat.«

Als keiner eine Miene verzog, leerte er sein Glas und stellte es mit einem Knall ab.

»Zum Gehen war es jedenfalls ein Hundewetter.«

»Es regnet doch nicht etwa?« fragte Rickard. »Wir haben den ganzen Abend im Haus verbracht, so daß wir gar nichts gemerkt haben.«

Måns begegnete seinem Blick. Es war eine einfach so hingeworfene Bemerkung in gewohnter Rickardmanier, freundlich und ein bißchen langweilig. Doch es war eine Lüge, und das wußte er, denn er hatte sie formuliert, bevor er sie ausgesprochen hatte. Es war ihre erste wirkliche und wirkungsvolle Lüge. Måns gehörte der Jagdgesellschaft schon mehrere Jahre an. Aber noch nie war er von ihrer Zusammengehörigkeit unangenehm berührt gewesen.

Nur eine halbe Stunde nach Bodins Ankunft brach er auf. Es war halb zwei, als er nach Vinterrönningen kam, und das Haus war still und dunkel. Sjunga fing im Küchenflur zu knurren an, doch er beruhigte sie, indem er leise pfiff. Eva schlief, und er kroch in sein Bett, ohne sich bemerkbar zu machen. Er wollte schlafen, schlafen und versuchen, am nächsten Morgen wie ein Mensch zu sein,

Eva unter die Augen treten und ihr sagen können, er habe sich amüsiert.

Er lag in der Dunkelheit in unruhigem Halbschlaf und dachte daran, daß man die Frau möglicherweise schon gefunden hatte. Auf jeden Fall würde man sie am Morgen finden und feststellen, daß sie von einem Auto überfahren worden war, einem Fahrerflüchtigen oder womöglich einem, der nicht gemerkt hatte, was passiert war.

Er war gerade dabei, in die diffuse Welt zwischen Traum und halbgedachten Gedanken hinüberzudämmern, als er plötzlich fröstelte und wach wurde. Er war mit einem Schlag so grauenhaft hellwach, als wäre es hellichter Tag. Das Fahrrad, dachte er. Er sah das Fahrrad mit dem demolierten Vorderrad und der eingedrückten Lenkstange vor sich. Man würde auch das finden. Man würde es auf der Forststraße finden und mit der Frau in Verbindung bringen. Die Busspuren auf der lehmigen Forststraße, die Spuren ihrer Füße, die an der Unglücksstelle herumgetrampelt waren, und die Spuren von Pelles umständlichem Wendemanöver beim Birkenholzlager – all das sah er klar und deutlich vor sich, als er mit weit aufgerissenen Augen in dem dunklen, kühlen Schlafzimmer lag. Er fand keine Erklärung dafür, daß sie das Fahrrad vergessen hatten. Keine andere Erklärung als Panik. Das war die erste Nacht, in der er nicht schlafen konnte.

4

Samstag, 12. Oktober
Sonntag, 13. Oktober

Als er am Morgen aufstand, hatte er sich eine Art Plan ausgedacht.

»Ich fahre zum Bahnhof und sehe nach, ob das Blatt für die Ablängsäge schon gekommen ist«, sagte er zu Eva.

»Das kann vor Anfang der Woche gar nicht dasein.«

Mit dieser Antwort hatte er gerechnet. Eva kannte sich aus und vergaß nichts. Er nahm einen Schluck heißen Kaffee, bevor er log.

»Ich habe gebeten, es als Eilgut zu schicken.«

Sie gab sich damit zufrieden, und warum auch nicht?

»Möchtest du kein Brot zum Kaffee?«

Als er ablehnte, sah sie ihn vergnügt an.

»Dir geht es heute wohl nicht so gut?«

»Sieht man das?«

»Schau dich doch im Spiegel an.«

Das tat er, während er sich die Krawatte band. Måns hatte für seine zweiunddreißig Jahre ein recht junges und nettes Gesicht. Dieser Eindruck wurde von der großen westlingschen Nase gerettet, die dem gern lachenden Mund und dem jungenhaft hellen Haar, das sich in den Wirbeln sträubte, zum Trotz einen gewissen Respekt einflößte. An diesem Morgen mußte er mitten in all der Trübsal über sein Gesicht lächeln. Er sah aus, als hätte er zum ersten Mal eine Nacht durchgefeiert und würde es bereuen.

Er hätte gern Erik Emilsson angerufen und ihn gefragt, ob auch ihm das Fahrrad eingefallen sei. Das war jedoch nicht zu machen, weil sich Eva ständig in der Küche aufhielt und jedes Wort hören könnte, das am Telefon in der Diele gesprochen würde. Außerdem glaubte er kaum, daß Erik noch über das Unglück reden wollte. Gleichwohl war es lächerlich, daß er in all seiner kühlen Umsicht so aufgewühlt gewesen war, dieses Fahrrad zu vergessen.

Sie hatten einen alten Volvo Duett, der zusammen mit dem Traktor und den übrigen Maschinen in einem Schuppen stand, den er zur Garage umgebaut hatte. Es war immer knifflig, in dem Gerümpel dort drinnen zurückzusetzen, ohne irgendwo anzustoßen. An diesem Morgen empfand er einen derart heftigen Widerwillen, als er am Steuer saß, daß er nervös wurde und völlig unnötigerweise mit dem hinteren Kotflügel an die Grasmähmaschine stieß. Das gab eine große Delle im Blech. Måns dachte einen Augenblick daran, das ganze Unterfangen aufzugeben und es eben einfach in die Binsen gehen zu lassen. Wahrscheinlich kam er sowieso bereits zu spät.

Er fuhr trotzdem. Bevor er auf die Landstraße fuhr, steckte er sich eine Zigarette an und ließ einen LKW vorbei, dem er ein paar Minuten Vorsprung gab, ehe er dieselbe Richtung einschlug. Er hatte keine Lust, unnötigerweise gesehen zu werden, wenn er in den Kroktorpsvägen einbog. Bei Stora Nybygget sah er nichts, was sich bewegte, er registrierte aber, daß alle vier Busse weg waren. Samstags war der Fahrplan lang, und Pelle fuhr natürlich wie immer. Måns fragte sich, wie es ihm dabei wohl ergehe.

Bei Tageslicht sah man, wie schmal der Kroktorpsvägen eigentlich war. Hier mit einem Bus zu fahren, schien unmöglich zu sein, er hatte es aber getan und wußte, daß es ging. Außer dem Bus hatte auf der Straße nichts mehr Platz. Als Måns zu der Stelle kam, wo sie die Frau gefunden hatten, war kein Fahrrad am Straßenrand. Obwohl er die ganze Zeit über schon befürchtet hatte, zu spät zu kommen, wollte er nicht glauben, daß es tatsächlich wahr war.

In der leisen Hoffnung, noch eine Stelle zu finden, an der sich eine entlaubte Birke an einen Stein am Straßenrand lehnte und diese dann die richtige sei, fuhr er langsam ein Stück weiter. Bei dem Birkenholzlager, wo Pelle den Bus gewendet hatte, setzte er zurück und hatte zumindest die Genugtuung, noch einmal über die Reifenspuren des Busses gefahren zu sein, die sich mit grausiger Deutlichkeit im Lehm abzeichneten.

Er kehrte zu dem Stein und der Birke zurück. Er mußte einsehen, daß es die richtige Stelle war und daß das Fahrrad verschwunden war. Was er getan hätte, wenn er es gefunden hätte, darüber war er sich nicht recht im klaren. Er hatte sich überlegt, es in den Wald zu schleppen und zu versuchen, es in einem Moorloch zu versenken. Oder, sollte ihm das nicht gelingen, es einfach in einem Reisighaufen zu verstecken. Seltsamerweise empfand er eine gewisse Erleichterung darüber, daß er dies nicht zu tun brauchte. Nun war die Sache wenigstens geklärt. Sie mußten die Frau vor mehreren Stunden dort an der Straße entdeckt haben, und nachdem dann jemand das Fahrrad gefunden hatte, war es nur noch eine Frage der Zeit, bis sie begriffen, was sich da abgespielt hatte. Die Polizei würde, vom Finder des Fahrrads geführt, hierherkommen. Man würde die Reifenspuren vermessen und Abdrücke nehmen, und früher oder später würden sie in Stora Nybygget auftauchen und Mård fragen, ob sie einen Blick auf seine Busse werfen dürften.

Daß er selbst hier hin und her gefahren war und die Spuren im Lehm durcheinandergebracht hatte, war unerheblich. Sie würden auch den Reifenabdruck seines Duetts identifizieren. Er hatte hier nichts verloren und konnte genausogut nach Hause fahren, Mård oder Erik Emilsson anrufen und sie bitten, mitzukommen und sich selbst anzuzeigen, bevor es zu spät wäre.

Seine Nervosität hatte sich bei dieser Entdeckung gelegt,

und er empfand nur noch eine seltsame, dumpfe Erleichterung und Leere, als er auf die Landstraße fuhr. Obwohl er wußte, wie es dort aussehen würde, fuhr er zu der Milchbank von Nipparbol und hielt dort an. Die Leiche der Frau war verschwunden, doch konnte er in dem welken Gras und den braunen Ampferblättern, die der Frost aufgerollt hatte, noch ihren Abdruck erkennen. Es schien, als wären eine Menge Leute um die Milchbank herumgetrampelt. Er setzte auf dem Nipparbolsvägen zurück, wendete und fuhr dann, an der Kirche und der Schule vorbei, auf der Landstraße nach Hause. Den Kroktorpsvägen zu sehen hatte er keine Lust mehr.

Zu Hause angekommen, rief er ein paarmal bei Erik Emilsson an, doch da nahm niemand ab. Er versuchte es mit Mårds Nummer, und dort meldete sich Valborg und sagte, Mård sei unterwegs und nicht vor Mittag zurückzuerwarten. Je mehr Stunden vergingen, um so nervöser wurde Måns wieder. Er konnte ja schlecht hingehen und die ganze Geschichte anzeigen, ohne mit den anderen gesprochen zu haben. Aber er wußte, daß es getan werden müßte, bevor sie entdeckt würden, wenn sie sich nicht noch mehr hineinreiten wollten. Er hatte Mühe, sich so weit zu sammeln, daß er etwas tun konnte, und er merkte, daß Eva ihn ansah. Sie wirkte jedoch vergnügt, und wahrscheinlich nahm sie an, daß er einen Kater habe. Das würde die Sache nicht leichter machen, wenn irgendwann alles herauskäme.

In der Hoffnung, daß Georg oder Erik zurückgekommen seien, wählte er immer wieder die beiden Nummern. Anders Flod hatte kein Telefon, und Rickard anzurufen hielt er für zwecklos. Diese beiden könnten ohnehin nichts allein entscheiden. Rickard würde wahrscheinlich die ganze Sache von sich wegschieben und das Beste hoffen. Seltsamerweise merkte Måns, daß er dies am liebsten auch tun würde. Am Nachmittag war dieses Gefühl so stark, daß er froh war, niemanden zu erreichen, als er anrief. Schließlich versuchte er es gar nicht mehr. Mit dem vagen Gefühl, daß sich alles einrenken und er nie wieder etwas von dem Unglück hören würde, kam er am Nachmittag zum Dreiuhrkaffee in die Küche.

Dort roch es nach frischem Brot, und es war so warm, daß Eva mit nackten Armen und glühenden Wangen umherging. Albinsson, die einzige Arbeitskraft, die sie angestellt hatten, saß bereits auf der Bank, die Schüssel mit den Wecken vor sich; und die Jungen waren aus der Schule gekommen und barsten vor Neuigkeiten. Hasse, der in die erste Klasse ging, erzählte Eva gerade, was sie in der Verfügungsstunde gemacht hatten. Sie hatten Rätsel geraten, und Göran, der vier Jahre älter war, wußte sie alle zu beantworten.

»Noch mehr Schokolade«, bat er.

»Weißt du, was das ist?« fragte Hasse eifrig. »Innen schwarz und außen rot ... nein, innen rot und außen schwarz und man hat zwei davon.«

»Keine Ahnung«, antwortete Eva aufrichtig.

»Galoschen!«

»Galoschen«, äffte Göran nach. »Das ist doch nicht normal! Wer hat denn solche Galoschen?«

»Das Fräulein hat das aber gesagt.«

»Ja, die hat bestimmt Galoschen. Groß wie Häuser.«

»Das ist doch ein Rätsel! Du bist vielleicht dumm!«

»Zankt euch nicht«, bat Eva. »Erzähl lieber noch ein Rätsel, Hasse.«

»Lappen auf Lappen, aber keine Naht«, sagte Hasse prompt.

Noch bevor Albinssons träge Hand die Schüssel erreicht hatte, schnappte sich Göran einen Wecken.

»Beim Bahnhof unten ist eine Frau überfahren worden«, sagte er.

Måns verschüttete Kaffee in die Untertasse, als er seine

Tasse absetzte. Er hatte gedacht, es würde still in der Küche, doch Eva fragte umgehend:

»Herrje, was ist mit ihr?«

»Sie ist tot.«

»Lappen auf Lappen, aber keine Naht, Mama«, bat Hasse inständig.

»Es wird behauptet, daß es ein Unglück war«, sagte Albinsson. »Ich habe auch davon gehört.«

»Es steht in der Zeitung!« triumphierte Göran.

»Lauf und hol die Zeitung, Hasse. Die wird jetzt wohl dasein.«

Måns hätte das gern verhindert, wußte aber nicht, was er sagen sollte.

»Was nicht alles für Unglücke auf den Straßen passieren!« meinte Eva, doch ihre Worte drangen nicht bis zu ihm vor.

»Erst raten, Mama!«

»Lappen auf Lappen ... nein, das weiß ich nicht. Deine Rätsel sind so schwierig.«

»Ein Kohlkopf!«

»Ach so! Ja, natürlich. Aber jetzt lauf bitte und hol die Zeitung.«

»Kohlkopf, Kohlkopf!« schrie Hasse und stürmte durch den Küchenflur hinaus.

Måns konnte ihn auf dem ganzen Weg bis zum Briefkasten sehen. Er sah ihn die Lokalzeitung herausfischen und am Grabenrand entlangrennen und damit wedeln. Plötzlich schwenkte Hasse in den Kartoffelacker ab, und da sah Måns nicht mehr, was er trieb. Evas und Görans Gespräch summte ihm monoton in den Ohren.

»Es war auf der Straße zum Bahnhof, unmittelbar bevor man nach Nipparbol abbiegt, du weißt schon. Wir sind in der Pause hingeradelt und haben geguckt, aber da war nichts zu sehen.«

»Woher habt ihr gewußt, daß es dort war?«

»Kents Vater hat sie gefunden, als er heute morgen mit dem Milchauto unterwegs war.«

»Ich habe meinen Ford Taunus gefunden!«

Hasse kam herein und warf ein rostiges, erdiges Spielzeugauto auf den Küchentisch.

»Das ist doch meiner«, protestierte Göran, während Eva die Zeitung auseinanderfaltete. »Das ist doch mein Ford Fairline.«

»Das ist ein Taunus. Guck doch, was darunter steht! Ford Taunus 17 M!«

»Das meinst du bloß. Du kannst ja gar nicht lesen.«

»Ich kann nicht lesen! Was steht hier, Mama?«

»Macht nicht so einen Krach um dieses kaputte Auto. Da steht Ford Taunus 17 M ... herrje ... derjenige, der sie überfahren hat, ist bestimmt einfach davongefahren.«

Sie sah nicht von der Zeitung auf, und Måns war ihr dafür dankbar. Er mußte sich vorbeugen und ein paar Sekunden lang die Augen schließen.

»Die Leute sind wie verrückt«, sagte Albinsson.

Das war eine seiner Thesen. Er fand oft Gelegenheit, sie anzubringen.

»Einfach so davonzufahren! Die arme Frau«, sagte Eva.

»Ford Taunus 17 M! Da hast du's! Ätsch, bätsch, ätschebätsch!«

»Für dich ...«

»Ruhe!« sagte Måns.

Eva sah auf. Der Blick, den sie ihm zuwarf, war seltsam forschend – oder meinte er das nur?

»Geht bitte spielen«, sagte sie.

Die Jungen gehorchten. Sie guckten etwas verdutzt drein.

»Kann ich mal die Zeitung sehen?« bat Måns.

Er sperrte sich gegen die Schlagzeile, doch ihr war nicht zu entkommen. Die Lokalzeitung hatte die Sache groß aufgemacht, aber das war schließlich zu erwarten gewesen.

> RASBYERIN OPFER EINES VERKEHRSROWDYS
>
> Svea Maria Hellberg, eine 43jährige Frau aus Rasby, wurde am Samstagmorgen einen knappen Kilometer vom Bahnhof Rasbyfors entfernt tot an der Landstraße aufgefunden. Frau Hellberg war am Freitagabend mit dem letzten Zug aus der Stadt gekommen und allem Anschein nach mit ihrem Fahrrad nach Rasby unterwegs gewesen, wo sie seit ein paar Wochen im Altersheim angestellt war. Sie war in der Dunkelheit bei einer Kollision mit einem unbekannten entgegenkommenden Fahrzeug von ihrem Fahrrad geschleudert worden und hatte sich bei dem Sturz so schwere Schädelverletzungen zugezogen, daß sie starb. Der Fahrer beging Unfallflucht und konnte bis zum Samstagvormittag noch nicht ermittelt werden. Die Polizei bittet die Bevölkerung um sachdienliche Hinweise über den Verkehr am Freitagabend nach dreiundzwanzig Uhr in der Umgebung des Bahnhofs Rasbyfors. Frau Hellbergs Fahrrad, das schwer demoliert bei der Unglücksstelle gefunden wurde, hatte keine Beleuchtung. Svea Hellberg wurde in Enköping geboren und war die Witwe des Lokführers Alvar Hellberg. Als nächste Angehörige trauern Geschwister sowie Nichten und Neffen um sie.

Er faltete die Zeitung zusammen und gab sie Eva zurück. Er wagte nichts zu sagen, weil er wußte, daß seine Stimme nicht tragen würde. Die dürftigen Angaben über die Frau und das vergrößerte Amateurfoto hatten sie für ihn nicht lebendiger werden lassen. Auf der verschwommenen Aufnahme sah sie bereits wie eine lebendige Tote aus – es fiel ihm schwer, sie sich als einen Menschen vorzustellen, der mehr als vierzig Jahre lang agiert hatte, als Lokführerwitwe und Tante unbekannter Nichten und Neffen. Sie war unwirklich, wohingegen die schwarze Schlagzeile durchaus unmißverständlich war. Er starrte auf das Wort Verkehrsrowdy, als Eva in der Zeitung weiterblätterte.

»Was ist mit dir, Måns?«

»Nichts.«

»Findest du das nicht grausig?«

»Ja.«

Er merkte, daß sie noch mehr zu dem Unglück sagen wollte, und fiel ihr rasch ins Wort:

»Hast du noch Kaffee?«

»Ich kann noch welchen kochen.«

Göran kam vom Hof herein, um seine Jacke zu holen, die über einem Küchenstuhl hing. Er war schon wieder auf dem Weg nach draußen, als Måns ihn fragte:

»Es war Kents Vater, der diese Frau gefunden hat, sagtest du?«

»Ja. Heute frühmorgens war das.«

»Hat da auch ein Fahrrad gelegen?«

»Ja, sicher. Das steht doch in der Zeitung! Kent hat auf dem Heimweg im Laden eine Zeitung gekauft, aber von seinem Vater stand nichts drin.«

Måns dämmerte, daß Kent in der Schule einen großen Tag gehabt hatte.

»Hat das Fahrrad neben ihr gelegen?«

»Natürlich hat es neben ihr gelegen. Sie ist doch überfahren worden, als sie mit dem Fahrrad vom Bahnhof kam.«

Er spürte, daß er nicht mehr fragen sollte. Eva war am Herd mit dem Kaffee zugange, und ihr Rücken drückte nichts aus.

»Danke für den Kaffee«, sagte er. »Ich gehe ein Weilchen ins Büro. Ich habe vor dem Wochenende noch einiges zu erledigen.«

Da sah sie ihn an.

»Wolltest du nicht noch welchen haben?«

»Nein, danke.«

»Ich glaube, Westling ist das an die Nieren gegangen«,

sagte Albinsson. »Ja, ich sage es ja. Die Leute sind wie verrückt. Aber ich kann mich ja der paar Tropfen Kaffee erbarmen.«

Das Zimmer, das im Erdgeschoß zur Straße hin lag und in dem Måns seinen Schreibtisch und den kleinen schwarzen Tresor stehen hatte, war schon zu Lebzeiten seines Vaters Büro genannt worden. Dort verwahrte er seine Jagdwaffen und seine Trophäen, die eigentlich gar nicht so schlecht waren, deren er sich jedoch, wenn Georg Mård zu Besuch kam, schämte, weil sie von einem Stümper in der Stadt, dessen einziger Vorteil war, billig zu sein, so schlecht präpariert worden waren.

Da er den Maschinenpark verwaltete, gehörte eine Menge Schriftkram zu seiner Arbeit, und er hatte sich eine Schreibmaschine anschaffen müssen, auf der er langsam und ordentlich die Rechnungen herunterhackte. Eva und die Kinder wußten, daß er Büroarbeit mühselig fand, und wurde er dabei gestört, dann vertippte er sich gern, mußte das Blatt herausziehen und von vorn anfangen. Sie ließen ihn dort also normalerweise in Ruhe. Er setzte sich an den Schreibtisch und tat eine ganze Weile lang gar nichts. Es war angenehm, mit unkontrolliertem Gesicht dasitzen zu können. Die Jungen sah er nach einer Weile zur Straße radeln, doch dauerte es lange, bis die Küchentür hinter Eva zufiel. Als er sie nicht auf die Auffahrt kommen sah, nahm er an, daß sie nur Eier holen gegangen war, und da mußte er sich beeilen. Er ging in die Diele und wählte Erik Emilssons Nummer. Er mußte sich kurz fassen, als er Erik am Apparat hatte.

»Du hast die Zeitung gelesen?«

»Ja.«

»Warst du das, der das Fahrrad dorthin gelegt hat?«

»Nein.«

Mehr wurde dazu nicht gesagt. Erik wollte nicht reden. Offenbar war jemand in seiner Nähe.

»Wir sollten die Sache jetzt auf sich beruhen lassen«, sagte er nur.

Aber Måns konnte sie nicht auf sich beruhen lassen. Den ganzen Abend über lauerte er auf eine Gelegenheit, ungestört telefonieren zu können, und als in der oberen Halle schließlich der Fernseher lief, war es gut machbar, wenn er nur leise sprach. Georg wollte über das, was geschehen war, genausowenig reden wie Erik.

»Ich war nicht dort«, versicherte er.

»Hast du vielleicht Pelle hingeschickt, damit er das Fahrrad dorthin bringt?«

»Nein. Wie hätte ich Pelle dazu bewegen können?«

Als er in Rasby anrief, meldete sich Clara Bodin. Er fühlte sich nicht in Form, um sich ihr flatterhaftes Geschwätz über Gott und die Welt anzuhören, aber es war schwierig, zu Clara kurz angebunden zu sein. Sie wollte wissen, was er so spät noch von Rickard wolle, und er sagte, es gehe um die Jagd. Als er endlich mit Rickard sprechen konnte, hörte er ihm an, daß er nervös war.

»Ich wollte auch anrufen, aber das war ein bißchen schwierig«, sagte er. »Warst du es, der dort war und ... na, du weißt schon.«

Er konnte offensichtlich nicht ungehindert sprechen, und Måns war von der ganzen Chose schon übel, doch er mußte am Ball bleiben.

»Wenn du das Fahrrad meinst – ich war es nicht.«

»Erik oder einer der Mårds war es auch nicht.«

»Ich weiß.«

»Erik will nicht mehr darüber sprechen«, sagte Rickard. Er klang betreten.

»Damit hat er wohl recht. Wir sollten nicht so viel darüber reden.«

»Dann war es wohl Anders.«

Sie mußten sich damit begnügen. Es war nicht möglich, Anders telefonisch zu erreichen, und keiner von ihnen konnte sich am Samstagabend nach Gillermossen aufmachen. Das sähe zu merkwürdig aus.

Als er sich schlafen legte, dachte Måns, daß er froh sein sollte. Anders war offenbar der umsichtigste von ihnen gewesen und hatte sich noch in der Nacht oder am frühen Morgen aufgemacht und das Fahrrad dorthin gebracht. Es bestand die Möglichkeit, wenn sie in der Zeitung auch nicht erwähnt worden war, daß die Polizei sich mit der Erklärung begnügte, der unbekannte Fahrer habe die Frau und das Fahrrad in der Dunkelheit nicht gesehen. Es bestand die winzige Möglichkeit, daß sich alles einrenken und er die ganze Geschichte allmählich vergessen würde.

Nachdem er die Lampe über den Betten gelöscht hatte, merkte er, daß Eva gar nicht schlief, wie er angenommen hatte. Er lag still und versuchte, ruhig und gleichmäßig zu atmen, doch darauf fiel sie wohl nicht herein, denn plötzlich spürte er ihre Hand auf dem Gesicht.

»Måns?«

Sie lag eine Weile still und strich ihm mit dem Zeigefinger über den Nasenrücken. Nach einer Weile kam sie zu ihm ins Bett gekrochen und lag ganz still neben ihm.

»Måns, mein Lieber ... sag, was ist los? Bedrückt dich etwas?«

Er murmelte, er sei müde. Ihm wollte nichts einfallen. Sie entspannte sich allmählich, und nach wenigen Minuten schlief sie. Er lag mucksmäuschenstill auf dem Rücken, um sie nicht wieder zu wecken.

Am Sonntag abend kam Gustaf Åkerman von Gökkällan herübergetappt. Die beiden Höfe lagen am selben Seitenweg, doch Gustafs Kate lag zwei Kilometer weit im Wald, und außer Westlings hatte er keine Nachbarn. Er wollte ungern anderswo als in ihrer Küche Kaffee trinken, und hatte er welchen bekommen, so fand er viele gute Worte für Evas Gebäck.

»Das ist das schlimmste, wenn man alleine lebt«, erklärte er, »daß man selten gutes Kaffeegebäck bekommt.«

Gustaf trug stets die gleiche Montur: ein blaues Arbeitshemd unter einer Weste aus braungelbem Kord und Cheviothosen, die in den Stiefelschäften steckten. Neben sich auf der Klappe der Küchenbank hatte er einen alten, aber recht eleganten Felbelhut abgelegt, der einst Månsens Vater gehört hatte. Als er zum zweiten Mal nachgeschenkt bekam, steckte er sich unterm Schnurrbart ein Zuckerstückchen in den Mund und trank aus der Untertasse.

»Ich war heute morgen draußen und habe mich ein bißchen umgesehen«, sagte er, und sein Schnurrbart vibrierte, als er den Kaffee schlürfte. »Ich wollte ihn aber nicht beunruhigen. Ich weiß jetzt jedenfalls, daß er beim Flymyran unten steht.«

»Wer denn?« fragte Eva.

»Gustaf spricht von nichts anderem als diesem Elchhirsch«, sagte Måns lachend. »Er hat sich in den Kopf gesetzt, daß dieser Elch größer ist als der, den Georg Anno sechsundvierzig geschossen hat.«

»Du wirst schon sehen«, versetzte Gustaf gedämpft. »Wir werden ihn schon kriegen.«

»Es ist nicht mal sicher, daß wir ihn überhaupt zu Gesicht bekommen. Die können listig sein, diese alten Hirsche.«

»Ich mache das schließlich auch nicht zum ersten Mal mit«, sagte Gustaf. »Was das angeht. Und es kommt immer drauf an, wer der schlauere ist. Ich erinnere mich an einen, der war schlechtweg unglaublich hinterlistig. Das ist lange her. Zwanzig Jahre mindestens, es war nämlich im selben Jahr, in dem ich die erste Remington gekauft habe. Im Herbst war das, aber ich nenne kein Datum.«

Als er gerade die Untertasse abgestellt hatte und in Gang gekommen war, klingelte das Telefon.

»Warte, bis ich zurückkomme«, bat Måns.

»Der alte Gustaf kann in der Zeit bestimmt noch ein Schlückchen bekommen?«

Er streckte seine Untertasse hin, und Måns ging ans Telefon.

Es war Rickard, und er klang so ängstlich, daß Måns mit einem Schlag dahin zurückversetzt wurde, woran er nicht denken wollte.

»Kannst du auf einen Sprung herüberkommen?« fragte er.

»Ja, sicher. Gibt es etwas Besonderes?«

»Nein, aber es wäre schön, wenn du kommen würdest. Wir müssen ja noch über die Jagd morgen reden. Ich habe auch die anderen angerufen.«

»Gustaf ist hier. Ich bringe ihn gleich mit.«

»Nein, besser nicht.«

Er klang jetzt wieder ängstlich.

»Es ist besser, wenn du allein kommst.«

»Ich dachte, du hast gesagt, wir wollen über die Jagd reden«, sagte Måns unnötig scharf.

»Ja, sicher. Es ist nur so, daß ... nun, darüber reden wir, wenn du da bist.«

»Was ist denn los? Kannst du nichts sagen?«

»Fanny und Clara sind bei einem Vortrag im Gemeindesaal«, erwiderte er. »Von daher ist also nichts zu befürchten. Es ist durchaus nichts passiert. Es ist nur so, daß Klas bei der Jagd dabeisein möchte.«

»Klas Bodin?«

»Ja«, sagte Rickard nervös. »Ich verstehe, daß dir das nicht recht ist. Aber komm auf jeden Fall herüber. Wir können ja darüber reden.«

»Wenn wir über die Jagd reden wollen, muß Gustaf doch dabeisein.«

»Ja, schon, aber diesmal nicht. Måns, bitte ...«

»Worum geht es eigentlich?« brüllte Måns. Er war von Rickards seltsamem Eiertanz am Telefon unangenehm berührt, unangenehm berührt und erschreckt.

»Klas möchte nicht, daß Gustaf bei der Jagd dabei ist«, antwortete Rickard prompt, und dann war es am anderen Ende atemlos still.

»Der hat doch wohl, verdammt noch mal, nichts zu melden!«

»Bitte komm jetzt, Måns.«

Rickard hatte aufgelegt, und Måns stand mit dem Hörer in der Hand und Wut im Bauch da. Man mußte sein Gebrüll bis in die Küche gehört haben, denn als er dorthin kam, fragte Eva:

»Was braut sich denn da nun wieder zusammen?«

»Ich weiß es nicht. Ich fahre kurz nach Rasby hinüber.«

»Geht es um die Jagd?«

Er mochte es nicht beschwören – aber schwang in ihrer Stimme nicht Unruhe mit?

»Klar. Worum sollte es denn sonst gehen?«

Rasby lag an derselben kurvenreichen Landstraße wie Stora Nybygget und das Forsthaus, von Vinterrönningen aus fuhr man jedoch gut zwei Kilometer in nördlicher Richtung durch die Waldgemeinde, ehe man auf einer kleinen Anhöhe über dem Spjuten das weiße Haus liegen sah. Der See sollte sicherlich einst das Gebäude spiegeln, das mit dem Turm über dem Eingang einen etwas kläglichen Schloßcharakter hatte. Die Ufer des Spjuten waren jedoch mit Schilf zugewachsen, und die blanke Fläche in der Mitte spiegelte nichts als einen rasch dunkelnden Oktoberhimmel. Als Måns mit dem Duett auf den Kiesplatz fuhr, sah er, daß Anders Flod gerade sein Fahrrad an der Treppe abstellte. Er kurbelte die Scheibe herunter und rief:

»Warte, Anders!«

Nachdem er geparkt hatte, kam Anders ihm entgegengetrottet. Ihm tränten die Augen nach der Fahrradtour.

»Ich wollte dich nur etwas fragen, bevor wir hineingehen«, sagte Måns. »Das warst wohl du, der heute nacht dieses Fahrrad dorthin gebracht hat?«

»Welches Fahrrad?« fragte Anders und schneuzte sich gründlich.

Das sah ihm ähnlich, mit einer vorsichtigen Gegenfrage zu kommen. Man mußte schließlich wissen, worum es ging.

»Ihr Fahrrad natürlich. Das von dieser Frau, die wir überfahren haben.«

»Das habe ich nicht angerührt. Ich bin nicht außer Haus gewesen.«

Anders schien diese Sache nicht einmal einer Diskussion wert zu sein. Er ging vor Måns her zur Treppe. Genaugenommen gab es auch nicht viel zu sagen. Måns hatte jedoch das Gefühl, ins Schwimmen geraten zu sein.

Rickard mußte ihn als letztes angerufen haben, denn die anderen waren bereits da. Sie saßen im Wohnzimmer der Schwestern zwischen den Resultaten deren Kreuzstichfleißes, zwischen großblättrigen Topfpflanzen und Fotos längst Verstorbener. Klas Bodin saß in Fannys Schaukelstuhl und balancierte ein Glas Whisky-Soda, und auf dem Sofa hatte sich der denkwürdige Karim in den Kissen zusammengerollt. Månsens Wut meldete sich zurück, sobald er Bodin sah, und er konnte keinen Grund erkennen, nicht direkt draufloszulegen.

»Gustaf war bei mir zum Kaffeetrinken«, sagte er. »Ich finde, er sollte dabeisein, wenn wir etwas über die Jagd morgen vereinbaren.«

Es war eine Weile still, dann sagte Rickard verlegen:

»Klas meint ja nun, daß Gustaf dieses Jahr nicht dabeisein soll. Klas hat ja nun vorgeschlagen, daß er selbst ...«

»Klas meint ja nun, Klas hat ja nun!« äffte Måns nach. »Vielleicht könnte Klas so freundlich sein und selber reden!«

Klas reagierte jedoch nicht. Måns sah, daß Erik Emilsson keinen Blick von ihm wandte und seine Augen ungewöhnlich schmal und schwarz waren.

»Worum geht es hier eigentlich? Hast du, Rickard, Klas zur Elchjagd eingeladen?« Georg stellte diese Frage, und Rickard wußte offensichtlich nicht, was er darauf antworten sollte, denn er warf Klas Bodin in seinem Schaukelstuhl einen flehentlichen Blick zu.

»Es ist ja nun in der Tat so«, fuhr Georg fort, »daß wir seit vielen Jahren dieselbe Jagdgesellschaft bilden und nie Gäste einladen, weder aus der Stadt noch sonstwoher. Wir machen ja keine Treibjagd, und um zu pirschen und zu schleichen, wie wir es tun, muß man den Wald kennen und einige Erfahrung haben. Es ist keine Gesellschaftsjagd im eigentlichen Sinn. Was Gustaf Åkerman angeht, weiß ich ja nun von alters her, daß du mit ihm so deine Probleme hast. Aber das ist deine Sache. Wir müssen ihn auf jeden Fall dabeihaben.«

»Das finde ich nicht.«

Klas Bodin klang ebenso ruhig wie Georg, doch der Blick seiner flinken grauen Augen schoß wie ein Pfeil von einem zum andern. Die feinen rundlichen Hände umschlossen das Glas und schwenkten es sacht, so daß dessen Inhalt in einem kleinen bernsteingelben Mahlstrom auf dem Grund herumschwappte.

»Ich würde es für vergnüglich halten, ausnahmsweise einmal teilzunehmen«, sagte er, »aber eben nur unter der Bedingung, daß Gustaf zu Hause bleibt.« Es schien fast so, als amüsierte er sich über ihre entgeisterte Wut.

»Verdammt noch mal, du kannst keine Bedingungen stellen!« stieß Georg hervor.

Klas lachte.

»Und ob ich das kann! So, wie ich euch schließlich geholfen habe!«

Keiner gab sich einen Ruck und fragte, was er damit meinte. Lange war nichts als Anders Flods Schniefen zu hören, bis er endlich aufgab und sich absolut synchron mit dem Klang der Pendüle der Schwestern Bodin schneuzte, die neunmal pingelte. Es sah so aus, als wartete Klas Bodin geduldig, bis die Störungen verebbt waren.

»Wenn ich mich nicht um dieses Fahrrad gekümmert hätte, das ihr heute nacht einfach habt liegenlassen, würdet ihr jetzt alle bei der Polizei sitzen.«

Nach diesen Worten leerte er sein Glas und sah keinen von ihnen mehr an.

5

Montag, 14. Oktober

Der Wind hatte aufgefrischt und trieb in endloser Parade schnelle Wolken über den Himmel. Es sah ganz danach aus, als würde es einer dieser leuchtenden Herbsttage, an denen die Sonne ihre letzten Kräfte verausgabt, um Espen und Birken in den Wirbeln des Windes zum Glühen zu bringen, und die Luft klar ist wie geeister Wein. Erik Emilsson war auf dem Weg zum Sammelplatz und ging mitten auf der Straße. Er hatte den Kopf in den Nacken gelegt, um aus den Wolken zu ersehen, ob der Südwind heftig und beständig würde oder ob es sich nur um eine morgendliche Brise handelte, die wieder abflauen würde, so daß sich der Himmel dann bedeckte. Das Jagdwetter war seine vordringlichste Sorge, und er war von jener starken und guten erwartungsvollen Stimmung erfüllt, wie er sie vom ersten Elchjagdtag all der anderen Jahre her kannte. Zwar nagte ganz am Rande seines Bewußtseins die Besorgnis wegen des Busunglücks und Klas Bodins, doch hielt er es nicht für sonderlich fruchtbar, darüber nachzugrübeln. Wie Klas Bodin war, das wußte er.

Er bezweifelte keinen Augenblick, daß es genau so vor sich gegangen war, wie Bodin erzählt hatte, wenngleich Erik außer ihm keinen Menschen kannte, der so gehandelt hätte. Bodin war es leid geworden, in dem Wind am Bahnhofsgebäude herumzustehen und zu warten, und hatte sich in Richtung Kroktorpsvägen aufgemacht. Ein Stück von der Landstraße entfernt war er auf den Bus gestoßen, sie selbst waren allerdings zu sehr mit der Frau beschäftigt gewesen, um ihn zu bemerken. Er behauptete, nicht gesehen zu haben, womit sie zugange gewesen seien, doch als sie das Licht ausgemacht hätten, sei er wirklich neugierig geworden. Nach einer Weile habe er sie mit der Toten aussteigen und sie zur Landstraße tragen sehen. Auf den Gedanken, zu ihnen hinzugehen und zu fragen, was passiert sei, sei er gar nicht gekommen. Nein, er habe am Waldrand gewartet, so nahe, daß er habe verstehen können, was sie sagten. Daß das stimmte, wurde Erik klar, als Klas seine Worte dort in der Dunkelheit wiedergeben konnte:

»Ich möchte keine Busspuren auf der Landstraße haben.«

Das allein war schlimm genug, doch Klas Bodin hatte sich damit nicht zufriedengegeben. Er hatte jedenfalls nicht das getan, wofür Erik vollstes Verständnis gehabt hätte – sie auf schnellstem Weg angezeigt. Nachdem sie den Bus in den Wald zurückgesetzt hatten, war er denselben Weg gegangen und irgendwann auf dieses Fahrrad gestoßen. Es war durchaus denkbar, daß er sich, als er das Fahrrad entdeckte, über ihren Versuch, den Vorfall zu vertuschen, amüsiert hatte. Jedenfalls hatte er es bis zum Nipparbolsvägen zurückgeschoben – eine Mordsarbeit, wie er versicherte, weil nur ein Rad funktionstüchtig gewesen sei. Zwei Tage lang hatte er sein Geheimnis für sich behalten; er wollte wohl, daß die Zeitungsberichte und das Gerede über die tote Frau sie gehörig aufscheuchten, bevor er seinen Schachzug ausführte.

Erik fand trotz allem, daß die Geschichte ihre Pointen hatte. Klas genoß es, Oberhand zu haben, und er war entschlossen, daraus Vorteile zu ziehen. Erik konnte nicht eben behaupten, daß er sich vor ihm fürchtete. Er glaubte nicht, daß Bodin sie so schnell anzeigen werde. Der fand viel zuviel Gefallen daran, mit seinem Wissen über sie zu herrschen, und sie würden sich während der Elchjagd und noch eine Weile danach wahrscheinlich mit so manchem abzufinden haben. Erik war jedoch überzeugt davon, daß ihm noch etwas einfallen werde, um Klas allmählich unter Druck zu setzen. Da gab es wesentlich ernstere Dinge, um sich zu beunruhigen.

Er dachte an Måns Westling. Er mochte ihn. Måns war ein arbeitsamer, prima Junge, der gern lachte und sofort auf der Palme war, wenn ihm jemand auf der Nase herumzutanzen versuchte. Måns hatte jedoch etwas an sich, was Erik fremd war und im Grunde abstieß. Er wählte seine Auswege allzu gefühlsmäßig. Nicht, daß Erik ihn vor dem Vorfall auf dem Kroktorpsvägen je hätte weinen sehen, doch diese Reaktion hatte einen unangenehmen Eindruck auf ihn gemacht. Es war gefährlich, auf diese Weise zu verzagen. Kein Mensch, der verzagte, konnte damit rechnen, so zu handeln, daß er es nicht bereuen mußte.

Måns hatte am Abend zuvor bei Klas Bodins Auftritt auf Rasby auch den gequältesten Ausdruck in den Augen gehabt. Schlimmer aber war, daß er es sich sicherlich nicht gefallen ließe, wenn ein anderer Mensch derart Macht über ihn bekäme. Erik würde sich nicht wundern, wenn Måns eher selbst hinginge und die Sache anzeigte.

Dies war der eigentliche Punkt, an dem Eriks Beunruhigung lästig wurde und ihn nicht loslassen wollte, obwohl er beschlossen hatte, sich von fruchtlosen Grübeleien über das, was geschehen war, eine schöne Jagd nicht verderben zu lassen. Am Montagmorgen auf dem Weg zum Sammelplatz beschloß er jedenfalls, mit Måns zu reden. Als er an Vinterrönningen vorbeiging, war dort kein Mensch zu sehen, und er nahm an, daß Måns so wie er selbst zeitig unterwegs und vielleicht schon am Treffpunkt war. Sie wollten sich, genau so, wie sie es all die anderen Jahre auch getan hatten, um sieben Uhr vor Gökkällan treffen. Måns und er waren in der Regel die ersten; Rickard kam, von irgendeinem Einfall aufgehalten, den die Schwestern in letzter Minute immer noch umsetzen mußten, stets im letzten Moment angekeucht.

Kurz bevor er zu der Stelle kam, wo die Forststraße eine Biegung machte, so daß er Gökkällan sah, hörte er einen Schuß. Er blieb ein Weilchen still stehen und wartete, aber es war nichts mehr zu hören. Hoch über ihm atmete der Tannenwald im heftigen Südwind. Eine Schar Krähen ließ sich ohnmächtig treiben und schrie, ansonsten aber war es still. Er dachte, es sei bestimmt Gustaf Åkerman gewesen, der nicht mehr habe an sich halten können, sondern im Morgengrauen aufgebrochen sei und das Glück gehabt habe, zum Schuß zu kommen – womöglich auf diesen Zauberelch, vom dem er schon den ganzen Herbst über sprach. Erik ging weiter zur Kurve, und als sich der Wald lichtete und nach Gökkällan hin öffnete, sah er Gustaf auf der Vortreppe stehen und in den Wald horchen, gerade so, wie er selbst es vor wenigen Augenblicken getan hatte. Gustaf war offensichtlich ganz genauso überrascht, denn er stand nur in Strumpfsocken da und ließ die Arme hängen. Als er Erik entdeckte, winkte er und verschwand in der Kate.

Kurze Zeit später kam er gestiefelt wieder heraus und ging ohne übertriebene Eile auf Erik zu, der seinen Rucksack abgestellt und die Büchse an den Zaun gelehnt hatte.

»Hast du den Schuß gehört?«

»Ich dachte, du seist das gewesen.«

»O nein, ich muß mich doch wohl bis sieben Uhr gedulden, wenn ich mit den werten Herren jage.«

Erik dachte, daß es sich für Gustaf mit den werten Herren bald ausgejagt hätte, wenn Bodin seinen Willen bekäme, doch hatte er keine Lust, dieses Thema unter vier Augen mit ihm anzuschneiden. Es war ohnehin schon heikel genug.

»Mehr werden das wohl nicht.«

»Es scheint so. Womöglich hat er ihn erwischt.«

Erik begriff, daß Gustaf an den großen Elch dachte, den er den seinen nannte. Er wirkte beunruhigt und verwirrt und spuckte gedankenverloren in einem hohen Bogen vor sich aus.

»Kommt drauf an, wer . . .«

Weiter kam er nicht. Ein neuerlicher Schuß zerriß die Stille, und noch einer, und vor Entgeisterung vergaß Erik mitzuzählen und stand genau wie Gustaf mit offenem Mund da und starrte in die Schwärze des Tannenwaldes. Es wurde wieder still, eine tiefe, unheilverkündende Stille, die nicht einmal von Vogelrufen unterbrochen wurde.

»Jetzt ist die Hölle los«, sagte Gustaf langsam und sah unverwandt die Tannenwand an. »Der Kerl muß das ganze Magazin geleert haben, wofür das auch immer gut sein mag.«

Sie hörten ein Klappern hinter sich und fuhren in einer Geschwindigkeit herum, die normalerweise nicht mit ihrer Würde vereinbar war. Gustaf spuckte erneut aus, diesmal ein bißchen verlegen, da er sah, daß es lediglich Anders Flod war, der mit geschultertem Gewehr und seiner Proviantbox auf dem Gepäckträger angeradelt kam.

»Wer hat da geschossen?«

Er sprang vom Rad und zog sein Nasentröpfchen hoch.

»Ich war es nicht, der Förster war es nicht, und es sieht auch nicht so aus, als ob du es gewesen wärst«, entgegnete Gustaf. »Mehr wissen wir nicht.«

»Das wird doch nicht etwa Bodin sein, der irgendwo draußen Schießübungen macht«, meinte Anders.

»Bodin?«

»Er macht auch mit.«

Anders schlug die Augen nieder, als er Gustafs mißtrauische Verblüffung sah.

»Ich muß schon sagen! Kommen jetzt auch die werten Herren aus der Stadt dazu. Dann gibt es ja eine richtige Gesellschaftsjagd.«

Dem letzten Wort, das in Gustafs Vokabular keinen honorigen Begriff darstellte, sollte eigentlich ein nachdrückliches Spucken folgen, doch wegen der sich Schlag auf Schlag ablösenden Gemütserregungen war Gustaf der Mund ganz trocken geworden, und er mußte es verschieben.

Sie starrten alle drei nach wie vor in den Wald und warteten darauf, daß sich nach dieser raschen Schußfolge etwas ereignen würde, als Georg und Pelle Mård die Straße entlanggegangen kamen.

»Habt ihr die Schießerei gehört?«

Pelle hatte eine leichte Morgenblässe, und sein Blick wirkte aufgescheucht. Erik gefiel das nicht. Auch Georgs erste rasche Frage gefiel ihm nicht:

»Ist Måns schon da?«

Und als Gustaf den Kopf schüttelte:

»Und Bodin?«

»Der kommt wahrscheinlich mit Rickard.«

Erik sah auf die Uhr. Es war fünf nach sieben, und eigentlich war es nicht Månsens Art, zu spät zu kommen. Weit entfernt in Richtung Vinterrönningen hörte er einen Automotor, und ihm war klar, daß Rickard wie üblich daran gehindert worden war, rechtzeitig aufzubrechen, und mit dem Auto fahren mußte.

Sein Volvo hatte noch gar nicht vor dem Gatter einschwenken können, als Gustaf auch schon seinen Standpunkt über Autos im Wald und Leute, die es nicht schafften, ein paar Kilometer zu Fuß zu gehen, darzulegen begann.

»Als ob es nicht schon genug Lärm im Wald gäbe! Wo hast du Bodin denn gelassen? Kommt er nicht mit? Das wird doch nicht etwa er sein, der irgendwo draußen herumschießt?«

Plötzlich verstummte er und nahm vor purer Verblüffung den Hut ab.

»Was ist das denn?«

Karim war aus dem Auto gesprungen und wirbelte in seinem Eifer und seiner Nervosität vor der Versammlung herum, so daß Gustaf nicht herausfinden konnte, was für eine Art Tier das eigentlich war, außer daß es schwarz war und eine weiße Zeichnung hatte, die die Brust bedeckte, sich wie ein Band über den Hals zog und mit einem effektvollen Klecks in einem aufgerollten Schwanzpussel endete.

»Das ist mein neuer Elchhund«, sagte Rickard stolz. »Ein karelischer Bärenbeißer.«

»Das ist ja schrecklich!« sagte Gustaf aufrichtig. »Komm her, laß dich anschauen, du kleiner Teufel.«

Karim sauste davon und drehte zwei Runden um die Gesellschaft. Als Rickard Platz rief, drehte er noch eine Extrarunde und begann durchdringend zu bellen.

»Der kackt sich an, wenn der einen Elch sieht«, bemerkte Gustaf ruhig.

»Gustaf«, bat Rickard verzweifelt. »Er ist zur Jagd abgerichtet und soll schon mehrere Elche gestellt haben. Zwei Jahre alt ist er und hat einen Stammbaum wie ...«

»Ich sehe es seinen Augen an, daß er nicht sicher ist. Komm her.«

Als Karim sich nicht freiwillig besehen lassen wollte, streckte Gustaf blitzschnell die Hand aus und hakte sich am Halsband ein. Karim biß ihn in die andere Hand. Gustaf schnaubte vor Wut, und die anderen lachten. Ein zweiter Versuch endete damit, daß Karim sich hinlegte und sich den Rücken streicheln ließ, doch sobald Gustaf ihn losgelassen hatte, wirbelte er wieder herum und biß Rickard in die Wade. Die Proteste der Verwundeten beschämten ihn offensichtlich, denn nun sauste er in den Wald, und weg war er.

»Das würde ich ihm nicht durchgehen lassen«, sagte Erik.

Rickard pfiff, doch Karim war entweder taub oder unwillig.

»Wenn er nur nicht streunt«, sagte Gustaf finster. »Bei solchen weiß man nie.«

»Was hat er noch gleich gekostet?« fragte Georg.

Rickard blickte melancholisch in Richtung des Dickichts, in dem das Tier verschwunden war.

Gustaf hatte zu einer langen Geschichte über einen Jämthund, der den Jagdkonsultanten gebissen hatte, angehoben, als sie plötzlich fern im Wald ein Geräusch vernahmen. Zweige knackten, und im ersten Moment meinte Erik, Karim habe unversehens einen Elch aufgejagt, der nun flüchte, aber nach einer Weile begriff er, daß da ein Mensch kam. Wer immer das sein mochte, eilig hatte er es, und wie er vorankam, war ihm egal. Die Dickung neben der Straße war so dicht und wucherig, daß sie, lange bevor sie etwas sahen, seinen keuchenden Atem hörten. In einiger Entfernung kam er plötzlich auf die Straße gestürzt, und es schien, als wäre er am Ende seiner Kräfte. Als er sie entdeckte, wollte er zuerst kehrtmachen und in die andere Richtung laufen, doch trugen ihn seine Beine nicht richtig, und nach ein paar Schritten hatten sie ihn eingeholt.

Sie standen um ihn herum, und Gustaf stützte ihn. Er hing an seiner Schulter und atmete schwer und stockend, so daß sie hören konnten, wie arg es ihm beim Luftholen im Hals kratzte. Gustaf, der fast ein halbes Jahrhundert älter war, mußte offensichtlich an Zeiten denken, in denen jener als kleiner Junge um ihn herumgesprungen war und sich weh getan hatte. Er klang zutiefst ängstlich und sprach, wie sie ihn nur selten gehört hatten:

»Månsilein, Kleiner, was hast du dir getan? Willst du dich nicht ein wenig beruhigen und dich hinsetzen? Immer hübsch langsam, Månsilein, nun erzähl mal, was los ist. Menschenskind, Kerlchen, du bist ja völlig fertig.«

Erik gefiel das nicht. Ihm gefiel der Ausdruck in Måns

Westlings Augen nicht. Verzweifelt, kindlich und jenseits jeglicher Selbstkontrolle war der. Gustafs albernes Getue regte ihn auf. Dabei würde nichts Gutes herauskommen. Sollte Måns etwas angerichtet haben, so wäre es das beste, Gustaf wäre gar nicht hier.

»Wer hat da geschossen?« fragte er scharf.

Måns wandte ihm sein schweißnasses Gesicht zu. Er war beim Klang dieser Stimme zusammengezuckt, und man merkte, daß er mitgenommen war. Er ließ sich normalerweise nicht erschrecken.

»Ich.«

»Du hast ja gar keine Büchse, Junge! Du hast doch nicht geschossen«, legte Gustaf los, und noch bevor Erik ihn daran hindern konnte, stammelte Måns:

»Ich habe sie weggeschmissen ... einfach nur weggeschmissen ...«

Erik wandte sich an Rickard, der bestürzt mit einer noch nicht brennenden Zigarette im Mund dastand und Måns anstarrte.

»Wo ist Bodin?« fragte er leise.

Rickard sah aus, als hätte er einen Schlag bekommen, und brauste auf:

»Mein Gott, er ist unterwegs! Er wollte durch den Wald gehen ... er ist vorausgegangen, weil Fanny partout wollte, daß ich noch ... Måns!«

Erik wurde jetzt klar, daß er die beiden zum Schweigen bringen mußte, solange Gustaf dabeistand und seinen wachen Greisenblick von einem zum andern springen ließ und alles, was gesagt wurde, in sich aufsog.

»Gustaf«, sagte er, »geh rein und schau nach, ob du etwas Starkes für Måns hast. Er hat einen Schock.«

Gustaf entfernte sich mit einem unschlüssigen Blick auf Måns, der sich ins Gras setzte.

Erik ging zu ihm hin und fragte leise:

»Was ist passiert?«

»Weiß nicht.«

»Das weißt du durchaus. Du mußt dich jetzt zusammenreißen und diese Sache ins reine bringen. Was hattest du im Wald zu suchen?«

»Ich konnte nicht schlafen«, antwortete Måns und barg das Gesicht in den Händen.

»Das ist mir egal. Nur, was ist passiert?«

Ohne aufzusehen, begann Måns knapp und tonlos zu erzählen, wie er mit der Büchse in den Wald gegangen und in Schußnähe eines Elches gekommen war, der kein anderer als Gustafs großer Hirsch sein konnte.

»Er hat ihn mir verscheucht.«

»Wer?«

»Bodin. Ich habe den Elch verfehlt.«

Erik warf einen Blick über die Schulter und sah, daß Gustaf sich ihnen näherte.

»Das war der erste Schuß«, sagte er leise. »Und die anderen?«

Måns antwortete nicht. Wenn er jetzt zu flennen anfängt, haue ich ihm eine rein, dachte Erik. Mir bleibt nichts anderes übrig.

»Die anderen Schüsse?« flüsterte er.

»Die waren auf ihn«, antwortete Måns. »Ich erinnere mich nicht genau, aber er ist zu Boden gegangen. Er hat mir den Elch verscheucht.«

Er sah auf und begegnete ihren Blicken.

»Es war natürlich nicht deswegen! Sondern wegen des anderen«, sagte er verwirrt. »Ich weiß nicht genau.«

Gustaf war hinter ihnen angekommen. Er hielt eine Flasche Klaren und eine Kaffeetasse in der Hand, und sein Blick schoß wie ein Pfeil von Måns zu Anders Flod, als dieser sich plötzlich umdrehte und Måns den Rücken zukehrte.

»Ich glaube, du bist völlig verrückt geworden! So was habe ich ja noch nie gehört! Du weißt ja kaum, was du sagst.«

»Ruhe«, sagte Erik schnell. »Steh auf, Måns, und trink das!«

Er nahm Gustaf die Kaffeetasse und die Flasche ab und schenkte ein.

»Worum geht es denn?« fragte Gustaf vorsichtig.

»Måns ist elchfiebrig geworden«, sagte Georg Mård unverhofft, und Erik warf ihm einen dankbaren Blick zu.

»Måns doch nicht!« versetzte Gustaf.

Erik bildete sich ein, daß er mit seiner schmalen Nase etwas zu erwittern versuchte.

»Diesen Elch möchte ich erst sehen.«

»Du hast ihn schon gesehen. Es war dieser große Hirsch, von dem du erzählt hast«, sagte Erik. »Der alte Mörder persönlich.«

Gustafs graue Augenschlitze weiteten sich ein wenig vor Verwunderung, und sein Schnurrbart vibrierte, doch er schien nicht recht überzeugt zu sein.

»War er es, auf den du geschossen hast?«

Måns verzog nach dem Schnaps fürchterlich das Gesicht und nickte nur.

»Wozu sollte das gut sein, das ganze Magazin hinter ihm her zu leeren, nachdem du fehlgeschossen hast?«

Måns schüttelte den Kopf.

»Weiß nicht.«

»Das ist wohl dieses Fieber«, sagte Pelle Mård plötzlich, und sein Blick wanderte unstet und Zustimmung heischend hin und her.

»Das ist es wohl.«

Erik verkorkte die Flasche und reichte sie Gustaf. Er war keineswegs überzeugt, daß Schnaps im Augenblick für Måns die beste Medizin war, aber ihm war nichts anderes eingefallen, um Gustaf wegzuschicken. Glücklicherweise schien Måns sich jetzt zusammenzureißen. Er setzte sich wieder an den Grabenrand und barg das Gesicht in den Händen, doch wenigstens sagte er nichts.

»Wo hast du die Büchse?« fragte Gustaf.

»Schimpf ihn nicht. Er ist ja fix und fertig.«

Erik wünschte, ihm würde etwas einfallen, womit sie Gustaf für eine Weile loswürden, damit sie beratschlagen könnten, was sie tun sollten. Er verließ sich nicht darauf, daß Rickard sich noch lange ruhig verhielt. Er war graublaß geworden, saß neben Måns und starrte Erik an wie ein Kind, das unverdient Prügel bezogen hatte. Karim hatte ein Stück weit im Wald zu bellen angefangen, und Erik segnete ihn dafür im stillen. Es bot immerhin eine Möglichkeit, Rickard für eine Weile dazu zu bringen, an etwas anderes oder überhaupt nicht zu denken.

»Stöbere diesen kleinen Teufel auf, bevor er etwas anrichtet!«

Rickard erhob sich und pfiff. Es klang lahm.

»Ach ja«, sagte Gustaf plötzlich. »Der sollte ja mitkommen, habe ich gehört.«

Erik dachte zuerst, er meine Karim, als er jedoch schwungvoll neben sich hinspuckte und weiterhin in Richtung Gökkällan starrte, folgte er seinem Blick. Er hörte Måns aufkeuchen, und er selbst verspürte etwas im Leib, was am ehesten Kälte glich.

Vorsichtig kam Klas Bodin auf dem zugewachsenen Pfad aus der Koppel heran. Er hielt zwei Büchsen und ein Paar Gummistiefel in den Händen.

»Will er mit dieser gelben Jacke den Elch zu Tode erschrecken?« ließ sich Gustaf aus und wandte keinen Blick von der untersetzten Gestalt in der Wildlederjacke und den grünen Diagonalhosen.

»Kann es sein, daß er Schmerzen in den Beinen hat?« fragte er angesichts der Wickelgamaschen unschuldig und ließ dann ein Schnauben vernehmen, das sich anhörte wie von einem gekränkten Elch.

Erik war kein Mensch, der für den Alltagsgebrauch seine Gefühle zu analysieren pflegte, denn das Sortiment, das er führte, war im allgemeinen nicht schwierig auseinanderzuhalten und zu ordnen. Jetzt aber spürte er, wie sich eine derart heftige Erleichterung mit dumpfer Enttäuschung mischte, daß er einen Augenblick lang verwirrt war. Er hatte kaum seine Gesichtszüge ordnen können, als Klas auch schon bei ihnen war und Gustaf ihn mit hehrer Gleichgültigkeit begrüßte.

»Du lebst und läßt es dir gutgehen, sehe ich.«

Pelle Mård begann hysterisch zu kichern, das wirkte ansteckend. Gustaf warf ihm einen Blick zu, der sowohl dankbar als auch mißtrauisch war.

Klas Bodin ließ Måns nicht aus den Augen. Er schmiß ihm die Stiefel vor die Füße und die Büchse, die auf die Steine des Fahrwegs knallte, hinterdrein.

»Sei vorsichtig mit der Büchse!« sagte Gustaf heftig.

»Die ist sowieso leer.«

Erst als er seine Stimme hörte, begriff Erik, welche Angst Klas ausgestanden haben mußte.

Måns sah ihm ihn die Augen, als er fortfuhr.

»Du hast vorbeigeschossen.«

»Scheint so«, sagte Måns und leckte sich die Lippen. Es war ihm gelungen, seine Verblüffung und Erleichterung hinunterzuschlucken, und auf seinem Gesicht zeigte sich jetzt nichts als wachsame Feindseligkeit.

»Aus zwanzig Metern Entfernung«, fuhr Bodin mit noch immer holpriger Stimme fort, die er fest und höhnisch klingen zu lassen versuchte. »Darüber solltest du freilich froh sein.«

»Hast du den Elchhirsch auf zwanzig Meter verfehlt? Bist du denn völlig von Sinnen, Junge! Was ist los mit dir?«

Gustaf war zuinnerst aufgewühlt, aber keiner hörte auf ihn. Es schien, als ginge außer Måns und Klas Bodin allen miteinander allmählich der Clou des Ganzen auf. Anders' längliches Gesicht erstrahlte wider Willen in einem Lächeln, und Rickard zündete sich angelegentlich eine

Zigarette an, um seine Lachlust nicht zu zeigen. Erik fand die Vorstellung, wie Måns vor Haß und Schießwut außer sich dastand und auf eine Entfernung von zwanzig Metern sein Ziel verfehlte, inmitten dieses Elends ebenfalls urkomisch. Der Büchsenlauf mußte wie ein Bachstelzenschwanz gewippt haben, und es war durchaus möglich, daß Måns beim Abfeuern die Augen geschlossen hatte. Letzten Endes konnte er von Glück reden, daß er auf diese geringe Entfernung nicht getroffen hatte, und Erik konnte sich vorstellen, welch ein Gefühl es für Bodin gewesen sein mußte, als dieser wahnsinnige Kugelhagel rings um ihn die Splitter stieben ließ. Es war eigenartig, daß er es geschafft hatte, sich aufzurappeln und so viel Geistesgegenwart aufzubringen, wie er jedenfalls jetzt an den Tag legte, da er breitbeinig und stinkwütend dastand und Måns anstarrte.

»Er war elchfiebrig«, sagte Erik sanft und lächelte Klas, der ihn ansah, aus schwarzen, schmalen Augen an. »Ich habe von Leuten, die schon mal richtiges Elchfieber hatten, gehört, daß es wie eine Krankheit über einen komme. Meistens hat man gar keine Ahnung davon, daß man schießt oder worauf man zielt.«

Bodin fuhr herum und sah aus, als wollte er etwas sagen, doch Erik fuhr rasch fort:

»Warst du elchfiebrig, Måns?«

»Ich weiß nicht«, gab Måns kurz zurück.

»Es ist wohl am klügsten, den Leuten, die dieses Fieber bekommen, aus dem Weg zu gehen«, sagte Erik und lächelte Klas an.

Bodin hakte den Riemen seines Gewehrs auf und ging zu Rickards Volvo.

»Du fährst mich nach Hause, Rickard.«

Er stieg hinten ein und schlug die Tür zu. Rickard sah unschlüssig von einem zum andern.

»Jetzt fährt er bestimmt sofort hin und zeigt uns an«, sagte Georg Mård zu Erik.

»Ich weiß nicht. In dem Fall können wir nicht viel machen.«

»Wir sollten ihm vielleicht zuvorkommen.«

Georg sah verlegen drein, als er dies sagte. Rickard ging auf dem Weg zum Auto an ihnen vorüber und blieb stehen. Er wagte nichts zu sagen, weil sowohl Gustafs als auch Klas Bodins Blick auf ihn gerichtet waren, doch Erik nickte ihm zu.

»Fahr ihn nur nach Hause. Warten wir's ab, wie es weitergeht. Wir übernachten, wie von Anfang an vereinbart, in der Tranänghütte, du weißt also, wo du uns findest.«

Rickard setzte sich ins Auto und startete. Klas sah sie nicht an, als der Volvo in Gustafs Einfahrt wendete und auf die Forststraße hinausfuhr. Nachdem er in der Biegung verschwunden war, sagte Gustaf einfach so ins Blaue hinein:

»Er scheint uns schnell leid bekommen zu haben.«

Keiner sagte etwas darauf, und Gustaf, der längst gemerkt haben mußte, daß um ihn herum Dinge vor sich gingen, die er sich nicht erklären konnte, sah offenbar ein, daß es nicht viel Zweck hatte, zu fragen.

»Geh jetzt nach Hause und leg dich ein bißchen hin, Måns. Du siehst aus, als hättest du es nötig. Du kannst ja am Abend in die Tranänghütte kommen, wenn du willst.«

Måns sammelte schweigend seine Büchse und die Gummistiefel auf, die ihm Bodin hingeschmissen hatte. Er zog seine nassen dicken Socken aus und schlüpfte in die Stiefel.

»Bis dann«, sagte er nur und machte sich, die baumelnden Socken in der Hand, auf den Weg. Erik überlegte einen Moment und lief ihm dann geschwind nach. Als er ihn eingeholt hatte, warf Måns ihm einen Blick zu, sagte aber nichts, bis sie außer Hörweite der anderen waren.

»Du denkst wahrscheinlich, daß ich mich aufführe, als ob ich den Verstand verloren hätte?«

»Du kannst von Glück reden«, sagte Erik kurz und bündig.

»Ich werde die Sache mit dem Bus jetzt anzeigen.«

Måns klang ruhig, beinahe gleichgültig.

»Ich werde versuchen, euch andere da herauszuhalten. Schließlich war ich es, der gefahren ist.«

»Ich begreife nicht, wozu das gut sein soll«, sagte Erik zögernd.

»Es ist besser, ich tue es selbst, bevor Bodin dazukommt, es zu tun. Das gönne ich ihm nicht.«

»Sei mal nicht so sicher, daß er es überhaupt tut.«

»Das wird wohl das erste sein! Er hat jetzt Angst und ist stinksauer.«

Erik blieb auf der Straße stehen und sah über die Schulter zurück. Die anderen befanden sich längst außer Hörweite, doch er konnte das Grüppchen dort stehen sehen, das ihnen die Gesichter zugewandt hatte, als ob sie auf etwas warteten.

»Du solltest es dir verkneifen, auf eigene Faust etwas zu unternehmen«, sagte er schnell zu Måns. »Es geht nicht, uns andere da herauszuhalten. Du hast schon genug angerichtet, und ich bin mir nicht so sicher, daß es wirklich nötig ist, hinzugehen und etwas zu tun, was du womöglich bereuen wirst.«

Måns schien ihm nicht einmal zuzuhören. Erik kam nicht umhin, ihn an der Schulter zu packen und zu schütteln, damit er ihm wenigstens in die Augen sah.

»Geh jetzt nach Hause und leg dich hin. Du hast nicht geschlafen, wie mir scheint.«

»Schon drei Nächte nicht.«

Er befreite sich und ging davon. Erik sah ein, daß er ihn kaum daran hindern konnte, sich selbst anzuzeigen, wenn er sich tatsächlich dazu entschlossen haben sollte. Er rief ihm aber auf jeden Fall halblaut nach:

»Du unternimmst nichts, ohne mit uns anderen gesprochen zu haben.«

Er verstand nicht, was Måns zur Antwort brummelte, und empfand eine ohnmächtige Wut, als er den schmalen Rücken in der Wegbiegung verschwinden sah. Er machte kehrt und kickte auf dem ganzen Weg bis zum Gatter von Gökkällan einen Stein vor sich her. Die anderen sahen ihn neugierig und abwartend an, als er kam, aber keiner wagte etwas zu fragen, solange Gustaf mit den Händen in den Hosentaschen dabeistand und vom einen zum andern blickte.

»Wir sollten zusehen, daß wir auch ein bißchen jagen«, sagte er und nahm das Gewehr und den Rucksack auf.

Als Anders Flod nach seiner Proviantbox greifen wollte, stellte sich heraus, daß Karim sie gefunden und hinter ein Gebüsch gezerrt hatte. Er versuchte respekteinflößend zu knurren, als sie ihn zwischen den Pfannkuchen und dem, was von dem Brotlaib noch übrig war, herauszogen. Anders packte ihn am Nackenfell und schleuderte ihn fort.

»Ich möchte meinen, daß Pfannkuchen das wildeste sind, wovon dieser Köter Wittrung nehmen kann«, sagte er bitter.

Sie machten sich im Gänsemarsch über die Koppel in Richtung Wald auf. Karim zerrte an Eriks Seite an der kurzen Leine. Er ging als letzter und sah den Lauf von Gustafs Remington an der Spitze wippen. Keiner sagte etwas, bis sie das Gattertor zum Wald erreicht hatten, das Gustaf ihnen aufhielt. Ganz gegen seine Gewohnheit sah er sie mit leicht stechendem Blick an, als er einen nach dem anderen durchmarschieren ließ.

»Nun denn«, sagte er, »dann geht es also los. Weiß der Teufel, ob es diesmal so ein Vergnügen wird.«

6

Montag, 14. Oktober

»Das war ja ein entsetzliches Geknatter heute morgen. In Richtung Flymyran.« Klas Bodin reagierte nicht darauf. Er saß im Gesellschaftsraum auf der Eckbank, streckte die Beine von sich und lauschte mit halbgeschlossenen Augen dem Geschwatze im Speisesaal der Gäste. Fanny schob die Zuckerschale vor und warf ihm einen vor Neugier und Sorge angestrengten Blick zu.

»Habt ihr keinen Elch geschossen?«

»Nein.«

Sie konnte sich zweifellos nicht entscheiden, ob sie ihn in Ruhe lassen sollte.

»Nein? Und ich sagte noch zu Clara, ihr werdet sehen, daß sie einen Elch geschossen haben, obwohl es noch nicht einmal sieben Uhr ist. Das hörte sich wie ein Krieg an da unten.«

Das war, verdammt noch mal, wie ein Krieg, dachte er und konnte nach wie vor, kaum daß er die Augen schloß, den ersten Schuß sehen, der einen knappen halben Meter von seinem Kopf entfernt in einen Kiefernstamm einschlug und das Holz splittern ließ. Mehr hatte er nicht gesehen. Er hatte dann das Gesicht ins Moos gedrückt und in einem Schrecken, der so groß war, daß er vor allem einer Leere glich, das infernalische Knallen und Pfeifen der Salve gehört. Danach hatte er sich in der Stille in einen Wacholderbusch übergeben.

»Wer hat denn geschossen?«

»Måns Westling.«

»Jesses, der ist doch sonst immer so sicher. Und das war nichts?«

Als er nicht antwortete, beugte sie sich vor und fragte leise:

»Es ist doch hoffentlich nichts passiert?«

»Passiert?«

»Ja, weil ihr umgehend nach Hause gekommen seid.«

Er ging nicht auf sie ein. Sollten die Schwestern mißtrauisch geworden sein, dann mochte Rickard das bereinigen. Er wünschte, sie würden aufhören, um Rickard und ihn herumzuwuseln. Er wollte kein Frühstück haben. Als sie aus dem Wald nach Hause gekommen waren, war er schnurstracks nach oben auf sein Zimmer gegangen und hatte sich einen Kognak aus dem Schrank genehmigt. Dennoch hatten das heftige Herzklopfen und das Zittern in den Beinen nicht aufhören wollen, und er hatte sich einen zweiten einverleibt, wobei er den Kopf rasch in den Nacken warf und erschauderte. Jetzt ging es ihm allmählich besser.

Måns Westling schien vor Schreck wie gelähmt gewesen zu sein, als er ihn bei Gökkällan aus dem Wald hatte kommen sehen. Doch dann hatte Pelle Mård gegrinst, und auch der Förster hatte einen belustigten Eindruck gemacht. Sie glaubten wohl, sie hätten ihn erschreckt. Jetzt würde er jedoch gern mit Rickard einen Moment allein sein und dessen Miene sehen, wenn er zum Telefon ginge und nach der Nummer der Polizei fragte. Das ist doch am Freitag gewesen, würde er sagen, während er den Hörer abnähme. Am Freitag spätabends. Er fragte sich, worauf Rickard verfallen würde, um ihn davon abzuhalten. Was er versprechen würde.

Dieser Gedanke behagte ihm, doch solange die Schwestern umherschwirrten, fand er keine Gelegenheit, mit Rickard zu reden. Er fühlte sich noch immer leer und benommen im Kopf. Der schockartige Schrecken war in einen Zorn übergegangen, dessen er sich nicht recht zu bedienen wußte. Wenn er die Augen schloß, sah er Erik Emilssons Gesicht vor sich, sah diesen schlammbraunen Blick schwarz werden und sich zu einem Hohnlächeln verengen, und er spürte, daß er gern zuschlagen würde. So ungefähr mußte Måns sich gefühlt haben, als er ihn zu Gesicht bekommen hatte. Er brauchte jedoch nicht zur Büchse zu greifen. Er konnte geradewegs zum Telefon gehen.

»Möchtest du nicht deinen Kaffee trinken?«

Er erhob sich, ohne zu antworten, und ging zur Speisesaaltür. Fanny schlurfte mit der Kaffeekanne in der Hand hinter ihm her.

»Bleib im Haus. Ich möchte nachher mit dir reden«, sagte er zu Rickard, der den Eierlöffel halb zum Mund geführt hatte und, die Augen vor Schreck aufgerissen, leicht lächelte. Klas konnte hinter sich das Geschwatze wie Sturzwellen aufbranden hören, sobald er die Tür geschlossen hatte.

»Aber Rickard, mein Guter, was ist denn geschehen?«

Claras helle Stimme voll beflissener Angst, und Fannys rauhere:

»Du sagst ja gar nichts! Das ist doch sonst nicht deine Art.«

»Du darfst nicht alles so wörtlich nehmen, was Klas sagt. Das ist absolut nichts, was …«

Klas hielt es nicht aus, sich dieses Geplapper noch länger anzuhören, und stieg die Treppe hinauf. Claras klingelndes Lachen war bis in den ersten Stock zu hören. Sie waren jetzt bei einem beliebten Kapitel angelangt.

In dem Gästezimmer, das er bekommen hatte, war unmittelbar zuvor ein reizbarer Kreissekretär aus der Stadt untergebracht gewesen, der als Rekonvaleszent für ein paar Herbstwochen gekommen war. Es roch schwach nach Medikamenten und stärker nach altem, kaltem Zigarrenrauch. Er trat an den Eckschrank und schenkte sich ein Spitzglas Kognak ein. Als er ihn hinunterkippte, erschauderte er, und sein Doppelkinn bebte. Er ließ sich schwer aufs Bett fallen, ohne die gehäkelte weiße Tagesdecke zu entfernen.

Dies war einst das Kinderzimmer gewesen. Klas konnte nichts entdecken, was noch daran erinnerte. Mit einer Bretterwand hatte man den Raum in zwei Gästezimmer geteilt. Der Waschtisch hinter dem Vorhang, das Nachttischchen mit der Bibel auf der Marmorplatte und die funzlige Deckenlampe machten es so anonym wie jedes x-beliebige Pensionszimmer. Überhaupt gab es auf Rasby nicht mehr viel, was noch an sein Elternhaus erinnerte. Sein Vater war ein Patron mit ländlicher Respektabilität gewesen, die er bis zu seinem Tod hatte aufrechterhalten können. Dann hatte Rickard Einzug gehalten und sich darangemacht, das Kuddelmuddel aus Hypotheken und Schulden der stillgelegten Grube zu entwirren. Klasens Schwestern hatten wie aufgescheuchte Hühner auf der Stange dabeigesessen und bloß genickt. Er selbst war von Rickards Ideen von einem Pensionsbetrieb und dergleichen nicht angetan gewesen, so daß sie ihn hatten ausbezahlen müssen. Er war überzeugt gewesen, daß es nicht lange gutgehen werde, doch das alles war jetzt zwanzig Jahre her. Die Pension lief, Rickard betrieb Waldgeschäfte und auch vorsichtige Bodenspekulationen, soweit Klas das durchschauen konnte. Ihm war nie klar geworden, welche Stellung Rickard auf Rasby eigentlich innehatte. Wurde er entlohnt? Oder nahm er einfach an sich, was es gab und was er ergattern konnte? Auf solcherlei Fragen konnte er von den Schwestern nie eine Antwort erhalten. Sie stellten sich vor Rickard, gackerten und schlugen mit den Flügeln. Er fand, daß es Rickard ein bißchen peinlich sein sollte, hier zu sitzen und es sich wohlergehen zu lassen und zu wissen, mit welch lächerlicher Summe er Klas einst abgespeist hatte. Es schien jedoch nicht so, als wäre Rickard auch nur im geringsten angefochten.

Für Klas Bodin war es mal auf, mal ab gegangen. Er hatte mit Konfekt begonnen, eine Zeitlang mit Autos gehandelt und sogar ein kurzes Gastspiel in der Versicherungsbranche gegeben. Jetzt war er wieder bei den Süßigkeiten angelangt. Die Großhandlung lief vergleichsweise gut, und er konnte nicht klagen. Das tat er in der Regel auch nicht. Es waren lediglich diese kurzen und nicht allzu häufigen Besuche auf Rasby, die ihn wütend machten. Der große Raum im Erdgeschoß mit den englischen Ledersesseln, wo immer noch Vaters Jagdwaffen hingen, firmierte jetzt als Rickards Büro. Er konnte sich nicht helfen, aber er fand, daß der kleine Rickard hinter dem Mahagonischreibtisch einfach lächerlich aussah. Eines Morgens hatte er auf dem Schreibtisch einen Brief entdeckt, der an den Gutsbesitzer Rickard Turesson adressiert war. Gutsbesitzer! Rickard hatte erklärt, der sei von einer Firma in der Stadt, wo sie die Verhältnisse nicht kannten. Wer's glaubt, wird selig, hatte Klas gedacht. Du hast bestimmt nichts dagegen, Gutsbesitzer genannt zu werden, auch wenn es nur irrtümlich geschieht.

Klas Bodins Vater hatte diesen Titel zu Recht getragen. Er war von seinem Format her auch nicht groß gewesen, hatte jedoch eine Opulenz und das angeborene Gefühl besessen, sich Geltung zu verschaffen. Klas erinnerte sich an die Elchjagden zu der Zeit, als er selbst noch ein Junge gewesen war. Das waren richtige Herrschaftsjagden gewesen, mit Hunderten von Treibern und gewaltigen Essen mitten am Tag. Der Förster – das heißt, der alte, der jetzt tot war – hatte sich an dem Platz befunden, wo er hingehörte, und seinen Posten bei den Schneisen bezogen und nicht wie der neue die Leitung des ganzen übernehmen können. Für Klas Bodins Vater war es undenkbar gewesen, Leute wie Flod aus Gillermossen als etwas anderes denn als Treiber dabeizuhaben. Måns Westlings Vater war ebenfalls nichts als ein Bauernlümmel gewesen, der seinen Kaffee in der Küche bekam, wenn er auf Rasby etwas zu besorgen hatte.

Nun aber jagten Förster und Bauernlümmel zusammen mit einem, der sich Gutsbesitzer auf Rasby titulieren ließ, und sie scheuten nicht einmal davor zurück, einen alten Wilddieb wie Gustaf Åkerman in ihre Gesellschaft aufzunehmen. Eines war freilich bedauerlich, und zwar, daß Gustaf aus Gökkällan zufällig nicht bei dieser Gesellschaft im Bus gewesen war. Klas hätte nichts dagegen gehabt, Gustaf endlich vor Gericht für so manches einstehen zu sehen. Er konnte jedoch immerhin dafür sorgen, daß es sich für ihn ausgejagt hatte. Einem alten Wilddieb wie ihm würde es nur zu gut bekommen, still in seiner Hütte zu sitzen und es im Wald knallen zu hören.

Der Gedanke an Gustaf Åkerman führte ihn noch weiter in die Vergangenheit zurück, zu einem alten Groll, der viel älter war als die fünfzig Jahre, die seine eigene Erfahrung umfaßte. Es handelte sich um Dinge, von denen er nur gehört hatte; alte Geschichten über Händel in der Dämmerung an den Schneisen, über Elchkeulen, die man im Lagg gefunden hatte, und Mägde, die plauderten, nachdem sie von den Bauernsöhnen geschwängert worden waren. Einen Wilddieb dingfest zu machen, war meistens nicht so fix gegangen wie damals, als die Magd von Halvöresby ihrem Herzen Luft machte, nach Rasby kam und erzählte, daß Georg mit Åkerman im Flymyramoor zugange gewesen sei und daß sie, wenn sie dorthin gingen, die Krone fänden, die die Schützen im Schnee versteckt hätten, um sie bei Gelegenheit zu holen. Georg bekamen sie natürlich nicht zu fassen, und er weigerte sich, sich um die Magd zu kümmern, auch wenn das Kind mit der Zeit die gleichen eisblauen Augen wie alle Mårds bekam. Dagegen war Gustaf damals hopsgegangen und vor Gericht gelandet.

Einen Monat hatte er bekommen und darüber nur geschmunzelt.

Die Gedanken, die ihn immer weiter in die Vergangenheit und einen Dämmer aus Nachbarschaftsgroll, Mägdezank und alten Raufereien zurückführten, machten ihn langsam schläfrig. Undeutlich dachte er, daß das Blatt sich nun gewendet habe, sich endlich gewendet habe. Die Angst und die unsägliche Wut über Måns Westlings Kapriole waren von ihm gewichen. Er war erschöpft, fühlte sich aber trotzdem schier aufgekratzt. Es war ihm behaglich zumute, als er einschlief.

Am Nachmittag um vier kam Klas in den Gesellschaftsraum herunter, wo Clara eine der vier alten Damen unterhielt, die im Moment in der Pension zu Gast waren. Er erkundigte sich kurz nach Rickard, und Clara fiel sofort auf, daß er ganz anders wirkte als beim Frühstück. Da waren sowohl Rickard als auch er ihr merkwürdig erschienen. Sie wußte nicht weshalb, tippte aber, daß sie aneinandergeraten waren, womöglich wegen Geld. Klas konnte es einfach nicht lassen, sich für ihre Geschäfte zu interessieren, obwohl Rickard ihm vor mindestens fünfzehn Jahren klipp und klar gesagt hatte, daß er nach der Erbteilung nichts mehr damit zu tun habe.

Clara brauchte nicht nach Rickard zu rufen. Er tauchte aus seinem Büro auf, sobald er Klas auf der Treppe hörte.

»Kannst du zu mir heraufkommen. Ich möchte mit dir reden.«

Klas hielt einen Brief in der Hand, und Rickard starrte wie ein hypnotisiertes Kaninchen darauf. Clara wollte schon zu kichern anfangen, besann sich dann aber eines anderen. Irgend etwas war nicht so, wie es sein sollte. Und der arme Rickard, wie nervös der wirkte!

»Clara! Komm her.«

Er klang wie der übelste Feldherr. Die alte Frau, die mit

einer Kaffeetasse in der Hand auf der Eckbank saß, zwinkerte mit den Augen. Sie war taub, mußte aber trotzdem merken, daß etwas in der Luft lag. Clara wurde noch ärgerlicher auf Klas. Nie dachte er auch nur einen Augenblick lang an die Gäste! Es war, als glaubte er immer noch, daß alles so sei wie zu Papas Zeiten.

»Sag zu Fanny, sie soll diesen Brief nehmen, runterfahren und ihn für mich aufgeben.«

Klas reichte ihr den Brief, und sie starrte erstaunt und besorgt auf die Adresse. Merkwürdig. Und dann Rickard, der die ganze Zeit Klas anstierte!

»Kann ich den Brief nicht aufgeben?« fragte sie verwirrt.

»Nein. Es eilt. Fanny kann das Auto nehmen.«

Rickard sagte schnell und ohne Klas aus den Augen zu lassen:

»Das hat keinen Zweck ... ich meine, es spielt keine Rolle.«

»Nein?«

»Ob sie sofort fährt, meine ich. Die letzte Leerung war bereits. Es geht keine Post mehr ab vor ...«

Klas unterbrach ihn:

»Sie fährt jetzt.«

Clara war ängstlich zumute, und sie war innerlich erregt, konnte es aber trotzdem nicht lassen, einzuwerfen:

»Rickard ist sicherlich so nett und übernimmt den Brief, dann braucht Fanny nicht zu fahren.«

Klas senkte den Kopf. Sein Gesicht hatte sich etwas gerötet.

»Ich habe gesagt, daß ich mit dir reden möchte.«

Er ging in Rickards Büro voraus. Rickard folgte ihm und schloß die Tür hinter sich.

Fanny putzte im Servierraum gerade das Silber, und Clara mußte ihr den Brief hinhalten, damit sie keine schwarzen Fingerabdrücke darauf hinterließ, wenn sie die Adresse las.

»Das verstehe ich nicht. Was hat denn Rickard damit zu tun?«

Clara wußte es nicht.

»Aber es ist wohl am besten, wenn du fährst«, sagte sie. »Du weißt, wie Klas ist.«

Meistens hatte sie Angst, mit Fanny – sie war diejenige von ihnen beiden, die einen Führerschein besaß – Auto zu fahren, aber jetzt kam sie mit. Der Brief steckte in ihrer Handtasche. Fanny saß ganz gerade hinter dem Steuer des Volvos und fuhr wie immer langsam, in den Kurven beinahe gravitätisch. Sie sprach nie beim Autofahren. Erst nachdem sie vor dem Laden geparkt und von Clara den Brief bekommen hatte, sagte sie:

»Wenn ich nur begreifen könnte, was den reitet.«

Der Brief fiel mit einem Knall in den gelben Kasten.

»Der ist jetzt jedenfalls weg. Dazu kann Klas jetzt nichts mehr sagen. Ich werde bei der Gelegenheit gleich ein wenig einkaufen.«

Sie trat in das nach Wurst duftende Dunkel des Ladens, doch Clara blieb draußen. Sie hatte Eva Westling entdeckt, die die Landstraße entlanggeradelt kam.

»Guten Tag«, rief sie, als Eva abstieg und ihr Fahrrad an die Wand lehnte.

»Wie geht's?«

»Danke, gut«, antwortete Eva. »Ja, gut.«

Clara erfaßte jedoch – und sie wußte, daß sie manchmal sekundenschnell und unerklärlicherweise Dinge erfassen konnte, die richtig waren –, daß es ihr keineswegs so gut ging.

»Noch haben sie offenbar nichts erwischt«, sagte sie lebhaft, »aber stell dir vor, Klas und Rickard sind fast umgehend wieder nach Hause gekommen.«

»Måns auch.«

»Der auch?«

Eva hatte das Kopftuch abgenommen und legte es zu

einem Viereck zusammen, das sie ordentlich in die Tasche steckte. Sie wirkte unruhig. Konnte sich offenbar nicht entscheiden, ob sie in den Laden gehen oder stehenbleiben und sich mit Clara unterhalten sollte.

»Es ist doch hoffentlich nichts passiert?« fragte Clara und legte ihre Hand auf Evas Arm. Ihr war fast so, als ob Eva zusammenzuckte. Es war unglaublich, wie leicht sich dieses Unruheflämmchen in deren sonst so steten dunkelblauen Augen anfachen ließ!

»Nein, das glaube ich nicht«, antwortete Eva rasch. »Måns wollte nur schlafen.«

»Schlafen? Am ersten Elchjagdtag ...«

Doch Eva nickte nur und nahm ihre Taschen.

»Er war heute morgen zeitig unterwegs, glaube ich. Nein, ich werde jetzt reingehen und einkaufen. Mach's gut, bis demnächst.«

Clara blieb allein zurück und hörte die Tür bimmeln und Händler Sjölin Eva im Laden begrüßen. Was immer es war, so war es ihren Händen entglitten. Womöglich wußte Eva nicht mehr als sie?

Sie blieb vor dem Laden in der Sonne stehen und wartete auf Fanny. In der Ferne hörte sie den dumpfen Knall eines Schusses, und seltsamerweise war ihr unwohl zumute.

»Ach du meine Güte, noch einer!« flüsterte sie für sich selbst. »Jetzt müßten sie aber mal etwas erwischt haben.«

Es dämmerte bereits, als Måns sein Fahrrad an der Forststraße an einen Holzstapel lehnte und mit Sjunga an seiner Seite zur Tranänghütte hinaufging. Er hörte Axthiebe von dort oben und begriff, daß die anderen schon da waren. Seit neun Uhr morgens hatte er wie vom Hammer getroffen geschlafen. Er fragte sich, wie es den anderen wohl ergangen war. Eva hatte gesagt, daß sie im Lauf des Tages nur einen einzigen Schuß gehört habe und es sei ihn keiner holen gekommen, folglich habe er nichts versäumt. Er war jetzt ruhig und ausgeruht. Das, was am Freitagabend und an diesem Morgen geschehen war, kam ihm so weit weg vor, daß er es abgeklärt betrachten konnte. Es hatte viel für sich, was Erik gesagt hatte, und was immer auch geschehen mochte, er wollte nicht noch einmal verzagen.

Die Hütte lag hoch oben an einem Kiefernhang, der zu Tranängens sanften Tümpeln und Huckeln hin abfiel. Hier war einst drainiert worden, und wo das Haus gestanden hatte, wuchsen noch immer alte Apfelbäume und Kirschbäume, die sich zu einem Dickicht verwachsen hatten. Oberhand gewonnen hatte indes das Moos, das im Gefolge der Nebel mit Rauschbeeren und Riedgras eingewandert war. Die Jagdhütte hatte Månsens Vater errichtet. Sie bestand lediglich aus einem einzigen großen Raum mit Herd, prunkte aber mit einer weiß gewordenen Elchkrone über der Tür. Hierher war er, als er noch jünger war, mit dem Gewehr gegangen, und hier hatte er vor bald zwölf Jahren an einem Maiabend mit Eva auf der Vortreppe gesessen und den Kuckuck rufen hören. Ein eigensinniger Kuckuck war das gewesen, der da im Norden gerufen hatte. Obwohl sie an jenem Abend nach Hause hätten gehen sollen und obwohl es der Trauerkuckuck gewesen war, hatte er sie zum Bleiben verleitet. Am Morgen waren sie durchgefroren in der Hütte erwacht, und da hatten in allen Himmelsrichtungen Kuckucke gerufen, hatten gerufen, als wären sie verrückt vor Freude.

Als er bei der Hütte anlangte, sah er Gustaf und Erik mit je einem Armvoll Brennholz den Hang heraufkommen. Er brauchte gar nicht erst zu fragen, er sah Gustafs Gesicht an, daß sie nichts erwischt hatten.

»Es besteht keine Gefahr, daß man je die Hinterläufe eines Elchs zu sehen bekommt, wenn man diesen karelischen Wunderhund dabeihat«, sagte Gustaf erbost. »Ich habe noch nie einen Hund gesehen, der derart die Elche in die Flucht gejagt hat wie er. Und dabei eine solche Angst vor dem Elch hat, daß er sich schon anpinkelt, wenn er ihn nur wittert.«

Sjunga, die anderen als Måns gegenüber normalerweise reserviert war, schwänzelte treulich um ihn herum. Er brummelte kaum hörbar mit ihr, als er in die Hütte ging. Erik hielt Måns zurück.

»Was hast du gemacht?« fragte er leise.

»Nichts. Nur geschlafen.«

»Gut.«

Er trat vor Måns in die Hütte, in der es kalt und muffig roch. Georg Mård füllte gerade eine Petroleumlampe, und Pelle hatte am Herd eine Stearinkerze angezündet, damit er beim Brotschneiden etwas sah. Während Erik den Herd einheizte, erzählte er, daß es trotz des schönen Wetters wie verhext gewesen sei. Anders Flod hatte immerhin ein Elchtier gesichtet, das über Tranängen getrollt war, während er auf der anderen Seite frierend in einer Spalte im Felsgrund gesessen hatte, doch war die Entfernung zu groß gewesen, und das Tier war nicht einmal angeschweißt worden. Karim hatte sich geweigert, sich mit der Fährte zu befassen. Sie waren den ganzen Tag durch feuchte Moore gestiefelt und kilometerweit durch steinigen Morast gegangen. Die Enttäuschung hatte sie mürrisch gemacht.

»Tage voller Pech hat man ja immer mal gehabt«, sagte Anders Flod, »aber so etwas wie heute! Man fragt sich, ob die blöden Elche alle lebensmüde geworden sind und sich umgebracht haben.«

»Das ist kein Pech«, sagte Gustaf nachdenklich.

Er war dabei, am Tisch Speck zu schneiden.

»Was ist es dann?« fragte Anders. »Mach die Speckscheiben übrigens nicht so dick. Was ist es dann, wenn es kein Pech ist?«

Gustaf antwortete nicht. Måns erriet jedoch, was er dachte. Von dem, was geschehen war, konnte Gustaf ja nichts wissen, doch er hatte einen Riecher dafür, wenn etwas in der Luft lag, und bestimmt gemerkt, daß da etwas war. Etwas Dickes und Fremdes, das ihnen die Jagd kaputtmachen könnte.

Eriks Feuer brannte nun ordentlich und warf einen tanzenden Schein über die schwarz gewordenen Wände. Sein Geruch bezwang allmählich die latente Ungemütlichkeit in der Hütte. Nach einer Weile begann es richtig menschlich nach nassen dicken Socken zu riechen, die zum Trocknen aufgehängt waren, und nach dem Speck, den Gustaf so briet, daß er sich in der Pfanne bog.

Måns hatte zu Hause gegessen und wollte nichts haben. Er legte sich außerhalb des eng begrenzten Lichtkreises der Petroleumlampe auf eine der Pritschen, als die anderen sich an den Tisch setzten. Nach einer Weile nahm Gustaf seinen Teller, kam auf Strumpfsocken angetappt und setzte sich auf den Rand von Månsens Pritsche. Er spießte mit der Gabel kalte Pellkartoffeln auf, salzte sie und aß eine Weile, ohne etwas zu sagen. Plötzlich kam es indessen, so leise und schnell, daß sich sein Schnurrbart kaum bewegte:

»Hör mal, Måns. Hast du auf Bodin geschossen?«

Måns sah rasch zu den anderen am Tisch hinüber. Sie hatten nichts gehört. Gustaf drehte den Kopf und warf ihm einen Blick zu. Ja, hatte er Lust zu sagen. Ja, ich habe auf Bodin geschossen! Warum sollte er Gustaf die ganze Geschichte nicht erzählen? Es wäre angenehm, und sie würde auch nicht weitergetragen. Doch er wußte schon, warum er schwieg und zögerte. Er schämte sich.

»Nein«, antwortete er. »Du bist wohl nicht bei Trost, ich habe nicht auf ihn geschossen.«

Gustaf sagte eine Weile nichts dazu. Seine Kiefer mahlten einen zähen Bissen Speck, und sein Blick war weit weg im Feuer.

»Jaja«, murmelte er. »Ich werde wohl alt. Weißt du, was mir durch den Kopf gegangen ist?«

Måns sollte es nie erfahren, denn Sjunga gab plötzlich Laut und riß Karim mit, der von einem Pulloverhaufen auf einer der Pritschen herunterwirbelte und bellte, wie nur ein Hund bellen kann, der nicht recht weiß, worum es eigentlich geht. Nach einer Weile konnten auch die Männer draußen Schritte hören. Rickard Turesson steckte den Kopf zur Tür herein. Er grüßte und sah sich um, als wollte er sich versichern, daß sie alle da seien, bevor er eintrat.

»Mach die Tür zu«, bat Anders Flod. »Hier drinnen wird es endlich allmählich warm.«

Rickard machte keinen frohen Eindruck. Måns begriff, daß irgend etwas geschehen war, und er stützte sich dort auf seiner Pritsche auf den Ellbogen. Er folgte Rickard mit dem Blick, als dieser in der Hütte umherging, die Büchse aufhängte, seine Stiefel abstellte und schließlich den Molkenkäse auspackte. Alles ging mit nervöser Präzision vor sich, und er schien gar nicht hinzuhören, als die anderen von den Mühseligkeiten und Fehlschlägen des Tages erzählten. Plötzlich unterbrach er Anders Flod in einer Ausführung über das Elchtier, das er verfehlt hatte.

»Klas kommt morgen mit.«

Es war eine Weile still, und Erik sog so heftig an seiner feuchten Pfeife, daß sie knisterte.

»Aha«, sagte er. »Er hat uns nicht überbekommen.«

Rickard stand mit dem Rücken zu Måns und Gustaf. Er hatte die Hände in die Hosentaschen gesteckt und krümmte den Rücken, als ob er friere.

»Das schlimmste ist, daß er an dem, was er gestern gesagt hat, festhält.«

»Woran?«

»Das mit Gustaf.«

Er drehte sich um und sah Gustaf an, der mit seinem Teller auf dem Schoß still auf der Kante der Pritsche saß.

»Er will dich nicht dabeihaben, Gustaf.«

Rickard versuchte bedauernd zu lächeln, doch geriet

ihm lediglich eine Grimasse. Man merkte, daß er mordsmäßig verlegen war. Als Gustaf nichts dazu sagte, wurde er etwas heftiger:

»Es tut mir wirklich leid! Uns allen tut es leid, das kann ich garantieren. Aber Klas hat sich in den Kopf gesetzt, daß er dich bei der Jagd nicht dabeihaben möchte, und wir müssen uns nun mal nach ihm richten.«

Gustaf sah sie an, einen nach dem anderen. Schließlich sagte er langsam:

»Ach so. Er stellt euch Bedingungen.«

Als niemand etwas darauf sagte, wandte er sich an Måns.

»Månsilein, willst du mich auch nicht dabeihaben?«

Es war das erste Mal, daß er ihn alt und ängstlich hörte.

»Nach all den Jahren? Was ist denn passiert ...«

Måns wurde blutrot und konnte nicht antworten. Er war dankbar, daß das Licht der Petroleumlampe nicht bis in seine Ecke reichte.

»Meine Güte, laßt uns das doch ein bißchen ruhiger angehen«, sagte Georg drüben am Tisch. »Gustaf braucht doch nicht gleich heute abend abzuhauen.«

»Ich denke, ich setze jetzt den Kaffeekessel auf. Du machst einfach ein zu klägliches Gesicht, Måns.«

Anders Flod ging mit dem Kaffeekessel in der Hand zum Herd. Als er ihn füllen wollte, schwappte Wasser auf die Platte. Gustaf wischte seinen Teller mit einem Stück Zeitungspapier aus und steckte ihn in den Rucksack.

»Setz dich wieder, Gustaf«, bat Anders. »Ich bin derselben Meinung wie Georg. Du brauchst doch heute abend nicht mehr zu gehen.«

»Es wäre vielleicht doch ganz gut«, stammelte Rickard. »Ich meine ... wenn du nicht unbedingt bleiben willst ... ja, die Sache ist einfach zu dumm, Gustaf!«

Gustaf würdigte ihn keines Blickes. Schnell und methodisch hatte er seine Sachen im Rucksack verstaut, sich den

Felbelhut auf den Kopf gedrückt und seine Remington genommen. In der Tür drehte er sich um und sah zu der Pritsche hinüber, auf der Måns lag.

»Man soll wahrscheinlich nicht nach Dingen fragen, die einen nichts angehen. Ich werde jetzt gehen. Es scheint so, als ob es das beste wäre.«

Måns hob den Kopf nicht. Er hörte die Tür zuschlagen und Gustafs Schritte auf dem Vorplatz.

»Ich begreife nicht, wozu das gut sein soll, ihn gleich wegzujagen«, sagte Erik nach einer Weile. Seine Stimme klang beherrscht, aber Måns begriff, daß er böse war.

»Es war leider unvermeidbar«, sagte Rickard. »Wir müssen ungehindert reden können.«

Erik ließ ein langes Schnauben vernehmen.

»Reden, das könnt ihr, und wie!«

Rickard nahm keine Notiz von ihm. Er hatte sich an den Tisch gesetzt. In dem gelben Schein der Petroleumlampe sah man, wie aufgewühlt er war. Er fingerte an seinem Tabakbeutel und der Pfeife herum, die er sich nicht anzustecken vermochte.

»Ich soll von Klas grüßen.«

»Das haben wir gehört«, sagte Georg Mård und lehnte sich auf seinem Stuhl so weit zurück, daß dieser krachte. »Er denkt an uns, wenn wir im Wald sitzen und frieren. Das wärmt, ja, ungelogen.«

Pelle fing zu kichern an, doch Rickard fuhr hitzig fort:

»Es ist jetzt wohl leider ernst. Er hat heute nachmittag mit mir geredet, und er meint es ernst.«

»Dürfen wir vielleicht ein wenig bodinschem Ernst lauschen?« bat Anders. Seine Augen glänzten im Feuerschein, wie er da am Herd saß und den Kaffeekessel am Haken bewachte.

»Ihm hat das gar nicht gefallen, was Måns heute morgen getan hat«, hob Rickard mit einem nervösen Blick auf Måns an, der sich nicht rührte in seiner Ecke.

»Nein, wem hätte das schon gefallen? Er hätte löchrig sein können wie ein Sieb, wenn er nicht Glück gehabt hätte.«

»Vielleicht hätte ihm das gestanden«, sagte Pelle Mård und zwinkerte Anders zu.

»Er hat einen Brief geschrieben.«

Es wurde still. Rickard fuhr fort, ohne daß ihn jemand unterbrach:

»Das war das erste, was er getan hat. Clara und Fanny mußten heute nachmittag zum Laden runterfahren und ihn einwerfen. Er ist an einen Anwalt in der Stadt adressiert, der ihm immer bei der Steuererklärung hilft. In dem Brief ist keine Anzeige, sondern ein verschlossener Umschlag, der nur geöffnet werden soll, wenn Klas etwas zustößt. Er traut uns nämlich nicht nach dem, was heute morgen passiert ist.« Georg pfiff kurz und wechselte einen Blick mit Erik.

»Und was befindet sich in diesem Umschlag?«

»Eine Schilderung dessen, was am Freitagabend passiert ist.«

Anders Flod war an den Tisch gekommen und hatte sich neben Rickards Stuhl gestellt. Sein Gesicht wurde beim Nachdenken so lang wie das eines Pferdes.

»Also hat er uns immerhin nicht angezeigt.«

»Nein, angezeigt hat er uns nicht. Aber wenn so etwas wie heute morgen wieder passiert, dann sind wir dran. Das wollte er gesagt haben. Das sind wir übrigens auch, wenn er umkippt und an einem Herzschlag stirbt«, fügte er bitter hinzu.

Der Kaffeekessel kochte über, und im Feuer zischte es, doch keiner kümmerte sich darum.

»Es sieht ganz so aus, als müßten wir von nun an sehr auf Bodins Gesundheit bedacht sein«, sagte Erik ruhig.

»Nicht nur das.«

Rickard leckte sich die Lippen und sah die anderen an.

»Er will auch, daß wir in seine Firma Geld investieren.«

»In seine Firma Geld investieren?« wiederholte Anders verständnislos. Erik dagegen fragte schnell:

»Wieviel?«

»Dreißigtausend.«

»Das sind fünftausend pro Mann. Das ist nicht schlecht für den Anfang«, sagte Erik mit einem sonderbaren Lächeln.

Anders Flod starrte ihn an.

»Warum sollen wir das denn tun?« fragte er matt. »Davon verstehe ich nichts. Geld investieren ...«

Dreißigtausend Kronen war eine Summe, die für Anders Flod nahezu abstrakt war. Mit fünftausend war es beinahe genauso schlimm. Es fiel ihm schwer, sich vorzustellen, fünftausend Kronen in der Hand zu halten. War das ein dickes Bündel mit abgegriffenen und eselsohrigen Hundertern? Oder waren es fünf glatte und kühl rosafarbene Tausender?

»Äußerst seltsam«, murmelte er verwirrt, und Georg unterbrach ihn gereizt:

»Begreifst du denn nicht, daß das eine Erpressung ist? Aber das sieht Klas Bodin gleich, es Investieren zu nennen.«

»Er will Geld dafür haben, daß er über die Sache schweigt?«

»Ja, sicher.«

Anders' Gesicht erhellte sich plötzlich.

»Aber ich habe doch gar keine fünftausend! Du doch auch nicht, Måns? Mensch – das geht doch gar nicht! Das wird er doch wohl kapieren.«

Er trottete zum Herd und nahm den brühheißen und mit Kaffee überströmten Kessel vom Haken.

»Das nutzt wohl nichts«, sagte Rickard ruhig. »Das ist ihm egal. Ihm ist durchaus klar, daß weder du noch Måns noch Erik auf einmal so viel Geld aufbringen könnt. Es wird uns jedoch nichts anderes übrigbleiben. Sonst zeigt er uns an. Ich glaube, er hat etwas davon gesagt, daß wir es uns von Georg leihen sollen. Wir sollen das regeln, wie wir wollen.«

»Vielen Dank auch«, sagte Georg mit einem säuerlichen Lächeln. »Wir sollen das regeln, wie wir wollen. So so, das ist ja reizend! Und wann will er das Geld haben?«

»Am siebzehnten. Das ist am Donnerstag.«

Anders wischte den Kaffeekessel ab, und seine Hände zitterten leicht, als er für das verkochte Wasser frisches nachgoß. Måns lag still auf seiner Pritsche und beobachtete ihn. Er zog ein paarmal mit bekümmertem Schnauben sein Nasentröpfchen hoch. Seine hellblauen Augen blinzelten und tränten im Rauch des Herdes. Er schien sich jedoch allmählich wieder zu fangen.

»Na ja«, sagte er beherzt. »Es ist wohl nicht unbezahlbar. Fünftausend. Obwohl es schon viel ist.«

»Und trotzdem«, sagte Erik sanft und klopfte mit dem Pfeifenkopf auf den Tisch, »ist es erst der Anfang.«

Anders fuhr herum.

»Will er noch mehr haben?«

Als niemand antwortete, seufzte er, und es klang wie ein Schluchzen.

»Dann wäre es besser, hinzugehen und sich selber anzuzeigen!«

»Nein.«

Das kam von Georg, kurz und bündig wie ein Axthieb. Anders zog sich langsam zum Herd zurück, ging in die Hocke und maß Kaffee ab. Er maß geizig ab und versuchte, seine Hand ruhig zu halten.

»Das beste wäre, wenn du getroffen hättest, Måns«, murmelte er. »Das wäre das beste gewesen. Wenn du ihn mit blauen Bohnen gespickt hättest.«

»Daran hat er auch schon gedacht«, sagte Rickard. »Deshalb hat er ja diesen Brief geschrieben. Und damit hat er uns natürlich fest in der Hand.«

Schweigend tranken sie Anders' Kaffee, der ungewöhnlich dünn und schlecht war. Hinterher krochen sie in ihre Schlafsäcke und Decken auf den Pritschen, lagen da und sahen in das glühende und schwach flackernde Feuer. Måns wechselte mit keinem ein Wort. Er hielt es für ziemlich zwecklos. Es schien, als wären die anderen, nachdem sie durch den Wald gestiefelt waren, trotz allem schläfrig. Er selbst war ausgeruht und auch noch hellwach, als Eriks Pfeife drüben in der Ecke verglüht war und er hörte, wie Anders sich mit langen, befreiten Schnarchern in den Schlaf säuselte. Es war noch nicht neun Uhr, doch sie wollten vor dem Morgengrauen aufstehen. Es war klug von ihnen, zu schlafen. Er wollte das auch irgendwann tun, und wahrscheinlich würde es auch gehen. Es war doch ganz anders jetzt, da man wußte, wonach man sich zu richten hatte.

Er lag da und dachte an fünftausend Kronen. Das war weiß Gott viel Geld, und es würde schwierig, Eva in Unkenntnis zu lassen, wenn er anfinge, es Georg zurückzuzahlen. Im übrigen war es gar nicht sicher, daß Georg für alles geradestehen konnte. Er dachte an einen Bankkredit, wußte aber, daß es mit Eva dann noch schwieriger würde. Und trotzdem sei es erst der Anfang, hatte Erik gesagt. Es nutzte nichts, darüber nachzugrübeln. Es war unumgänglich und unwiderruflich. Langsam glitt er in einen Halbschlaf hinüber, in dem diese fünftausend nicht mehr herumspukten. Statt dessen sah er Gustafs Gesicht vor sich, sah ihn in der Tür, als er sich umdrehte und ihn anschaute. Er hatte es fertiggebracht, ihn zu verletzen, ihn tief zu verletzen, indem er einfach nur geschwiegen hatte. Mit Klas Bodins Hilfe zwar, aber das wußte Gustaf nicht.

Er war gerade dabei, richtig einzuschlafen, als er die Pritsche über sich knarren hörte und im Halbdunkel ein Paar Beine heruntertasten sah. Es schurrte ein wenig dort oben, und dann plumpste Pelle Mård weich auf den Fußboden. Måns lag still und stellte sich schlafend, denn Pelle schien nicht gesehen werden zu wollen. Er sah sich um und ging dann rasch und leise mit seinen Stiefeln in der Hand zur Tür. Er öffnete sie, ohne vorher die Stiefel anzuziehen, und schlüpfte hinaus in die Dunkelheit.

Måns war hellwach und horchte. Nach einer halben Stunde wurde ihm klar, daß es nicht um ein triviales Geschäft hinter der Ecke ging, dessentwegen Pelle sich hinausgeschlichen hatte. Es war gleich halb zehn, draußen herrschte bereits die Oktoberdunkelheit, und der Wind rüttelte und zerrte an den Kronen der Kiefern. Måns wurde immer unruhiger, je weiter die Zeiger seiner Armbanduhr im Dunkeln rückten. Schließlich starrte er nur noch die leuchtenden Punkte auf dem Zifferblatt an. Er war jedenfalls froh, daß Pelle seine Büchse nicht mitgenommen hatte.

7

Dienstag, 15. Oktober

Im Morgengrauen, so war es beabsichtigt gewesen, würden sie aufbrechen, aber es war schon halb acht, als sie endlich Rickards Volvo auf der Forststraße brummen hörten. Klas hatte gesagt, sie sollten warten, bis er mit dem Auto komme, und so mußte es denn auch sein, selbst wenn Erik Emilsson unter seiner Sonnenbräune grau war vor Wut. Anders schien es am gelassensten zu nehmen.

»Der gängelt uns«, sagte er lediglich und schob seine Mütze vor, um sich am Nacken zu kratzen. »Du liebe Zeit, was wird das nur für eine Jagd werden?«

Ihm schien jedoch der Geruch nach Fleisch in die lange Nase gestiegen zu sein, denn kaum stiefelten sie über Tranängen, war er wieder guter Laune. Die Sonne schien, und es wehte ein schwacher Westwind. In den geschützten Mulden hing noch der Nebel, als sie sich von Osten her im Zickzack dem schwer zu bejagenden Gebiet hinter Tranängen näherten. Hier lagen überall zwischen den Moorlöchern Felsblöcke verstreut, und dichte, verwucherte Rottannenbestände entlang dem Lagg machten das Terrain schwer begehbar. Sie bewegten sich langsam und vorsichtig, Karim kurz angeleint an Rickards Seite und Sjunga frei. Pelle Mård war am Morgen nicht in der Jagdhütte aufgetaucht, aber außer Måns schien sich keiner darüber Sorgen zu machen, wo er steckte. Måns hatte sich, als Klas Bodin eingetroffen war, ebenfalls beruhigt. Was er eigentlich befürchtet hatte, wußte er nicht.

Nach einer Weile verschwand Sjunga in nördlicher Richtung und blieb eine halbe Stunde fort, ohne einen Laut von sich zu geben. Sie kletterten auf einen kleinen Felsen, saßen still und warteten. Måns mochte fast schwören, daß Klas Bodin sich langweilte, und Anders Flod mußte den gleichen Gedanken gehabt haben, denn er drehte sich um und zwinkerte Måns hinter Bodins Rücken süßsauer zu. Ein solch kleiner Triumph änderte freilich nichts an der Lage der Dinge. Bodin wirkte sicher und gesammelt. Er sah Måns nicht an, und während sie warteten, rauchte er einen Zigarillo, obwohl Erik, was das Rauchen im Wald betraf, deutlich gesagt hatte, was Sache sei. Er und Gustaf Åkerman nahmen es fanatisch genau damit, den Windfängen der Elche keine Extrachancen einzuräumen. Gegen Bodins Rauchen konnte er jedoch nichts machen. Er zeigte ihm zumindest, wie er ein Stückchen Papier in die Streichholzschachtel stopfen konnte, damit sie nicht klapperte, wenn sie zu schleichen anfingen.

»Daß er überhaupt mit uns zusammensein will«, flüsterte Anders Måns zu. »Nach dem, was er uns eingebrockt hat. Die Leute sind schon merkwürdig!«

Anders auf Gillermossen hatte niemals den Genuß erfahren, der da Macht heißt, und erkannte ihn nicht einmal von weitem. Er starrte bloß konsterniert den breiten Rücken in der hellgelben Wildlederjacke an, bot Måns einen Priem an und seufzte hin und wieder während der langen Minuten des Wartens.

Sie hörten Sjunga mit einem entfernten hellen Kläffen Fährte aufnehmen. Es hörte sich an, als käme das Bellen aus einer Senke mit einer Dickung gut fünf Kilometer nördlich, und es bewegte sich deutlich, wenn auch entfernt, nach Westen. Erik teilte sie rasch ein. Måns sollte zu dem Stand laufen, was allem Anschein nach nicht allzu schnell ginge. Wahrscheinlich handelte es sich um ein Muttertier mit einem Kalb, und das sollte nicht geschossen werden, doch es konnte noch mehr Wild hochgemacht worden sein. Erik hatte hier unten mit einer Elchfamilie Fühlung gehabt und war auf den Hirsch erpicht. Georg Mård, Anders und Erik würden langsam nachziehen. Rickard und Klas wurden sichere Ansitze zugewiesen, wohin sie sich begeben und dort warten sollten. Måns wechselte einen munteren Blick mit Anders, bevor er sich auf den Weg machte. Für Klas Bodin war Eriks Absicht, ihn auf einen Platz zu schicken, wo er nicht einmal das Hinterteil eines Elchs zu sehen bekäme, vermutlich nicht so leicht zu durchschauen.

Måns lief, vom Rucksack befreit, in westliche Richtung. Nach gut drei Kilometern hörte er Sjungas Gebell widerhallen, und er begriff, daß es ihr gelungen war, den Elch zu stellen. Die Hündin war alt und vor Betagtheit und Wohlbefinden ein bißchen dick geworden, aber sie gab selten auf. Måns empfand stets die gleiche freudige Erregung, wenn er ihren Standlaut vernahm. Der war nicht hell und kläffend wie beim Hochmachen, sondern dämpfte sich allmählich zu dem ruhigen, kräftigen Laut ab, der Måns meldete, daß er kommen und schießen solle. Diese derben, dumpfen Laute, die durch den Wald tönten, hatten sie Totenglocke getauft. Nichts, was hinter dem Schallschirm der Totenglocke stand, durfte lebend herauskommen.

Er lief jetzt vorsichtiger. Auf einem Kahlschlag standen einige Samenkiefern, die den schwachen Wind durch ihre Kronen streichen ließen, und hinter ihnen schimmerte ein kahles Moor, das nicht den geringsten Schutz zum Anpirschen bot. Jenseits davon dröhnte die Totenglocke und zählte die Minuten des Wilds. Sjunga hatte offensichtlich ein Tier aufgestöbert, das so etwas schon einmal erlebt hatte, denn der Stand befand sich in einem dichten Jungwuchs. Måns duckte sich und schlich im Schutz von Felsen und Kiefernstämmen fast bis zum Rand des Moores. Es war zu naß und ausgeschlossen, lautlos voranzukommen, und hundertfünfzig Meter waren als Schußnähe äußerst reichlich bemessen. Er konnte nichts anderes tun, als einen groben Kiefernstamm als Hintergrund für seinen eigenen Körper in der grauen Windjacke und den graugrünen Hosen zu nehmen, mäuschenstill zu stehen und darauf zu warten, daß es dem Elch belieben würde, sich ihm zu zeigen. Er fühlte, wie ihm der Schweiß den Hals hinunterkitzelte, doch beruhigte sich sein Atem nach dem Laufschritt allmählich.

Nach zehn Minuten zeigte sich das Tier. Das heißt, zuerst sah er Sjungas weißen Schwanzpussel, der rückwärts aus dem Jungwuchs kam, und dahinter, groß und prächtig, das Elchtier. Es schnaubte und trat nach Sjunga, die trotz ihres Alters und ihrer Korpulenz zur Seite wirbelte und nicht einen Augenblick lang ihr dumpfes Bellen einstellte. Da das Tier ein Kalb haben konnte, mußte er warten und dies erkunden, bevor er schoß: Nach einer Weile entschwand es von der Hündin verfolgt wieder im Jungwuchs. Måns blieb nichts anderes übrig, als auf Tannen und das unveränderlich kahle Moor zu starren. Sjunga klang allmählich heiser, und er selbst wurde gereizt und verlor die Geduld. Wenn dieses verdammte Tier doch bloß nicht so schlau und vorsichtig wäre! Er wollte versuchen, es zu überlisten, indem er zu dem Kiefereinschlag zurückschlich, in einem Bogen darum herumlief und es vom nördlichen Rand des Moores her und im Seitenwind überraschte.

Im selben Augenblick, in dem er sich aus dem Hintergrund der sicheren braungrauen Kiefernstämme löste, vernahm er in dem Jungwuchs auf der anderen Seite ein Knacken. Das Elchtier brach aus der Dickung und setzte mit schnellen Fluchten, die trotz seines Gewichts so weich und gleitend waren, daß es zu fließen schien, den Hang hinauf. Es war allein, und seine weißen Läufe und Sjungas Rute blitzten in der Sonne auf, doch einem Hinterteil wagte er keinen Schuß nachzufeuern. Er war also angeschmiert und verraten und konnte nur spekulieren, wohin es nun gehen würde. Flüchtete das Tier direkt nach Süden, würde es sich aus diesem Gebiet entfernen, ginge es aber in einem weiten Bogen südwärts und im Osten wieder zurück, brauchte er vielleicht nicht aufzugeben.

Er rannte im Laufschritt nach Südosten zurück, um guten Wind zu haben. Immer wieder blieb er stehen und horchte angestrengt, doch obwohl der Wind recht schwach war, hörte er nichts. Das Gebell war erstorben. Er ärgerte sich über sich selbst und schämte sich vor Sjunga. Alt und dick wie sie war, hing sie jetzt wohl einen Kilometer hinter dem Elch her und konnte nur noch keuchen. Er selbst war nahezu erledigt, als er endlich unvermutet ein ganz schwaches Bellen vernahm. Sie schien das Tier, das sich langsam nach Osten bewegte, fast gestellt zu haben. Måns stand lange still, horchte und verschnaufte sich bei dieser Gelegenheit, bevor er wieder loslief. Da hatte sich der Laut nach Süden weiterbewegt, und Måns war sich im klaren darüber, daß er in einem weiten Bogen nach Nordosten an dem Tier vorbei mußte, sollte Sjunga nicht noch einmal das Nachsehen haben.

Ihr Bellen klang schon fast verzweifelt, als er sich endlich auf weichen, leisen Sohlen näherte. Den letzten Kilometer war der Boden leichter begehbar gewesen, und Måns hatte sogar einen Pfad gefunden, der an dem Stand vorbeiführte. Jetzt hörte er in einem dichten Erlenbestand ein heiseres Keuchen. Diesmal würde er den armen Hund nicht anschmieren. Leise und vorsichtig war er fast bis zu der Stelle gelangt, wo das Elchtier im Dunkel des Erlendickichts Sjunga anschnaubte. Es konnten höchstens fünfundzwanzig Meter bis dorthin sein, und er wollte sich diesmal in Geduld fassen und diesem hypervorsichtigen Tier den Garaus machen. Es brauchte nur seinen Vorderkörper zu zeigen, und schon wäre es aus.

Er erhaschte auf das Tier als erstes natürlich einen Blick von schräg hinten. Er begann es zu respektieren und glühend und hemmungslos zu hassen. Wieder verschwunden – jetzt zog es offensichtlich langsam westwärts, und er lauerte östlich von ihm. Er wußte, daß er sich nicht wieder verraten hatte, doch dieses Tier hatte offensichtlich einen siebten Sinn. Weiß der Kuckuck, ob Gustaf nicht recht hat, dachte er. Elche haben womöglich etwas Besonderes, etwas, womit sie einen Menschen peilen können, auch wenn dieser weder zu sehen noch zu hören noch zu wittern ist. Zumindest dieses verteufelt durchtriebene Elchtier besitzt dieses Etwas. Er folgte ihm und konnte erneut einen Blick auf dessen Hinterteil erhaschen, als es mit raffiniert graziösem, beinahe höhnisch wirkendem Gang am Rand eines schmalen Absatzes einen Felsbuckel erklomm. Die Entfernung war viel zu groß. Ihm blieb nichts anderes übrig, als hinterherzukrauchen. Sjunga hörte er weit hinter dem Elchtier ausgepumpt schnaufen.

Diesmal hatte er seine Gegenwart immerhin nicht verraten, folglich müßte das Tier eigentlich dort oben auf dem Felsen bleiben. Er wartete fünf, zehn Minuten. Wollte gar nicht auf die Uhr sehen, um genau zu wissen, wie lange er dieser leichtfüßigen Dame nun schon nachgelaufen war. Das wäre viel zu niederschmetternd gewesen. Jetzt schien es von dem Felsen aus jedenfalls weiterzugehen. Offensichtlich wollte das Tier nichts tun, was er vorausberechnen konnte. Nach einer Viertelstunde jagte Sjunga in der Rückfährte heran und kam erschöpft zu ihm. Sie warf sich auf den Boden, und ihr gelber Blick war ein einziger Vorwurf und eine abgrundtiefe Enttäuschung. Untröstlich war sie. Er hatte sich aber auch übel angestellt!

»Wir werden uns dieses Luder holen«, versuchte er sie zu trösten. »Warte nur. Wir kriegen es schon noch!«

Er trug Sjunga ein Stück. Sie mußte sich verschnaufen und er ebenfalls. Langsam traten sie den Rückweg zu der

Stelle an, wo das Tier hochgemacht worden war, und nach einer Weile hörte er Schüsse. Als er zu dem Felsbuckel kam, wo er seinen Rucksack zurückgelassen hatte, war Georg Mård gerade dabei, Feuer zu machen; er war ausgelassen und vergnügt und erzählte ausschweifend von einem jungen Elchtier, das sie geschossen hätten. Das bedeute, Anders sei der Schütze gewesen, und Erik und er brächen ihre Beute nun auf. Sie seien heute morgen ohne jede Vorsicht der Fährte gefolgt und hätten das Glück gehabt, das einsame junge Tier im Moor hochzumachen. Nach etwa hundert Metern sei es brav stehengeblieben, habe eine Breitseite dargeboten und sich schießen lassen.

»Menschenskind, manchmal ist es nicht schwieriger als zum Kaufmann zu gehen und Aufschnitt zu kaufen«, brummte Måns. »Wie habt ihr das bloß gemacht?«

»Das Tier war ganz brav«, sagte Georg vergnügt. »Hätte Anders gefehlt, dann hätte es uns die andere Seite zugedreht und es ihn noch einmal versuchen lassen.«

Als Georgs Kaffeekessel an dem Stock über dem Feuer zu singen begonnen hatte, kamen Erik und Anders zurück. Sie hatten soeben aus Rickards und Klas Bodins Richtung Schüsse gehört, und nachdem eine Stunde vergangen war, kam Rickard atemlos angelaufen und erzählte, daß sie einen Elchhirsch angeschweißt hätten.

»Hast du geschossen?« fragte Erik.

»Nein, Klas.«

»Er hat doch hoffentlich nicht nachgesucht?«

»Ich habe ihm gesagt, er solle mindestens eine Stunde warten, als ich auf ihn gestoßen bin. Er wird wohl bald hier sein. Aber ich glaube, da ist er schon eine ganze Weile auf Nachsuche gewesen.«

Klas Bodin tauchte verschwitzt und leicht angestrengt auf, nachdem sie mit dem Essen bereits fertig waren.

»Wie ist das denn vor sich gegangen?«

»Er ist ein Stückchen von dort, wo ich gesessen habe, im

Wald angetrollt gekommen. Ihr habt ihn wohl aufgejagt, als ihr nach Måns losgegangen seid, nehme ich an.«

»Hast du quer über die Sumpfwiese geschossen?«

Erik kannte die Stellen so gut, daß es keinen Sinn hatte, sich zu winden. Die Entfernung war zu groß und die Sicht von jungen Tannen und Birken zu benommen gewesen. Der Elchhirsch hätte niemals angeschweißt werden müssen, aber er war es nun einmal, und Klas behauptete, er sei zunächst an Ort und Stelle zusammengekracht. Als er dann aber über die Wiese gelaufen sei, habe der Hirsch sich erhoben und sei in den Wald geflüchtet. Er habe ihm nachzuspüren versucht, sagte er, und Erik fluchte, als er hörte, daß er eine halbe Stunde auf Nachsuche gewesen sei.

»Du hättest zumindest so viel Verstand haben können, nicht in der Fährte herumzutrampeln. Die Sache wird wahrscheinlich auch so schwierig genug sein. Hätte er Zeit gehabt, ein Wundbett zu suchen, wäre er nie so weit gekommen. Es ist aber nichts schwieriger zu schießen als ein krankgeschossener Elch, den man zu früh gesucht hat. Und du hast natürlich auch keine Ahnung, wo du ihn getroffen hast?«

Man merkte, daß Erik es genoß, ordentlich vom Leder ziehen zu können. Måns begegnete Anders Flods Blick, dessen Augen funkelten hämisch, doch sein Gesicht war ausdruckslos. Keine Frage, Erik regte sich immer über angeschweißtes Wild auf. Alle zusammen waren sie stets bestrebt, es aufzuspüren und die Sache aus der Welt zu schaffen.

»Wir müssen Gustaf Åkerman zu Hilfe holen«, sagte Erik und erhob sich. »Du, Måns, kannst nach Hause gehen und den Dackel holen, der arbeitet die Fährte auf jeden Fall am besten aus. Sjunga scheint ja völlig fertig zu sein.«

»Karim ...«, hob Rickard an, aber Erik wies Karim mit einem Schnauben ebenso schnell zurück, wie er Klasens

Protest abgefertigt hatte, als dieser hörte, daß Åkerman hinzugezogen werden sollte. Klas mußte in diesem Punkt nachgeben. Wenn es um Fährten ging, war Gustaf unentbehrlich, und hatte Klas einen Elch krankgeschossen, so mußte er es einstweilen unterlassen, über Gustaf zu maulen.

»Für heute meinetwegen«, sagte Klas, »aber ihr wißt, wie ihr bei mir dran seid, was Gustaf Åkerman betrifft.«

»Wir wissen außerordentlich gut, wie wir bei dir dran sind, du Kanaille«, sagte Erik, ohne ihn anzusehen, während er seine Essenssachen zusammenpackte.

Klas starrte ihn finster an, sagte aber nichts.

Måns hatte kaum angenommen, daß er Gustaf nach dem, was am Abend zuvor geschehen war, würde überreden können, mitzugehen. Als er jedoch nach Gökkällan kam, war Gustaf ganz still und seltsam und folgte ihm, ohne viele Worte zu machen, zur Anschußstelle.

»Bist du verärgert, Gustaf?« fragte Måns in Richtung seines gebeugten Rückens, als sie den Pfad hinter Gökkällan entlanggingen.

Gustaf antwortete eine Weile nichts. Schließlich warf er Måns über die Schulter einen Blick zu und brummte:

»Wie wäre dir denn zumute?«

»Wenn ich nicht dabeisein könnte, meinst du?«

»Ja. Und wenn du nicht erfahren würdest, warum.«

Seine Stimme klang plötzlich brüchig, und das ging Måns an die Nieren.

»Gustaf, ich werde versuchen, mit Bodin zu reden! Ja, das mache ich.«

Es war nicht gerade viel, was er zu bieten hatte, und man sah es seinem Rücken an, daß Gustaf derselben Meinung war. Nach einer Weile sagte er langsam:

»Ich finde, du solltest mit mir reden.«

»Mit dir?«

»Ja. Über das eine oder andere.«

Er spuckte ins Preiselbeergestrüpp und fügte nüchtern hinzu:

»Denk mal darüber nach, Månsilein.«

Mehr sprachen sie nicht, bis sie zu der Anschußstelle kamen, wo Erik und Klas Bodin warteten. Gustaf spuckte noch einmal extra vor sich hin, bevor er mit einer Miene, die keinerlei Gefühle verriet, grüßte. Als Klas Bodin zeigte, wo er gestanden und auf den Elch geschossen hatte und wo dieser aufgetaucht war, sagte Gustaf, ohne Erregtheit an den Tag zu legen:

»Solche wie du halten es für gar zu amüsant, einem Elch ein paar blaue Bohnen zu verpassen. Wo es trifft und wie groß die Entfernung ist, das ist dann Wurscht.«

»Vergiß nicht, daß du nicht gekommen bist, um dumm daherzureden«, sagte Klas Bodin barsch.

»Nein, sondern um für dich den Elch aufzuspüren.«

Gustaf schnüffelte an der Anschußstelle herum und hielt nach Fährten Ausschau. Hier am Waldrand war der Boden trocken und hart, und erst nach langem Suchen fand er den schwachen Abdruck einer Hinterschale. Wenige Minuten später hatte er ein paar Schnitthaare in der Hand, und er stand da und betrachtete sie. Er erklärte, sie sollten Skott auf die Fährte ansetzen und er wolle nur Måns dabeihaben.

»Noch habe ich keinen Schweiß entdeckt. Aber ich denke, es handelt sich um einen Waidwundschuß, damit kann er noch weit gekommen sein. Es kann ordentlich dahingehen mit so einem angeschweißten und erschrockenen Burschen, dem man keine Zeit gelassen hat, sich zurückzuziehen und hinzulegen.«

Klasens Gesichtsausdruck war etwas barsch und indisponiert, und Måns ergötzte sich daran. Er wünschte brennend, daß Gustaf noch einen draufgeben und Klas womöglich davon abschrecken würde, weiter an der Jagd teilzunehmen. Gustaf hatte jedoch keine Zeit. Er hatte die Schußlinie berechnet und ein Stück im Wald, wo der

Boden weicher war, die Elchfährten entdeckt. Er fand ein wenig wäßrigen und hellen Schweiß, kostete davon und erklärte, er sei sich sicher, daß der Elch waidwund geschossen sei.

»Bleib du hier, Bodin. Du hörst schon, wenn wir ihn erwischen, dann kannst du kommen und ihn aufbrechen.«

»Das kann Måns machen.«

»Hier ist es Sitte, daß der Schütze den Elch aufbricht«, sagte Gustaf schroff. »Aber das willst du vielleicht nicht. Natürlich, es besteht ja die Gefahr, daß man sich dabei die Hände dreckig macht.«

Sie setzten Skott auf die Fährte an und machten sich auf den Weg. Der Dackel war zu Hause ein schmusiger Faulpelz und draußen ein sicherer Fuchssprenger. Als Spürhund war er ruhig und vorsichtig, und er bewegte sich vorwärts, ohne zu scharren oder zu hecheln. Måns hatte ihn an eine Lederleine genommen, die er sich am Gürtel festband. Sie gingen still und behutsam in einem Takt dahin, den Skott ohne allen Eifer dem ihren anpaßte, und als er am Anfang der Fährte endlich ein paar der spärlich vorkommenden Schweißspritzer aufgenommen hatte, kümmerte er sich um nichts anderes mehr. Einem Hasen, der, nachdem sie einen Kilometer marschiert waren, ihre Spur kreuzte und außer sich vor Schreck wie irre in die andere Richtung davonstob, guckte er nicht einmal nach. Die Fährte führte in einem weiten Bogen um Flymyran herum, und Måns schwante, daß der Elch ans Wasser gezogen sein könnte und daß es irgendwo am unzugänglichen, bis an den Rand des Schilfs mit Erlen bewachsenen Ostufer des Spjuten zu Ende wäre.

Es stellte sich heraus, daß er richtig geraten hatte. Ihm stieg schon der Schlammgeruch des Sees in die Nase, als Skott Anzeichen erkennen ließ, daß er Wind nahm, und plötzlich anfing, sich mit seinem rundlichen, schwarzglänzenden Leib durchs Blaubeergestrüpp zu drücken. Er versuchte auf einen Felsen zu klettern und schaffte es mit einer helfenden Hand unterm Hintern. Oben angekommen, kauerte er eine Weile angespannt mit vibrierender Nase. Er witterte offenkundig den Elch in seiner Nähe, doch durch den dichten Schwarzerlenbestand am Abhang zum See gab es keine Sicht. Sie waren gezwungen, so leise wie möglich hinter Skott herzukrauchen. Gustaf war ein wenig zurückgefallen, und es war unmöglich, zu hören, ob er mitkam. Wenn es sein mußte, konnte Gustaf wie eine Schlange durchs Gras gleiten, und wenn es zu warten und sich nicht zu verraten galt, besaß er jene sagenhafte Geduld, die er in all den Jahren Måns beizubringen versucht hatte und von der er behauptete, sie werde sich mit den Jahren einstellen.

Unvermutet und plötzlich knackte es knappe fünfzehn Meter vor ihnen, und vor dem Dunkel der Erlen leuchtete eine Elchflanke auf. Måns konnte zwar die Krone und die Muffel schimmern sehen, die er herumwarf, als sie ihn aufmüdeten, doch er bekam seine Büchse nicht hoch. Gustafs Gewehr knallte, und der Elch verschwand buchstäblich von der Bildfläche. Es raschelte nur kurz im Gebüsch, und dann war es einige Sekunden lang still, bevor Skott aufgeregt Laut gab und Gustaf zum Dickicht rannte. Måns folgte ihm. Er konnte sehen, daß sich der Elch kaum aus dem Wundbett erhoben hatte, bevor ihn der Schuß traf, der ihn so zu Fall gebracht hatte, daß er bei der Flucht vornüber gekippt war und dabei fast seine Krone in den Boden gerammt hatte. Der eine Hinterlauf trat in lebensgefährlicher Nähe zu Gustaf zu, als sie bei ihm anlangten. Gustaf wich flugs ein paar Schritte zurück und verpaßte dem Elchhirsch schräg hinterm Lauscher den Fangschuß. Skott zerrte an der Leine, um hingehen und nach der Decke schnappen zu können, und Måns machte ihn los.

»Der ist nichts Besonderes«, sagte Gustaf und nahm den toten Elch in Augenschein. »Ein Fahrradlenker ist das, was der hat. Nichts Großartiges, was Bodin sich da an die Wand hängen kann.«

Er zog den Elchspießer an der Krone, um das Haupt in die richtige Lage zu bringen, und betrachtete es. Dann machte er sich ans Abstechen und Kastrieren. Gustaf ging immer zügig vor, wenn er zu einem erlegten Wild kam. Er arbeitete flott und ein wenig keuchend, aber niemals schludrig. Wahrscheinlich steckte das noch aus jener Zeit in ihm, als er sich mit dem Ausschlachten vor Ort sputen und jede Minute horchen mußte, ob sich die Schritte des Försters näherten.

Er tastete mit seinem Moramesser nach der Vertiefung in der schwarzbraunen Elchbrust und stieß zu. Måns half ihm, den Elch auf die Seite zu legen, so daß der Schweiß abfließen konnte.

»Es ist wohl das beste, wenn wir ihn sofort aufbrechen«, sagte er. »Es war ein Waidwundschuß, wie ich mir gedacht habe. Du könntest ja derweil Kaffee aufsetzen, denn nach diesem Marsch bin ich doch ziemlich aus der Puste. Man wird wohl alt.«

Als sie mit dem Elchkadaver zugange waren, schien er so guter Laune zu sein, daß Måns schon einen Moment lang glaubte, er habe die ganze Geschichte mit Bodin und dessen Idee, daß er nicht dabeisein solle, vergessen. Als er jedoch dahockte und mit dem Holz, das Måns gesammelt hatte, ein kleines Feuer anzündete, sagte er plötzlich:

»Wenn es ums Nachsuchen und Aufbrechen geht, dann ist man recht.«

»Du wirst dir die Leber mit heimnehmen«, sagte Måns schnell. »Tu das, ja? Du kannst sie in den Rucksack stekken.«

»Ist Bodin denn damit einverstanden?«

Gustaf klang spöttisch, und Måns Gesicht rötete sich fleckig. Er trieb einen Stock in den Boden und hakte die Blechdose daran auf, die Gustaf im Wald als Kaffeekessel benutzte. Jetzt, wenn überhaupt, könnte er mit Gustaf reden. Er wollte es tun, und wiederum nicht. Es war schmachvoll, zu beichten, wie es gekommen war, daß Bodin sie derart in der Hand hatte. Es war jedoch ebenfalls schmachvoll, Bodin so mit ihnen umspringen zu lassen, ohne daß Gustaf erfuhr, warum sie nichts dagegen unternahmen.

Schweigend half er Gustaf, den Elch auf den Rücken zu drehen, und während sich Gustaf, das Elchhaupt hinter sich, rittlings daraufsetzte, hielt er den Körper im Gleichgewicht. Gustaf schärfte die Decke vom Brustbein her auf, und Måns bewunderte wie immer seine leichte und sichere Hand. Mit Hilfe einiger Finger, die er langsam und vorsichtig in die Öffnung preßte, die er mit dem Messer in die Bauchdecke geschnitten hatte, machte er eine Rinne, worin er das Messer mit der Schneide nach oben entlangführen und die ganze Decke durchtrennen konnte, ohne etwas, was darunter lag, zu verletzen. Måns mußte dabei immer einen Löffel dazwischenlegen. Gustaf tastete sich mit dem Arm in die Bauchhöhle und schmuggelte das Messer hinein. So gewandt, als würde er zu Hause in der Küche Speckscheiben schneiden, trennte er auf beiden Seiten das Zwerchfell ab und sah Måns mit funkelnden Augen an, wobei es ihm gleichwohl gelang, sein Gesicht in Zaum zu halten. Es bestand gar kein Zweifel, daß er sich gern ein wenig in der Bewunderung sonnte.

Sie drehten den Elch auf die Seite, und Måns packte den Hinterlauf und hielt die aufgeschärfte Seite auf, während Gustaf in der Brusthöhle nach der Drossel tastete, sie ergriff und mit aller Kraft und einem Fluch daran riß, so daß das Herz und die Lungen mit herauskamen. Zugleich kamen die Mägen, und er trennte den Aufbruch vorsichtig ab. Måns nahm die Leber und suchte im Rucksack nach einem Plastikbeutel, um sie einzupacken. Er klärte den Kaffee, der mittlerweile fertig war, mit etwas kaltem Wasser und schenkte ihnen ein, während Gustaf den Elch vollends aufbrach.

Nicht einmal als sie in der Nachmittagssonne saßen, den heißen Kaffee schlürften und sich wohl fühlten, wobei ihnen der Schweißgeruch in die Nase stieg und sie an all das Fleisch dachten, das sie nach Hause schaffen würden, nicht einmal da brachte Måns ein Wort über das, was geschehen war, über die Lippen. Ihm war klar, daß Gustaf ihn nicht noch einmal bitten würde, aber wartete. Er sog den Kaffee durch ein Zuckerstück ein, und sein Blick war in die Ferne gerichtet. So hatten sie schon viele Male gesessen, und normalerweise sprudelte und plapperte Måns, der nach den langen Stunden des Wartens und Schleichens von der Dramatik des Schießens aufgedreht und vom heißen Kaffee mit Behagen erfüllt war. Nach einer Weile erhob sich Gustaf und begann den Elchkadaver mit Moos auszuwischen. Er hatte wegen des Waidwundschusses ziemlich viel Fleisch abschärfen müssen, und das erboste ihn – das wußte Måns –, auch wenn er selbst von dem Elch nichts bekommen sollte. Måns nahm sein Messer, ging zu dem Elchhaupt und schärfte unter dem Kinn die Decke auf. Er durchtrennte die Muskeln, die die Zunge im Winkel der Kinnlade festhielten, fischte sie heraus und schnitt sie an der Wurzel säuberlich ab. Er wußte, daß Gustaf die Zunge mochte, und steckte sie in den Plastikbeutel. Den Kadaver schleiften sie mit vereinten Kräften zu einem Felsen, wo sie ihn aufbocken konnten. Und in gemeinsamer Anstrengung vergruben sie den Aufbruch, so gut es bei dem harten Boden ging.

»Früher streute man Moos und Erde darüber«, sagte Gustaf mit einem Lächeln, während er arbeitete. »Dann setzte man eine hübsche Dickung darauf und begoß den ganzen Zinnober mit Petroleum.«

»Wozu sollte das gut sein?«

»Du verstehst schon: Das Petroleum war für die Hunde

des Försters, und die Anpflanzung für den Förster selbst, wenn der angeschnüffelt kam. Es war schlicht unmöglich, auf diese Weise einen Zerlegeplatz ausfindig zu machen, zumindest nicht vor dem nächsten Sommer, wenn die jungen Bäume vor Dürre fuchsrot geworden waren.«

Sie waren verschwitzt, als sie den Platz verließen, und Gustaf rieb sich seine blutverschmierten Arme mit nassem Moos ab.

»Man mußte sich abschleppen früher«, sagte er. »Man ging in die Knie und schleppte sich ab, nachts, und am schlimmsten war es, wenn der Mond schien und Neuschnee lag. Da hatte man kaum eine Chance, dem Förster zu entwischen, wenn er dahergeschnobert kam. Man hatte aber so seine Tricks«, fügte er finster und genüßlich hinzu und warf einen Blick zurück auf den Elchhirsch, der mit schwerem, hängendem Haupt dalag und seinen Fahrradlenker traurig abspreizte.

Nach ein paar Kilometern trennten sie sich dort, wo Gustaf einen Pfad einschlagen mußte, der nach Gökkällan führte. Bevor er ging, zog er den Plastikbeutel mit der Zunge und der Leber, den Måns ihm in den Rucksack gesteckt hatte, heraus und gab ihn ihm.

»Willst du das nicht haben?«

»Nein, danke, du, wahrlich nicht. Nicht einmal, wenn Bodin dir erlaubt hätte, mir einen Bissen hinzuwerfen.«

Er drehte sich um und ging, wie gewöhnlich mit sanft gebeugten Knien, doch ungewöhnlich krummem Rücken.

»Gustaf!« rief Måns. »Warte doch! Ich hab das doch nicht gewollt, daß es so kommt!«

Doch Gustaf stapfte ruhig weiter, und bald sah Måns nur noch den Lauf seines Gewehrs über den jungen Tannen wippen.

Als Måns zum Rastplatz zurückkam, war von den anderen niemand zu sehen, und er nahm an, daß sie einen letzten Streifzug vor der Dämmerung machten. Fröstelnd saß er da und horchte eine Weile, doch der Wald wirkte wie ausgestorben. Er machte sich aus ein paar Stöckchen ein Feuer, um sich daran zu wärmen, doch fiel es ihm schwer, stillzusitzen. Das Alleinsein und die Untätigkeit setzten in seinem Kopf die Gedanken an das, was geschehen war, in Bewegung, und diese Gedanken vermehrten sich, sie gebaren neue und noch unfruchtbarere Gedanken an das, was danach käme. Er war froh, als er irgendwann jemanden im Wald kommen hörte, wenn es ihn auch ärgerte, daß derjenige sich so unachtsam bewegte und es offenbar eilig hatte.

Es war Pelle Mård, der ohne Gewehr angerannt kam und dem im leichten Laufschritt der Rucksack auf dem Rücken hüpfte. Måns hatte ihn nicht mehr gesehen, seit er in der Nacht aus der Tranänghütte geschlichen war, und seine seltsame Unruhe hatte er schon fast vergessen. Die Dinge nahmen sich bei Tageslicht so anders aus.

Pelle, zum Beispiel, nahm sich ganz anders aus, fast ein bißchen lächerlich. Er war rot vor Eifer und Schwitzen, und er konnte sich nicht so lange gedulden, bis er bei Måns angekommen war.

»Wie gut, daß ich dich endlich finde! Meine Güte, wie ich hinter dir her war!«

»Was ist denn los mit dir? Wo bist du heute nacht eigentlich hin?«

»Hast du mitgekriegt, daß ich weggegangen bin? Warte – ich zeige dir etwas.«

Pelle war derart außer Atem, daß er kaum sprechen konnte, während er an der Verschnürung seines Rucksacks herumfingerte.

»Hier«, sagte er und überreichte Måns ein zerknittertes und ziemlich verschmutztes Kuvert. Er las die Adresse. Anwaltskanzlei Hugo Jörgensson, Drottninggatan 12. Das Kuvert war aufgeschlitzt, und als er hineinsah, entdeckte er ein weiteres, schlampig aufgerissenes Kuvert, das versiegelt gewesen war und vier engbeschriebene Briefbögen enthielt. Obwohl in ihm ein Verdacht aufkeimte, fragte er:

»Was ist das?«

»Das ist der Brief«, stieß Pelle hervor. Er klang glücklich.

»Wie, zum Kuckuck, bist du an den gekommen?«

Pelle setzte sich zurecht und begann zu erzählen. Måns hörte deutlich, daß er diese entzückende Geschichte nicht zum ersten Mal zum besten gab.

»Gestern abend lag ich da und dachte an diesen Brief«, sagte er. »Ich konnte einfach nicht einschlafen, solange ich wußte, daß Bodin uns den Daumen aufs Auge drückt, und ich wußte auch nicht, was ich dagegen tun sollte. Da fiel mir ein, daß Clara Bodin den Brief am Nachmittag für ihn aufgegeben hatte, und wenn sie ihn erst nach vier Uhr aufgegeben hatte, dann war er noch nicht weg. Du weißt ja, daß um diese Zeit zum letzten Mal geleert wird. Danach liegt die Post im Kasten, bis Jonsson wieder vorbeikommt. Da bin ich aufgestanden und nach Hause gegangen und habe selber einen Brief geschrieben.«

»Du? Du hast einen Brief geschrieben?«

»Ja«, sagte Pelle stolz. »Obwohl es eigentlich nur ein Kuvert war. Ich habe an Vaters Schwager Evert in der Stadt geschrieben. Du weißt doch, Evert Karlsson.«

Måns hatte eine leise Vorstellung von Evert Karlsson, doch hatte er Mühe, einen schütteren Tankwart wie ihn in dieser Geschichte zu verorten.

»Du kannst dir vorstellen, wie Evert sich freuen wird, wenn er mit der Post ein leeres Kuvert bekommt!«

»Ja, durchaus«, sagte Måns. »Das kann ich mir vorstellen. Ich kann mir alles mögliche vorstellen. Aber das hier kapiere ich noch nicht ganz.«

»Nun, ich warf den Brief dann beim Laden ein. Ich hatte aber die verkehrte Adresse draufgeschrieben, verstehst du? Ich hatte Hästängsgatan 4 geschrieben, aber nicht unsere Stadt, sondern Stockholm! Kapiert? Danach ging ich nach

Hause und legte mich schlafen, und am Morgen stand ich dann vor sechs Uhr auf und paßte Jonsson ab, als er gefahren kam, um den Kasten zu leeren. Hör mal, Jonsson, sagte ich, ich habe einen falsch adressierten Brief eingeworfen. Er war damit einverstanden, daß ich die Post durchsah, und er half mir sogar dabei. Es war recht einfach, Bodins Brief herauszunehmen, ohne daß er es merkte, und ich steckte ihn natürlich ein. Und dann fand Jonsson meinen Brief und sah mit eigenen Augen, daß ich ihn falsch adressiert hatte, ich strich Stockholm durch und adressierte ihn richtig. Dann bedankte ich mich brav und ging. Die Angelegenheit war natürlich ziemlich kitzlig, aber ich hatte den Brief, und Jonsson hatte nichts gemerkt.«

Er holte Luft und sah Måns, der das Kuvert in den Händen drehte, freudig an.

»Weißt du, was du bist?« fragte Måns langsam und reichte ihm den Brief. »Du bist bauernschlau.«

Pelle sah nicht so aus, als wüßte er dieses Lob zu würdigen.

»Ja, bauernschlau«, sagte Måns. »Hast du ihn den anderen gezeigt?«

»Ja, sicherlich. Ich bin den ganzen Tag herumgerannt, um alle nacheinander zu erwischen. Ich hatte doch eine Heidenangst, daß Bodin etwas hören oder den Brief zu sehen bekommen würde. Dann wäre es ja wieder genauso schlimm wie bisher.«

»Warum habt ihr ihn geöffnet?«

»Um zu sehen, was drinsteht, natürlich!«

Das war klar. Sie hatten sehen wollen, was drinstand, und alle hatten sie die vier Bogen gewendet und befingert, die den unerbaulichen Bericht darüber enthielten, wie die Witwe Svea Maria Hellberg angefahren und getötet und einen Kilometer vom Bahnhof Rasbyfors entfernt an der Abzweigung zu dem Hof Nipparbol ihrem Schicksal überlassen worden war. Die Briefbogen waren rußig vom Rauch der Kaffeefeuer und blutig vom Aufbruch der Elche und in mehrere Richtungen gefalzt.

»Und was wirst du jetzt tun?« fragte Måns leichthin. Er sah Pelle unverwandt ins Gesicht.

»Jetzt werden wir ihn verbrennen«, antwortete Pelle. »Erik hat ausdrücklich gesagt, daß der Brief verbrannt werden soll, sobald du ihn gelesen hast, du bist nämlich der letzte.«

Er blies Leben in Månsens Glut und legte ein paar trockene Zweige nach. Das Feuer flammte mit einer kleinen Explosion wieder auf und leuchtete und flackerte in Pelles Augen, als er einen Bogen nach dem anderen löste und in dem Feuer sich kräuseln und schwarz werden ließ. Die Kuverts und der Brief an den Anwalt folgten hinterdrein. Es verbrannte alles schnell und lebhaft, einige rußschwarze Flocken wirbelten auf und tänzelten im Rauch. Das war alles. Pelle wischte sich die Hände an den Hosenbeinen ab und nickte Måns zu.

»Na also. Jetzt sind wir den Mist los.«

Måns hatte die Hände um die Knie verschränkt und musterte ihn.

»Und jetzt?« fragte er.

»Was jetzt?«

Pelle sah ihn blauäugig an.

»Was werdet ihr jetzt tun?« fragte Måns geduldig.

Pelle nahm seine Mütze ab und wischte sich mit einem Taschentuch den Schweißrand von der Stirn. Sein Blick wich aus.

»Das weiß ich doch nicht«, sagte er. »Ich habe nur diesen Brief genommen. Ich weiß doch nicht, was jetzt wird. Das müßt ihr halt miteinander besprechen.«

Er wirkte ängstlich.

8

Dienstag, 15. Oktober

In der Dämmerung schaukelten auf traktorgezogenen Leiterwagen zuerst das junge Elchtier und dann der Elchspießer aus dem Wald heran. Die langen Läufe des Hirsches hingen schlaff herunter, und in den Kurven schlenkerte sein großes Haupt. Die Leute traten vor ihre Hütten und schauten und stellten Vergleiche an, als der Zug vorbeikam. Man musterte die Männer, die müde und abgekämpft wirkten, und die Elchkadaver und stellte fest, man habe schon größere gesehen. Im übrigen war die Rede davon, daß die Jagd nicht so gut verlaufen sei für sie, doch wisse man nicht, woran es liege. Die Männer waren über das, was im Wald oben vorgegangen war, verschwiegener als sonst, und aus dem Hundegebell und den einzelnen Schüssen, die bis zu den Häusern unten zu hören gewesen waren, ließ sich ebenfalls nicht viel folgern. Der Bruder der Fräulein Bodin sei in diesem Jahr zur Jagd aus der Stadt gekommen, hieß es, Gustaf Åkerman sei dagegen nicht dabeigewesen. Das hörte sich ja eigenartig an, um nicht zu sagen, unglaublich. Andere wiederum hatten gehört, daß just Gustaf aus Gökkällan es gewesen sei, der den Elchspießer geschossen habe, also müsse er doch wie gewohnt dabeisein.

Es war nicht herauszukriegen, wie alles zusammenhing, jedenfalls war Gustaf am Abend, als die Elchkadaver in den Schuppen von Stora Nybygget gebracht worden waren, nicht zu sehen. Aus allen Richtungen kamen auf oktoberabenddämmrigen Wegen Leute angestiefelt, um beim Zerwirken zuzuschauen. Daß das Licht im Schuppen Bekannte und Verwandte der Schützen anzog, war beim Gedanken an die Kostproben ja nur natürlich, die immer recht großzügig abgehauen wurden, wenn Männer wie Georg Mård und Måns Westling schon ein bißchen was intus hatten und von der Jagd zu erzählen anfingen. Aber auch Bekannte von Bekannten kamen angetappt, Cousins von Vettern dritten Grades drängten sich am Rand, und die Sabbergreise aus dem Heim gesellten sich mit glänzenden Augen dazu. Die Alten dachten an längst gefallene Schüsse und an Elche von Urzeitformat und an Hunde, die noch richtige Elchhunde gewesen waren und nicht so eine zartfüßige, lahm kläffende und faulenzende Spezies wie die heutzutage. Alle zehn Gillermäuse wuselten den Jagdfreunden um die Beine, machten Glotzaugen, bohrten in der Nase und waren der Meinung, daß die Elchkadaver in dem nackten Scheinwerferlicht gespenstisch groß aussähen. Die Kadaver hingen an starken Vorrichtungen, der Hirsch an einer Stange, die man ihm durch die Achillessehne gesteckt hatte. Georg Mård schlug mit dem Axtöhr, und Anders Flod zog nach und nach die schwarzbraune, rauhe Decke ab, die von den Geweihenden der Rivalen zerzaust und berieben wirkte.

»Wenn ich groß bin, werde ich einen schießen, der noch größer ist«, vertraute die älteste Gillermaus ein paar kulleräugigen kleinen Schwestern an. »Ich werde Åkermans großen Mörderhirsch schießen, ja, den werde ich schießen. Den Kopf hänge ich dann in die Kammer, und ihr dürft dann kommen und ihn angucken.«

»Bis dahin ist der schon längst geschossen.«

»Den erwischen die nie!«

»Wart du nur, bis ich ein Gewehr kriege.«

»Still, Kinder, und geht aus dem Weg!« fauchte Anders Flod. Während er die Decke abzog, dachte er an fünftausend Kronen und vielleicht noch weitere fünftausend und weiß der Himmel, wieviel noch. Es würde nie aufhören, und wahrscheinlich würde man den Hof aufgeben und beim Papierkonzern als Holzfäller anfangen müssen, und der Junge könnte in den Mond gucken nach seinem Gewehr. Die Fabrik in der Stadt, dachte er und zog an der Haut, schniefte und konnte in dem gleißenden Licht, das ihm direkt in die brennenden Augen fiel, kaum etwas sehen.

Vom ersten Tag wurde nichts ans Schlachthaus verkauft. Sie verteilten das Elchfleisch gewöhnlich auf ebensoviele Haufen, wie es Teilnehmer an der Jagd gegeben hatte, das heißt sieben, wenn alle dabei waren. Dann verlosten sie die Haufen, nachdem sie demjenigen, der das Pech gehabt hatte, nicht mitkommen zu können, einen Braten oder ein Stück Keule zugemessen hatten. Wenn der Kaffee mit Aquavit zu wärmen begann und das Gemurmel unter dem Blechdach des Schuppens anschwoll, wurden normalerweise Suppenknochen und andere Schmankerl als Kostproben verteilt, und der Hundeführer bestreute die Haut mit grobem Salz und rollte sie auf, um sie nach Hause zu schaffen. Wenn es eine beachtenswerte Elchkrone gab, stand sie natürlich dem Schützen zu. Es war zwanzig Jahre her, daß es über die Verteilung der Beute Auseinandersetzungen oder an der Hundertmetergrenze innerhalb der Schneisen gebührende Abreibungen gegeben hatte, mit fahrlässigen Schießereien und am Ende Unannehmlichkeiten mit dem Landpolizeikommissar.

In diesem Jahr sah es jedoch nicht so aus, als gäbe es irgendwelche Kostproben. Der Lärm legte sich, und die Leute verzogen sich allmählich nach Hause. Die Männer schienen beim Zerlegen nicht in Stimmung zu sein, und der Förster starrte ganz finster Bodin an, der seltsamerweise dastand und genau vorschrieb, wie die Fleischberge auszusehen hatten, und der darauf achtete, daß jedes Fitzelchen richtig hingelegt und das Fleisch von den Knochen gekratzt wurde.

»Der da führt sich auf wie der ärgste General«, brabbelte ein Alter aus dem Heim und sah zu, wie die Knochen in exakt gleich lange Stücke gehauen und auf die Fleischberge verteilt wurden.

Diejenigen, die so lange blieben, bis das junge Elchtier zerlegt war, bekamen etwas äußerst Merkwürdiges zu hören, und sie eilten wie befohlen mit der Botschaft in die Hütten und waren angesichts des bevorstehenden Ereignisses aufgedreht wie auch verwundert.

»Morgen gibt's eine Treibjagd«, verkündeten sie. »Der Förster braucht Treiber, sie können sich bei ihm melden.«

»Treibjagd? Ach du Schreck – das machen die doch sonst nie.«

»Ja nun, aber jetzt eben. Bodin aus der Stadt hat eine Treibjagd angeordnet, er will es eben so haben.«

»Und das entscheidet er?«

Offensichtlich war dem so. Breitbeinig und blinzelnd stand er in dem Schuppen im Scheinwerferlicht, verteilte die Fleischberge und hörte nicht auf Månsens wütende Proteste, daß eine Treibjagd keine Sache sei, die man über Nacht auf die Beine stelle. So etwas müsse vorbereitet werden. Merkwürdigerweise protestierte der Förster nicht, obwohl er die Arbeit damit hatte. Er sagte nur, er wolle Gustaf Åkerman als Treiberführer haben und sei selbst der Jagdleiter und habe das Recht, von jedem Gehorsam zu verlangen, was die Sicherheitsvorschriften innerhalb der Bogen betreffe. Bodin werde den besten Ansitz bekommen, und Erik zeigte ihm, um ihn zu überzeugen, sogar auf der Karte, wo er sitzen werde, wenn sie am Morgen losgingen. Was Gustaf betraf, mußte Bodin nachgeben. Ohne einen zuverlässigen Treiberführer wollte Erik keine Schar von Treibern im Wald umherirren haben.

»Da weiß man nie, was passiert«, sagte er, und Bodin ließ lange den Blick auf ihm ruhen, bevor er seinen Teil der Beute in den Volvo packte und fuhr. Rickard wollte auf Nybygget bleiben, um zusammen mit den anderen die Treibjagd zu planen.

Eva Westling hatte den ganzen Abend beim Zerlegen zugesehen. Jetzt stand sie unschlüssig vor ihrem Anteil, nachdem die Männer ins Haus gegangen waren, um die Jagd für morgen anzulegen. Als sie allein war, nahm sie ein Stück Einwickelpapier, das sie in einer Ecke fand, und schlug es um einen großen Elchbraten von Månsens Haufen. Sie schnallte den Braten auf den Gepäckträger und radelte in der Dunkelheit davon. Als sie nach Vinterrönningen kam, fuhr sie am Zufahrtsweg vorbei und weiter in den Wald in Richtung Gökkällan.

Das Küchenfenster war erleuchtet, und Gustaf kam auf die Treppe heraus und guckte, als sie ihr Fahrrad an den Zaun lehnte. Sie hatte gedacht, sie sei ganz leise gewesen, doch Gustaf hatte Ohren wie ein Luchs.

»Du? Du kommst in der Dunkelheit angefahren?«

Er freute sich, das sah man gleich, wenn er auch vorsichtig klang. Sie nahm das Päckchen vom Fahrrad und ging mit Gustaf hinein. Er sah es an, als sie es auf den Küchentisch legte, sagte aber nichts. Eva hatte rote Wangen vom Radfahren, und ihr stand das blonde Haar ab. Sie versuchte es ein wenig zu ordnen, doch Gustaf hatte keinen Spiegel. In seiner Stube war es herdwarm, und es roch nach Petroleum, Kaffee und altem Waldschrat. Es war kein schlechter Geruch, sonderlich reinlich war er jedoch auch nicht. Eva war von Haus aus gründlich, und wenn sie Gustaf besuchte, flog ihr Blick immer in die Ecken, was ihn etwas in Verlegenheit brachte. Doch er mochte Eva. Sie war offen und ehrlich und arbeitete richtig tüchtig. Gleichwohl hatte sie in all ihrer Ehrlichkeit etwas mädchenhaft Ängstliches, was bewirkte, daß er sich fünfzig Jahre jünger fühlte. Ihr Gesicht war schmal und wechselte rasch vom Lachen zur Nachdenklichkeit.

»Hör mal, Gustaf«, sagte sie ohne Umschweife. »Warum bist du nicht bei der Jagd dabei?«

Er mußte sich umdrehen und sich am Herd zu schaffen machen, er warf ein paar Holzscheite hinein und regulierte den Zug. Der Kaffeekessel wurde aufgesetzt, und auf den glühendheißen Ringen zischte das übergeschwappte Wasser.

»Hat Måns denn nichts darüber gesagt?«

»Nein, Måns erzählt nicht viel in diesen Tagen.«

Sie wickelte den Braten aus dem Papier und zeigte ihn ihm.

»Den habe ich dir mitgebracht. Immerhin warst du es, der den Hirsch zu guter Letzt erlegt hat, wie ich gehört habe.«

Die unverfälschte Lust auf Fleisch leuchtete ihm aus den Augen, als er den Braten sah, doch dann wandte er den Blick ab.

»Hat Bodin dir das erlaubt? Du kannst ihm ausrichten, daß ich nichts annehmen werde.«

Er schepperte mit den Herdringen, und sein Rücken wirkte krumm und wütend.

»Das ist von Månsens Anteil«, sagte sie ruhig, »und ich habe es persönlich hergebracht. Bodin weiß nichts davon. Was sollte er im übrigen damit zu tun haben?«

»Ja, wer weiß.«

Sie kam nicht weiter mit ihm, solange er ihr den Rücken zukehrte. Doch als er die Kaffeetassen auf den Tisch gestellt hatte und dabei war, Zuckerstücke in eine henkellose Tasse zu schütten, wirkte er wieder ein bißchen menschlicher.

»Ich habe aber auch gar nichts anzubieten«, sagte er ärgerlich. »Man kann ja schlecht einfache belegte Brot hinstellen, wenn man hohen Besuch hat.«

»Mach nur. Ich bin richtig hungrig.«

Er säbelte dicke Käsescheiben als Brotbelag für sie ab und war derart um sie bemüht, daß man merkte, wie leid ihm seine Verdrießlichkeit soeben tat.

»Ich danke dir für den Braten«, sagte er, »ich werde ihn schon nehmen. Wo er doch von dir kommt. Schau, dieser Bodin ...«

Er balancierte die Untertasse auf drei Fingern und schlürfte vorsichtig.

»Er kann mich nicht ausstehen. Und ich kann dir auch sagen, warum. Zwischen seinem Vater und mir hat es ja den einen oder anderen Zwist gegeben, wie du weißt. Und als Klas Bodin ein Gewehr bekam und mit einer Menge junger Herren in den Wald stolziert kam und jagen wollte, wurde es nicht besser. Während der Schußzeit waren sie wie die Teufel überall im Anstand, und da blieb ich drinnen oder im Umkreis meiner Hütte. Ich habe einen Hektar Land, wie du weißt, und die Schneise ist gleich da oben am Bach verlaufen. Eines Morgens höre ich, daß die Hunde etwas aufgestöbert haben und direkt auf Gökkällan zujagen. Zuerst ging es in einem Bogen nach Westen, ich war gerade dabei, hier unten auf dem Acker Kartoffeln auszugraben, und stellte mich hin und horchte. Nach einer Weile ging ich rein und holte meine Remington, weil ich wußte, daß da oben am Bach ein Elchwechsel war, auf dem sie immer in den Wald zogen, und es war nicht ausgeschlossen, daß es dort entlanggehen würde. Nun, es ist natürlich nichts passiert. Ich hörte keinen einzigen Schuß, und der Elch ging ihnen wohl durch. Am nächsten Tag hatte ich beim Pflügen mein Gewehr dabei, und mit einem Mal höre ich wieder Hundegebell, und es spielt sich wieder das gleiche ab, allerdings flüchtete er diesmal zuerst nach Osten, bevor er zu mir runter abbog. Dann wurde es still, und ich bemerkte nichts, bis es am Bach oben krachte. Das Pferd scheut, und direkt über den Kartoffelacker kommt ein großer, stattlicher Elchhirsch daher. Zum Glück hatte ich mich aus dem Gewehrriemen gezwängt, denn jetzt drängte es. Das Pferd wurde wie verrückt vor Schreck und lief mitsamt dem Pflug davon, und ich ließ es laufen, wohin es wollte, denn jetzt hieß es schießen, und ich schoß auch, und da plumpste der Hirsch wie ein Sack zu Boden und fuhr mit dem Haupt mitten ins Kartoffelkraut und sah so maßlos dumm aus, wie er da lag, daß ich so lachen mußte, wie ich mein Lebtag noch nicht gelacht hatte, bevor ich mich um den armen Gaul kümmern konnte, der wie ein Karnickel Reißaus genommen hatte.«

Er nahm einen Schluck Kaffee, bevor er weitererzählte, und seine Augen glänzten übervoll von Erinnerungen.

»Nach einer Weile kommt Bodins Hund auf der Elchfährte angejagt, fix und fertig natürlich, und schnellt fast senkrecht in die Luft, wie er den Elch dort liegen sieht. Er erholt sich aber wieder und fängt an, ihn an der Decke zu reißen, und ich gehe zu dem Elch hin. Den Hund habe ich natürlich an eine alte Leine gelegt, weil ich dachte, daß Bodin seinen Köter bestimmt wiederhaben wollte, auch wenn es diesmal keinen Elch gab. Und die Leine habe ich mit einem halben Schlag an eine der Schaufelenden gebunden – und glaub mir, der hatte eine stattliche Krone! –, weil auf dem Kartoffelacker ja sonst nichts war, wo man ihn hätte anbinden können. Dann hocke ich mich hin und kastriere den Elch. Ich war gerade fertig und wieder aufgestanden. Und da, glaub mir, da sehe ich, wie es in diesen langen weißen Läufen zuckt, und er ist hoch wie der Blitz und ab mit Getöse. Ich stand da, die Eier in der Hand, die seinen, starrte hinterher und sah den armen Hund in hohem Bogen über die Krone fliegen, und dann gab es einen Ruck an der Leine, und noch bevor ich den Mund zugebracht hatte, waren beide über den Bach auf und davon.«

Er lächelte Eva an, die ebenfalls den Mund nicht zubrachte.

»Mensch«, sagte er, »das war vielleicht ein großer Hirsch, sag ich dir. Ich bin ihm natürlich hinterher, und fünfzig Meter überm Bach ist er zu Boden gegangen. Er schlug mit dem Haupt, und seine Augen waren gar nicht gut, du. Die glühten, weißt du, und seine Krone, die groß und verzweigt war, schlug ins Moos, daß es staubte, und diesen Augen sah man an, wie er noch kämpfte. Ich bekam das Gewehr hoch, vor mir wippte der Lauf, und meine Hände waren schweißnaß, weil es in seinen Augen so funkelte und blitzte. Die Entfernung war aber gering, und dann war es aus mit ihm. Mit dem armen Hund war es natürlich auch nicht mehr weit her. Seine Rippen waren zerschmettert, und er hatte sich den Hinterlauf gebrochen, so daß ich ihm ebenfalls einen Schuß verpassen mußte, um seiner Qual ein Ende zu setzen. Es dauerte nicht lange, da erschienen Klas Bodin und seine Jagdkumpane, und es gab ein Mordsspektakel, glaub mir. Er schrie, der Elch gehöre ihm, weil sein Hund ihn aufgespürt und gestellt habe. Und ich sagte, daß der ihn nicht mehr gestellt habe als mein alter Ackergaul. Und er sei auf dem Kartoffelacker erlegt worden, und dieser Acker gehöre mir. Bodin sagte, ich hätte seinen Hund erschossen, und das gab ich ja auch zu, wies ihn aber darauf hin, daß es unvermeidlich gewesen sei. Der Elch würde mir zustehen, weil er innerhalb der Hundertmetergrenze niedergegangen sei, und ich gab auch nicht nach, als Bodin sowohl den Förster als auch den Landpolizeikommissar holte, die dann auf dem Acker unten zugange waren und maßen und machten. Schließlich wollte Bodin mich dafür verklagen, daß ich seinen Hund erschossen hatte. Es sei ein Rassehund gewesen, sagte er, und ein Champion mit Preisen in der Elchjagdprüfung und zehnmal mehr wert als so ein alter Wilddieb wie ich. Der Landpolizeikommissar brachte ihn allerdings davon ab, weil sie mir in dieser Sache ja doch nie beikommen könnten.«

Er sonnte sich einige Sekunden lang in Evas Staunen und Gelächter, bevor er sich erhob und Kaffee nachschenkte.

»Du verstehst also, daß er mich nicht ausstehen kann«, sagte er. »Und es war nicht nur das. Da gab es noch viele andere Geschichten.«

»Laß hören«, bat Eva.

»Nein, Eva. Es ist am besten, wenn ich die aufspare. Wenn man nicht mehr mitmachen darf, dann bleibt einem nicht mehr viel anderes als diese alten Geschichten.«

Er wirkte ruhig und souverän in seiner Einsamkeit, der Gustaf, aber das änderte sich schnell. Von dem Netz aus Lachfältchen rings um seine Augen war jetzt nicht mehr viel zu sehen. Sein Mund war nur noch ein schmaler Strich unterm Schnurrbart, und seine Augen hatten sich verhärtet. Von einem Moment auf den anderen wußte man nicht mehr, wie man bei ihm dran war. Eva hielt es trotzdem für das beste, ohne Umschweife zur Sache zu kommen.

»Sie wollen dich morgen als Treiberführer haben.«

»Soll es eine Treibjagd geben?« fragte er verblüfft. »Das kommt von Bodin, ist ja klar. Jetzt soll so viel Leben zusammengeschaufelt werden, wie es im Wald nur gibt, und die werten Herren werden bequem mit Decken über den Knien auf Stühlen sitzen und es abschlachten, sobald es erscheint.«

»Du brauchst nicht gleich so loszulegen. Erik Emilsson wird ja wohl eine hübsche Treibjagd auf die Beine stellen können. Und er will unter allen Umständen dich als Treiberführer haben, sonst läßt er sich gar nicht erst darauf ein.«

»Na ja, dann wird man's bleibenlassen müssen.«

Sie wußte nicht, wie sie ihm beikommen sollte. Er zottelte wieder zum Herd und brummelte:

»Ohne Gewehr in der Treibwehr zu gehen, dazu ist man recht. Und um für einen wie Bodin Wild aufzuscheuchen, der sofort einen Schuß abfeuert, sobald er sieht, daß sich etwas bewegt. Er kann bei einem Elch doch kaum vorn und hinten unterscheiden. Nein, nein, meinetwegen braucht das nicht stattzufinden. Das gibt nur eine Menge angeschweißter Tiere, und dann darf ich mit Måns und dem Dackel, bevor es dunkel wird, wieder im Wald herumrennen und versuchen, sie aufzustöbern. Måns will dabei doch hoffentlich nicht mitmachen?«

»Gustaf«, sagte Eva leise und ernst, »ich möchte, daß du mitmachst.«

»*Du* möchtest das?«

Ihr kleiner Mund war so entschlossen zusammengekniffen, daß er ganz baff war, und ihre Augen waren dunkel vor Angst. Sie hatte ihre Hand auf seinen Arm in dem blauen Arbeitshemd gelegt, und ihr Griff wurde fester, während sie sprach.

»Ich weiß nicht, was los ist, aber Måns ist so seltsam, und nachts schläft er nicht. Es ist irgend etwas mit Bodin. Es scheint, als wären sie aneinandergeraten, doch sieht es weder Måns noch einem der anderen ähnlich, sich gefallen zu lassen, wie er mit ihnen umspringt. Sie fügen sich ihm, dabei sind Eriks Augen ganz schwarz, wenn er mit Bodin spricht, und Måns ist nicht mehr derselbe. Ich möchte, daß du mitmachst, Gustaf. Deswegen bin ich eigentlich gekommen.«

Ihr Blick flatterte zu dem Elchbraten hinüber, und sie wirkte ein bißchen verlegen.

»Sicherlich kann ich mitmachen«, sagte Gustaf langsam. »Mir ist allerdings nicht klar, was es nutzen soll.«

»Ich weiß ebensowenig wie du, worum es geht. Aber ich habe Angst.«

»Angst?«

Sie nickte.

»Wovor hast du Angst?«

Sie wußte es nicht. Aber ihr Mund sah noch entschlossener aus, und sie erklärte, daß sie sich um sieben Uhr an der ersten Abzweigung zur Grube sammelten.

»Kommst du?«

Ja, natürlich werde er kommen. Konsterniert und argwöhnisch brachte er sie zu ihrem Fahrrad an die Forststraße hinaus. Er fühlte sich aber auch geschmeichelt. Måns hatte sich schon immer an ihn gewandt, von Kindesbeinen an. Das war etwas anderes. Doch die entschlossene und forsche kleine Eva, sie ließ sich nur von wenigen einen Rat geben und suchte nicht sogleich Hilfe von außen. Sicherlich rührten ihn ihre Schmächtigkeit und Jugend auf seine alten Tage, als sie auf ihr Fahrrad stieg, denn er fragte:

»Graut dir nicht ein bißchen davor, um diese Zeit durch den Wald zu fahren? Ich kann dich begleiten.«

»Ach was, du bist ja verrückt. Ich fahre doch nicht zum ersten Mal hier.«

Sie hantierte noch am Licht herum, bevor sie fuhr.

»Zum Glück hab ich immerhin ein Licht«, sagte sie. »Heutzutage weiß man schließlich nie, ob einem ein Auto entgegenkommt. Diese arme Frau, die beim Bahnhof überfahren wurde, hatte keine Leuchte. Es ist gar nicht sicher, daß der Autofahrer sie überhaupt gesehen hat.«

»Haben sie ihn denn noch nicht gefunden?«

»Nein, das ist offenbar gar nicht so einfach.«

Aufrecht sitzend strampelte sie davon und winkte ihm. Er sah die Flecken, die der Schein ihrer Fahrradlampe auf die Tannenstämme warf, sie hüpften und spielten ein Weilchen darauf, bevor die Dunkelheit sie verschlang. Bei diesem Anblick gingen ihm ganz merkwürdige Gedanken durch den Kopf. Er dachte an den Freitagabend, an dem diese Zugehfrau aus dem Heim angefahren worden war. Er für sein Teil hatte gehört, daß in Lilla Bethel Versammlung sei, und ihm war klar gewesen, daß Valborg, die langhaxige Hexe auf Nybygget, die er fürchtete, recht bald fort wäre. Gegen elf Uhr hatte er sich mit dem Fahrrad nach

Stora Nybygget aufgemacht, um mit den anderen Männern über die Jagd zu reden. Sie waren jedoch nicht dagewesen. Gestern morgen hatte er Pelle Mård gefragt, und Pelle hatte gesagt, sie hätten Bodin und Rickards neuen Hund von der Bahn abgeholt. Rickard meinte später jedoch, sie hätten den ganzen Abend über das Haus nicht verlassen. Er hatte sich keine großen Gedanken darüber gemacht. Bis jetzt, und auch jetzt wußte er kaum, was für seltsame Gedanken da von ihm Besitz ergriffen.

Er mußte hineingehen und die alten Zeitungen im Verschlag auf dem Flur durchstöbern, um seine Unruhe zu dämpfen, doch er fand nicht, was er suchte, also schnappte er sich eine Taschenlampe und ging hinaus zum Abort. Dort fand er in der Holzkiste auf dem Fußboden die Samstagszeitung, und als er wieder im Haus war, setzte er sich an den Küchentisch und durchforstete sie. Im Büfett hatte er eine Lesebrille liegen, die er von Månsens Vater geerbt hatte, und obwohl sie ihm kaum half, Ordnung in die Buchstaben zu bringen, die sich auf ungebührlich kleinliche Weise über die Seiten schlängelten und wanden, fühlte er sich zumindest sicherer damit. Er ging langsam den Artikel über die Zugehfrau durch, die auf der Bahnhofsstraße überfahren worden war. Viel fand er dabei nicht heraus, womit er diese merkwürdigen, halbgedachten Gedanken nähren konnte. Die Petroleumlampe begann zu qualmen, und er mußte schleunig den Docht herunterdrehen.

In der Küche auf Stora Nybygget saß die Jagdgesellschaft um die Karte, die Erik zwischen den Kaffeetassen ausgebreitet hatte. Mit Bleistiftlinien hatte er die Bogen markiert, die abgetrieben werden sollten, und die Stände der Schützen waren mit Kreisen markiert. Sie wußten alle, wo sie zu stehen hatten, und obwohl die Zeit zu knapp war, um das Ganze perfekt zu organisieren, würde es schon klappen, meinte Erik.

»Gustaf Åkerman kennt das Terrain so gut, daß er die Treiberwehr führen kann, ohne daß man hingehen und Bäume schalmen muß. Im übrigen besteht kaum eine andere Wahl.«

»Eigentlich verstehe ich ja nicht, daß du dich so bereitwillig auf eine Treibjagd eingelassen hast«, sagte Georg Mård.

»Wir müssen wohl«, entgegnete er ausweichend.

Er erhob sich und faltete die Karte zusammen, und sie marschierten hinaus, um im Schuppen ihr Fleisch zu holen. Draußen in der Dunkelheit sprach es sich einfacher. Georg machte zwar eine Sturmlaterne an, die an der Wand hing, aber ihr Licht reichte nicht weit.

»Müssen, müssen.«

Georg ließ prüfend den Blick über ihre Gesichter schweifen.

»So fest in der Hand hat er uns doch gar nicht mehr. Auch wenn er das meint.«

»Morgen werden wir sehen, ob wir Åkermans berühmten großen Hirsch hervorlocken können oder ob der nur bei ihm und Måns herumgeistert«, sagte Erik.

»Du hättest ihn abschießen sollen, Måns.«

Måns stand mit dem Rücken zu ihnen und ging verwirrt seine Fleischstücke durch. Er hätte schwören können, daß etwas fehlte. Beim Klang von Pelles Stimme zuckte er zusammen.

»Du redest, wie du es verstehst«, erwiderte er hitzig.

Erik lachte leise.

»Er meint doch den Elch, Gustafs alten Mörder.«

Sie lachten in der Dunkelheit um ihn herum leise vor sich hin.

»Was dachtest du denn?«

»Wer weiß.«

»Obwohl, eigentlich«, sagte Georg und faßte sich ans Kinn, »wäre das auch nicht dumm gewesen. Jedenfalls jetzt nicht.«

Måns wußte, was er mit jetzt meinte. Jetzt, nachdem Pelle den Brief ergattert hatte. Er bekam einen trockenen Mund. In dem schwachen Licht hatten ihre Gesichter etwas erschreckend Fremdes an sich. Selbst Pelle wirkte merkwürdig erregt.

»Es hängt alles davon ab, wer morgen den Stand neben Bodin bekommt«, sagte Erik plötzlich. Seine Stimme klang ruhig und gleichgültig, doch Måns erstarrte.

»Ich dachte, den wolltest du selbst übernehmen.«

»Das wollte ich eigentlich. Aber ohne Hilfe kann ich dort nicht viel ausrichten.«

Er breitete die Karte unter der Sturmlaterne aus, und sie scharten sich darum, während er deutete und zeigte.

»Hier, unterhalb von Kolby, sitzt Bodin. Das ist Stand Nummer fünf, und der Sechser ist hier. Er wollte selbst den Fünfer haben, weil dort so gut wie todsicher ein Stück Wild auftaucht. Der Sicherheitswinkel ist folgendermaßen«, sagte er, drehte die Karte um und fertigte mit dem Bleistift eine rasche Skizze. »Weiter vor als bis hierher darf er nicht gehen, wenn er vor dem Sechser sicher sein will. Sonst glaubt nämlich der Sechser einen Elch zu sehen, wenn sich dort etwas bewegt. Da ist ein kleines Espendickicht, das die Sicht auf das Schußfeld verdeckt. Eigentlich müßte man es ausästen, aber das ist jetzt nicht mehr zu schaffen, nachdem er es so verdammt eilig hat, seine Treibjagd organisiert zu kriegen.«

Erik klang nüchtern und präzise. So wie vorhin am Küchentisch. Worauf er hinauswollte, begriff Måns erst, als Anders Flod anmerkte:

»Es besteht doch gar keine Gefahr, daß er hinter diesen Espen hervorkommt.«

»Nicht, wenn er nicht vorher Bescheid bekommen hat, natürlich.«

»Daß es eine Änderung gegeben hat?«

»Ja klar.«

Måns steckte seine schweißfeuchten Hände in die Hosentaschen. Wo führte das bloß hin? Spielten sie nur mit einem Gedanken oder war das ernst? Eriks Augen funkelten so eigenartig. Er wirkte amüsiert und zugleich angespannt, und er sah oft zu Måns herüber.

»Hinterher können wir ja dann bezeugen, daß von einer Änderung keine Rede gewesen war und er sich von sich aus ins Schußfeld des Sechsers begeben hatte.«

»Es ist immer gefährlich, seinen Stand zu verlassen«, pflichtete Anders Flod bei. »Das birgt so seine Gefahren.«

»Das wird er schon merken.«

»Wie gesagt ...«

Erik faltete die Karte zusammen und sah die anderen an.

»Es hängt alles von demjenigen ab, der auf dem Sechser sitzt.«

»Du bist ja nicht bei Sinnen«, sagte Måns schnell. »Das wird niemals glattgehen. Das ... das ist doch Mord!«

Um ihn herum wurde es starr und still.

»Du legst ja ordentlich los«, sagte Erik schließlich. »Fahrlässige Schießereien sind auch früher schon vorgekommen. Und was war denn das, was du gestern morgen beim Flymyran getrieben hast?«

»Das war etwas anderes.«

Wirklich? Er wußte es selbst nicht mehr. Er sah Rickard an, erhielt aber keine Unterstützung. Rickard fingerte an seiner Pfeife herum, und sein Gesicht war ausdruckslos.

»Hast du vielleicht Lust, so lange erpreßt zu werden, bis du nichts mehr hast ... und so drangsaliert und gegängelt?«

Anders Flod klang schrill, und er sah Måns an, als wäre er es, den er fahrlässig erschossen sehen wollte. Eigentlich ist es ja meine Schuld, dachte Måns verzweifelt. Sie sitzen dank meiner alle fest. Zeigt er uns an, ist für uns alles aus. Läßt er es sein, müssen wir zahlen. Es ist genau so, wie Anders sagt – wir müssen zahlen, bis wir nichts mehr haben, und dann müssen wir unsere Höfe verlassen und … man kann es drehen und wenden, wie man will. Er hat uns in der Hand. Unser einziger Trumpf ist dieser Brief, von dem er nichts weiß. Er ist ein Scheißkerl, und ich hasse ihn, doch ich bin auch ein Scheißkerl, und es ist meine Schuld. Aber das hilft nun auch nichts, weil derjenige, der auf dem Sechser sitzt, hinterher nie seinen Frieden mit sich selbst finden wird.

Das war es, was er sagen wollte. Statt dessen kam:

»Übernimmst du den Sechser selbst, Erik?«

»Das wollte ich eigentlich.«

Erik betrachtete Måns eindringlich. Er war sich offenbar nicht sicher, wie er bei ihm dran war, doch Måns wußte selber nicht, wie er bei sich dran war, und deshalb ließ sich aus seinem Gesicht auch nichts ablesen. Er hätte gern mit jemand anders über die Sache gesprochen, doch das ging ja nicht. Er hätte sich nur zu gern für einen Augenblick aus diesem geschlossenen Zirkel von Gesichtern befreit, die auf ihn gerichtet waren und ihm mit Blicken zusetzten, die sagten: Du warst es, Måns, du bist gefahren. Zumindest bildete er sich ein, daß sie das dachten, aber es war schwer zu sagen, denn plötzlich legte ihm Anders den Arm um die Schulter und brummelte:

»Nimm dir das nicht alles so zu Herzen. Du kannst doch nichts dafür, daß …«

»Ich finde es nicht richtig, daß Erik den Stand einfach so übernimmt«, fiel ihm Georg ins Wort.

Ohne daß Måns wußte, wie es zugegangen war, standen sie ruhig da und diskutierten über den Stand Nummer sechs beim Kolbybogen, als ob das Ganze eine alltägliche Geschichte wäre.

»Wir sollten wohl in bewährter Weise vorgehen.«

Daß er selbst das gesagt hatte, konnte er kaum glauben. Sie sahen ihn an und lächelten listig, als ihnen aufging, was er meinte. Einige Stände waren schließlich vortrefflicher als andere, und wenn die Schützen gleich gut und die Chancen anderweitig ausgewogen verteilt waren, losten sie normalerweise um die begehrenswerten Stände. Diesmal ist es allerdings umgekehrt, dachte Måns. Doch war er sich da nicht sicher, als er Georgs und Eriks Gesichter sah.

»Wir lassen das Los entscheiden«, verfügte Erik. »Das ist am besten, und es gibt hinterher weiter kein Hin und Her. Jeder ist für das, was auf dem Stand des Sechsers passiert, so verantwortlich, als ob er selbst dort sitzen würde. Und es darf keinerlei Gerede geben. Das ist euch ja wohl klar?«

Er warf Måns einen Blick zu.

»Um eurer selbst willen.«

Måns hatte ein klebriges Gefühl. Jetzt sitzen wir fester denn je, dachte er, aber daran denkt Erik nicht.

»Dann laßt uns mal das Los ziehen«, sagte er nervös und holte die Zündholzschachtel hervor.

»O nein.«

Erik steckte die Karte ein und knöpfte seine Windjacke zu.

»Wir gehen jetzt nach Hause und schlafen. Um halb sieben treffen wir uns – eine halbe Stunde vor den anderen. Du, Måns, kannst dafür sorgen, daß Gustaf benachrichtigt wird. Das Los ziehen wir erst morgen früh. Es könnte für den, der das längste Streichholz zieht, heute nacht sonst ein bißchen zuviel zum Nachdenken geben.«

9

Mittwoch, 16. Oktober

Vor sieben Uhr begannen sich die Leute auf den Wegen in Richtung Nybygget zu bewegen, von wo einer von Mårds Bussen die Treiber zum Sammelplatz bringen sollte. Sie kamen in dem grauen Dämmer angetrottet und angeradelt, fest in Lederwesten und Wollpullover eingemummelt, denn der Winter hatte in der Nacht als Vorboten und Mahnung einen Kältestrom geschickt, und der Boden war hart vom Barfrost. Der Rauch aus den Schornsteinen stieg senkrecht auf, und viele dachten, eine Treibjagd sei an einem Tag, wie es dieser zu werden versprach, gar keine so dumme Idee. Kein Hund kann seine Fähigkeiten zur Geltung bringen, wenn das Gras unter den Pfoten knirscht und knistert und keine Wittrung zu nehmen ist.

Måns kam ungewöhnlicherweise als letzter zu dem Treffen und sah die anderen fünf als reglosen, frierenden Haufen bei der ersten Abzweigung zur Grube stehen.

»Wir müssen uns beeilen, weil bestimmt bald die Leute kommen«, sagte Erik Emilsson anstelle eines Grußes.

»Es ist besser, wenn wir zur Meilerstelle hinaufgehen.«

Beim Sprechen drang ihnen wie feiner Rauch stoßweise der Atem aus dem Mund. Måns trödelte schweigend hinterher, als Georg sie auf den Weg nach Kolby und an dem aufgelassenen Hof vorbeiführte. Dieser stand mit zugewachsenen Fenstern und halb eingestürzten Nebengebäuden in einem Dschungel verwilderter Kirschen. Der Pfad führte an einem der verlassenen Gesenke vorbei. Als im

Frühling rings herum wie verrückt die Schlüsselblumen wuchsen – sie wurden hier größer als anderswo –, hatte der Wind von hier oben einen Gestank verbreitet, der die Leute, die zum Blumenpflücken aus der Stadt gekommen waren, dazu veranlaßte, an den Rand zu treten und hinunterzugucken. Dort unten in der Schwärze hatten sie das Vorderteil eines Elchkadavers gesehen, doch jetzt im Herbst stand das Wasser höher, und in der reglosen Oberfläche spiegelte sich bloß der Himmel.

Måns hatte in der Nacht ruhig geschlafen, aber erst nachdem er sich das, was am Abend auf Stora Nybygget vorgegangen war, noch einmal durch den Kopf hatte gehen lassen. Als er nach Vinterrönningen heimgekommen war, hatte ihn eine derart heftige Reaktion auf all das heimgesucht, daß er sich in seinem Büro hatte einschließen müssen, wo er sich stillzusitzen zwang, weil er sonst nach oben gegangen wäre, Eva geweckt und seinem Herzen Luft gemacht hätte. Als er wieder klar und ruhig denken konnte, begriff er, daß das, was er am Abend erlebt hatte, der Jagd zuzuschreiben war. Sie hatten sich zwei Tage und eine Nacht lang im Wald aufgehalten. Sie waren gelaufen und geschlichen und hatten sich verausgabt, um zum Schuß zu kommen, und nachdem endlich Schüsse gefallen waren und sie sich ans Aufbrechen und Zerwirken gemacht hatten, war diese Erregung, die immer schon zur Elchjagd gehörte, längst mit ihnen durchgegangen. Sie hatte ihnen wahnwitzige Ideen, die sie normalerweise niemals als richtig und notwendig akzeptiert hätten, als vernünftige Pläne und Eingebungen erscheinen lassen. Meine Güte, dachte er, wir sind doch eigentlich ganz in Ordnung! Ich kenne sie alle. Allein wäre keiner von uns auf diesen Gedanken gekommen, nicht einmal Erik. Und nirgendwo sonst, außer im Zerwirkschuppen auf Nybygget mit dem trügerischen Licht der Sturmlaterne vor Augen und der Schwärze der Oktobernacht draußen, würde man sich selbst so auf den Leim gehen können und auf so etwas einlassen.

Dann war er zu Bett gegangen, ein wenig erschöpft und irritiert zwar, aber überzeugt davon, daß sie im nüchternen Morgenlicht einander in die Augen sehen und die Sache ablehnen würden. Und alles wäre aus der Welt geschafft.

Das heißt, aus der Welt war es keineswegs. Das wurde ihm bereits klar, als er sich mit der Büchse um die Schulter und dem zerrenden Skott an seiner Seite zum Kolbyvägen aufmachte. Klas Bodin wußte nach wie vor, was er wußte. Von daher war keine Nachgiebigkeit zu erwarten. Die anderen, die frierend herumstanden, als er kam, schienen in etwa die gleichen Gedanken wie er gehabt zu haben. Erik wandte den Blick ab, als er sagte, sie müßten sich beeilen, und keiner konnte sich dazu entschließen zu fragen, womit sie sich beeilen müßten. Schweigend trabten sie zu der alten Meilerstelle, wo sie in den Jahren zuvor immer Rast gemacht hatten, und stellten ihre Rucksäcke ab. Jetzt, wußte Måns, hätte er etwas sagen müssen, und er hatte sich in der Nacht sogar schon zurechtgelegt, was er sagen wollte. Nun aber stand er da, fingerte am Mechanismus seiner Büchse herum und dachte, daß es doch nichts Zuverlässigeres gebe als eine gut gepflegte Jagdwaffe. In der Woche zuvor hatte er abends an der Büchse gepusselt, hatte Borstenbürste und Fett durch den Lauf gezogen und hinterher trockene Lappen hineingepfriemelt. Nun war der Lauf sauber und trocken und makellos wie ein frisch versorgter Säugling. Hier im Wald hing alles davon ab, ob die Waffe perfekt war und im entscheidenden Augenblick funktionierte. Man brauchte nicht weiter als einen halben Kilometer zu gehen, um sich dem Gewehr ausgeliefert zu fühlen. Alles hing hier von ihm ab. Probleme, die nicht mit einem Schuß gelöst werden konnten, gab es nicht. Durfte es nicht geben.

»Mistwetter«, sagte Anders und klang morgendlich rauh und heiser. »Heute nacht hatte es vier Grad minus.«

Du hast also nicht geschlafen, dachte Måns. Rickards Augen waren vom Wachen ebenfalls rot und blinzelig.

»Wollen wir losen?«

Merkwürdig, daß ausgerechnet er das sagte. Er wirkte nervös und mißvergnügt und fingerte an seiner Pfeife herum.

»Zündhölzer?«

Erik nickte. Er bekam sechs Zündhölzer aus Rickards Schachtel, und sie sahen alle zu, wie er von einem Hölzchen nach dem anderen den Schwefel abbrach. Eines ließ er, wie es war. Da er die Schwefelköpfchen mit großer Präzision abbrach, dauerte es ziemlich lange, und Georg bat ihn, sich zu beeilen.

»Da hinten kommen die Treiber allmählich.«

Måns glaubte ebenfalls, von der Straße her Stimmen zu hören.

»Schwefel ist der Sechser«, sagte Erik und streckte ihnen die flache Hand hin, so daß sie die Hölzchen sehen konnten, fünf abgebrochene und eines mit Schwefel.

»Und alle ziehen?«

Er ließ den Blick über ihre Gesichter schweifen. Pelle Mård öffnete jählings den Mund, so als wollte er etwas sagen, schloß ihn aber wieder.

»Nein! Wir können nicht ... nein ...«

Rickard war es, der sich abwandte. Er war weiß im Gesicht, aber das war er den ganzen Morgen über schon, und die Lippen hatte er zu einem dünnen Strich zusammengepreßt. Erik wartete auf ihn, sah seinen Rücken in der Lodenjacke an und schwieg. Schließlich fragte er erneut:

»Ziehen alle? Ansonsten wird wohl nichts ...«

Rickard unterbrach ihn, indem er sich wieder zu ihnen umdrehte.

»Nun mach schon!«

Erik kehrte ihnen langsam den Rücken zu und hantierte herum. Als er sich wieder umdrehte, steckte eine Reihe absolut gleich langer weißer Hölzchen zwischen dem Daumen und dem Zeigefingerknöchel seiner rechten Hand. Es bedurfte einer Hand so groß wie Eriks, um die sechs Hölzchen so gleichmäßig zu halten. Die Männer sahen einander zunächst an, als wollten sie sich zieren, doch dann stieg Georg eine fast verlegene Röte ins Gesicht, und er nahm ein Hölzchen. Er nahm es so geschwind, daß sie es erst sehen konnten, als er es in der Hand hielt. Anders Flod zog sein Nasentröpfchen hoch und nahm ebenfalls eines. Er machte es genauso wie Georg, und unmittelbar neben ihm stand Pelle. Nicht Pelle, dachte Måns. Um Himmels willen, bloß nicht Pelle! Warum, wußte er nicht recht. Pelles wegen? Oder weil er sich fast sicher war, daß Pelle es nicht schaffen würde?

Pelle hatte die Augen aufgerissen, sie waren fast farblos, als er zog. Einen Moment lang glaubte Måns, Georg würde einschreiten, aber nichts geschah. Pelle verbarg sein Hölzchen in der Hand, stand ausdruckslos da und starrte Måns und Rickard an, die nahezu gleichzeitig zogen. Måns steckte die Faust in die Hosentasche, ohne zu befühlen, was er erwischt hatte, und dann drehte Erik die Hand nach oben und ließ das letzte Hölzchen, nämlich seines, auf die Erde fallen. Es war abgebrochen. Wenn es Rickard ist, konnte Måns noch denken, dann wird nichts daraus. Er kann es nicht, das weiß ich. Wenn ich es bin ...

Er spürte etwas Spitzes in der Handfläche, nahm die Hand aus der Tasche und warf sein Hölzchen weg. Abgebrochen.

»Ich bin es nicht! Ich habe es auch nicht erwischt!«

Pelle warf sein Hölzchen weg. Um seine Mundwinkel zuckte es, und als er seinen Vater ansah, waren seine Augen noch genauso aufgerissen wie zuvor. Ohne eine Miene zu verziehen, warf Georg ihnen ein abgebrochenes

Hölzchen vor die Füße, und Rickard tat desgleichen. Sie sahen nun alle Anders Flod an, der die Faust vor die Brust hielt.

»Ja«, sagte er und klang noch genauso morgendlich rauh wie zuvor. »Hier ist es.«

Er hielt das Schwefelhölzchen ein paar Sekunden lang in die Höhe und schnipste es dann mit Daumen und Zeigefinger weg.

»Ich übernehme den Stand des Sechsers, wie wir gesagt haben. Und der Jagdleiter erteilt natürlich seine Instruktionen.«

Wenn Anders nicht so fern jeglicher Ironie und Bitterkeit gewesen wäre, hätte Måns fast geglaubt, es sei etwas dieser Art, was aus seiner Stimme sprach, als er Erik ansah.

»Ich werde Bescheid sagen. Am besten gehen wir jetzt.«

Erik hob sein Gewehr vom Boden auf und hakte den Rucksack auf einer Seite auf.

»Du machst doch genau das, was du selbst für richtig hältst«, sagte er zu Anders. »Du entscheidest selbst. Aber wie ich gestern schon sagte, sind wir für den Sechserstand heute alle miteinander verantwortlich.« Anders Flod verließ als erster die Meilerstelle und führte sie im Gänsemarsch auf dem Pfad am Gesenk und an Kolby vorbei zurück. Es war fünf vor sieben, und von der Straße her waren Stimmen und ein Automotor zu hören. In dem Moment, als sie auf die Straße zum Sammelplatz traten, fuhr Rickards Wagen neben den geparkten Bus, und Klas Bodin stieg aus. Måns sah, daß Anders stehenblieb. Er wiegte sich in seinen Gummistiefeln einige Augenblicke lang von den Zehen auf die Fersen. Dann trat er grußlos beiseite, setzte sich an den Straßenrand und machte sich an seinem Rucksack zu schaffen.

»Bist du schon früher losgegangen?«

Rickard machte den Eindruck, als wüßte er nicht, was er Klas antworten sollte, doch Erik sprang für ihn ein.

»Es gibt vieles zu regeln vor einer Treibjagd.«

»Teuer wird es außerdem«, sagte Georg Mård und sah sich um.

Es waren mehr Leute gekommen, als sie erwartet hatten. Sollten zwanzig, dreißig Leute für einen ganzen Tag entschädigt werden, ginge das ins Geld. Måns war überzeugt, daß sie alle sechs dastanden und ausrechneten, was es kosten werde. Die Rechnung ging nie auf, weil sich ständig sechs mal fünftausend ins Spiel mischten und alles über den Haufen warfen. Erik behielt ungefähr zwanzig Mann und schickte den Rest nach Hause, darunter eine unbekannte Anzahl Gillermossesprößlinge, die sich darauf gespitzt hatten, mitmachen zu dürfen, und jetzt in einem Zug der Enttäuschung den Heimweg antraten.

Erst als Måns Gustaf Åkerman ohne Gewehr, mit den Händen in den Hosentaschen und dem Hut bis über die Augen dastehen sah, fiel ihm ein, daß er ihn hätte benachrichtigen sollen.

»Hast du hiervon gewußt?«

»Eva ist gestern mit einem Elchbraten vorbeigekommen. Sie hat mich gebeten, mitzumachen.«

Måns war verblüfft, wollte dazu aber nichts sagen.

»Gut, daß du da bist. Erik will dich als Treiberführer haben. Er möchte sonst auf gar keinen Fall eine Treibjagd veranstalten«, legte er nach und versuchte Gustafs Blick unter der Hutkrempe zu fangen. Doch es war wie verhext – alles, was er von seinem Gesicht sah, waren der Schnurrbart und ein unverrückbarer Priem unter der Lippe.

»Ach, und sie hat dich gebeten?«

Gustaf antwortete nicht darauf, drehte nur seinen Priem und ließ den Blick über die Versammlung gleiten.

»Das ist mir vielleicht ein Haufen, mit dem ich da durch den Wald ziehen soll.« Er trat zu Erik, der gerade die Karte auseinanderfaltete.

»Die Årbyjungs kannst du nach Hause schicken.«

»Warum denn?«

»Der Älteste ist ein ausgemachter Störenfried. Das gibt nur Scherereien.«

»Dann werden sie nur sauer, machen sich vom Acker und schießen uns einen Elch.« Doch er tat, was Gustaf sagte, und knurrend gingen drei lange Kerle zur Straße hinunter, um sich zu überlegen, was sie mit dem Proviant, dem Schnaps und dem langen Tag am besten anfingen.

Viele fanden, daß der Förster, indem er so viele Instruktionen erteilte, die Jagd unnötig verzögerte. Er nahm es zum Verzweifeln genau damit, wer in der Treiberwehr die Flügelführer sein sollten, und sie bekamen die gleichen Hörner zum Blasen ausgehändigt wie das, mit dem Gustaf in der Mitte gehen würde. Einen Halt vor der Schützenlinie wollte er ebenfalls haben, damit nicht unnötig Unfälle passierten. Als sie über seine altmodischen Vorsichtsmaßnahmen leise lachten, fauchte er dazwischen, sie sollten dankbar sein, daß er strenge Sicherheitsbestimmungen erlasse, habe hier doch seit Jahr und Tag keine Treibjagd mehr stattgefunden. Keiner von ihnen wisse, was es heiße, so viele Leute und Gewehre im Gelände zu haben. Wenn nur ein jeder das beachte, was ihm obliege, die Schützen unter keinen Umständen ihren Stand verließen, bevor zum Sammeln geblasen werde, und keiner in der Treiberwehr eigenmächtig etwas unternehme, dann verspreche er allen für jedes erlegte Tier eine Extraentlohnung. Der Förster war ungewöhnlich verdrießlicher Laune, doch das sei klar, sagten die Alten, die früher schon dabeigewesen waren. Er sei schon seit Tagesanbruch auf den Beinen und habe Bäume geschalmt und sei probehalber die Treiben abgegangen.

Das Kolbytreiben, veranschlagte er, wäre in vierzig Minuten abgetrieben. Es war ziemlich breit und untief, das Terrain jedoch verwuchert und anstrengend. Höchstens fünfzig Meter wollte er zwischen den Männern in der Wehr haben. Die Schützen, nur sieben an der Zahl, reichten kaum aus, um die gesamte Schützenlinie abzudecken, so daß sie an einigen Stellen Rucksäcke als Schützen plazieren mußten. Er selbst wollte als freier Schütze ein paar hundert Meter außerhalb und vor dem rechten Flügel der Wehr gehen. Das Treiben beginne im Norden bei den ersten Gesenken und gehe gerade nach Süden bis zur Forststraße. Die Schützenlinie verlaufe an der Forststraße entlang und dann auf den aufgelassenen Hof und die Meilerstelle zu. Wieder sammeln würden sie sich nach dem Abblasen des Treibens an der gleichen Stelle wie jetzt.

Nachdem die Treiber gegangen waren, standen die Schützen noch frierend um Erik herum. Bodin trug einen fast bodenlangen Lodenmantel über der Wildlederjacke, hatte aber trotzdem eine rote Nase.

»Daß wir uns so früh aufmachen müssen«, meinte er. »Da friert man ja auf dem Stand fest.«

»Das erste Treiben geht ohnehin nicht vor viertel vor acht los.«

»Wie viele werden wir denn schaffen?«

Erik war überrumpelt. Er warf einen finsteren Blick in Bodins Richtung, den ersten seit langem. Mehr als ein Treiben hatte er nämlich überhaupt nicht geplant.

»Sechs, wenn es gutgeht.«

Er bat sie, leise zu ihren Ständen zu gehen, diese nicht zu verlassen, bevor zum Sammeln geblasen werde, und unter keinen Umständen angeschweißten Tieren nachzugehen. Sie machten sich auf den Weg: Rickard, Pelle, Georg und Måns ein Stück die Forststraße hinauf. Anders und Bodin gingen zusammen in Richtung der Meilerstelle. Sie trennten sich mit einem Nicken, und Bodin sagte leise:

»Wir sehen uns wohl fast.«

Aber sie sahen sich nicht. Anders ging um das Gesenk herum und suchte seinen Platz auf, der sich ganz am Rand eines in Hofnähe gelegenen Ackers befand, den nach und nach junge Rottannen eroberten. Er saß auf einem Baumstumpf und hatte einen halb liegenden Zaun und dichtstehende alte Tannen im Rücken. Schräg links unten vor ihm war das Gesenk, dessen Grund er nicht sehen konnte, sowie ein fast entlaubter Espenhain. Er starrte auf die wenigen Blätter, die noch an den Zweigen hingen und zitterten, obwohl man keinen Wind merkte. Sie leuchteten mal schwefelgelb, mal ochsenblutfarben und bildeten vor dem Hintergrund der schlanken Äste ein unregelmäßiges Muster. Je länger er darauf starrte, desto seltsamer erschien es ihm. Man konnte sich einbilden, alles mögliche hinter diesem leise wispernden Hain zu sehen.

Gustaf hatte Mühe, die Treiberwehr in Linie zu bringen. Es gab ebenso viele Ideen, wie das Treiben vor sich gehen sollte, wie es Köpfe gab, die zwischen den jungen Tannen aufragten. Einer der Männer war bereits in ein Moorloch geraten und verlangte nun, man solle auf ihn warten, während er dicke Socken aus seinem Rucksack nehme und die Strümpfe wechsle. Ein paar Jugendliche hatten sich in den Kopf gesetzt, man müsse so viel Lärm wie möglich machen, um den Elch das Fürchten zu lehren. Sie johlten und sangen und schlugen Holzstöcke aneinander, als Gustaf wie ein wütender Elchhirsch angerannt kam.

»Macht nicht so einen Radau im Wald!«

Sie waren zu viert und wagten es deshalb, sich über ihn lustig zu machen.

»Das ist hier keine Wilderei, Åkerman. Hast du das vergessen?«

»Du brauchst doch heute keine Angst vor dem Förster zu haben!«

Überall Insubordination und fröhliche Gesichter, bis der alte Mann schließlich notgedrungen zeigte, daß er noch genug Kraft in den Fäusten hatte, um so einem langen Elend eine kleine Erinnerung mit auf den Weg zu geben.

Schließlich brachte er sie doch noch in Reih und Glied. Unmittelbar bevor mit dem langen Signal das Treiben angeblasen wurde, war es um ihn herum so still, daß er in einer Kiefer eine Schar Schwanzmeisen lärmen hörte. Er hatte gute Lust, auch ihnen Bescheid zu sagen.

Er war jetzt gespannt und, obwohl er kein Gewehr hatte, von heftiger und guter Vorfreude erfüllt. Da drinnen waren Elche, darüber bestand überhaupt kein Zweifel. Woher er das wußte? Oh, das spürte er! Er spürte die Nähe von schnellen, scheuen und klugen Tieren, die genauso gespannt waren wie er. Er wußte, daß dort im Dunkel des Jungwuchses Lauscher gespitzt waren und sich drehten. Sensible Windfänge witterten. Bald würden sie gewahr werden, daß sie eine starke und ungebrochene Wehr gegen sich hatten, die ihnen den Rückzug abschnitt. Sie würden vorsichtig auf ihre Wechsel ziehen und auf Schützen treffen, die ihnen, wenn sie nicht doch schneller und listiger waren als diese, zum Verhängnis würden. Einer oder auch einige von ihnen würden zu klug sein, um sich aufjagen zu lassen. Sie würden sich in irgendein dunkles Dickicht drücken, in dem man eine graubraune Körpermasse für die Kontur eines Felsens hielte, und ein paar weiße Beine so mit den Stämmen der jungen Birken ineinanderflössen, daß sie nicht mehr zu unterscheiden wären. Dort würden sie den atemlosen Rufen der Treiber lauschen und den Geruch der Menschen wittern – Schweiß, Tabak und scharfe Sachen, die sogar Gustaf riechen konnte. Nach Schnaps und Haarpomade roch es da und dort, nach Seife, Essensdünsten, Viehstall, Stubenmief. Nicht aufdringlich, aber für jemanden mit einer sensiblen Nase merklich. Ein kräftiger und mutiger Hirsch würde die Treiberwehr vielleicht durchschauen und nach hinten ausbrechen. Sollte zufällig der Flymyrahirsch hier drinnen sein, so hoffte Gustaf, ja so wußte er, daß dieser ausbrechen würde. Keinesfalls durften sie den bei einer Klopfjagd erwischen, bei der Gustaf nicht einmal eine Waffe tragen durfte. Das wäre zu hart.

Er sah auf die Uhr. Es war viertel vor acht, und er blies jetzt das lange Signal, das umgehend auf den Flügeln wiederholt wurde. Er marschierte los. Die Schwanzmeisen flogen auf und schwirrten in verschiedene Richtungen davon. Auf dem Waldboden hörte man es nun von der vorrückenden Wehr knacken und knistern. Sie begannen deutlich zu rufen, aber nicht lauter, als daß es der nächste Nachbar hörte und weitergab. Nach etwa hundert Metern merkte er, daß die Leute wieder aufgedreht wurden. Der linke Flügel hatte sich mit großen Lücken von ihm entfernt, und der rechte Flügel schien zu weit vorzuziehen. Schreie und Gejohle schallten nun durch den Wald, und bald steigerte sich der Lärm zu einem Crescendo, womit der Elch, da sie keine Gewehre bei sich tragen durften, wahrscheinlich zu Tode erschreckt werden sollte. In diesen Stimmen schwangen Mord und Freude, und Gustaf mußte Halt anordnen, was juchzend die Flügel entlang weitergegeben wurde, um endlich wieder Ordnung in den Haufen zu bekommen. Der rechte Flügel zog immer noch zu weit vor, und Gustaf konnte schwören, daß einige es zu beschwerlich fanden, sich durchzukämpfen, und den ärgsten Jungwuchs mieden. Knurrend ordnete er wiederholt Reih und Glied an und dachte an all das Große und Schöne, das genau dort, wo sie dem Dickicht auswichen, ungestört liegen und sich drücken konnte. Als er vor der Schützenlinie Halt blies, war er überzeugt, daß sich von dieser schwankenden, sich dahinschlängelnden und juchzenden Armee, die er da mit sich durch den Wald schleppen mußte, nichts in die Falle locken ließe. Er beschloß, ihnen vor dem Abtreiben des nächsten Bogens eine Zigarre zu verpassen, damit sie begriffen, was er meinte. Sie waren wie die Heiden, die Gottes Gebote nicht kannten. Und das, obwohl doch jeder von ihnen am Rand des Hundertmeilenwaldtempels aufgewachsen war.

Klas Bodin hatte sich, die Doppelbüchse über den Knien, auf seinem Stand niedergelassen, als das Treiben angeblasen wurde. Hinter ihm war die Kolbyhütte mit ihren blinden Fenstern, und auf der Anhöhe, wo er saß, hatten seit Hunderten von Jahren Füße die Erde abgetreten. Die Wurzeln der Kiefern, die sich aus dem Kiesboden wanden, waren blank. Nur hundert Meter vor ihm aber erhob sich unerbittlich wie eine Wand der Wald. Das Moor sandte einen Ausläufer aus, der ihm in einem länglichen Spalt freie Sicht darauf gewährte. Dort standen dicht welke Schachtelhalmschweife und neigten sich sanft im leisesten Windstoß. Bodin saß da und horchte auf das erste Knacken und die Stimmen der anrückenden Treiber. Nach einer Weile erahnte er in dem Schachtelhalmmeer eine lange, gleitende Bewegung und meinte einen roten Streifen zu sehen, der sich gegen das schmutzige Gelb der Schachtelhalme abhob. Vielleicht war es ein Fuchs, vielleicht aber auch nur ein Windhauch.

Das erste Geräusch, das er wirklich wahrnahm, kam von hinten und war eine leise Stimme. Er bekam Angst. Sie wurde nicht geringer, als er den Kopf wandte und Erik Emilsson sah, der unmittelbar hinter seinem Rücken aufgetaucht war. Ihm fiel ein, was für ein Tamtam Erik darum gemacht hatte, daß sie unter keinen Umständen den Stand verlassen dürften. Und das sagte er auch.

»Ich bin freier Schütze, das habe ich doch gesagt.«

Erik sprach leise, fast flüsternd und war ganz außer Atem.

»Wir müssen den Stand hier oben ein bißchen verlegen«, sagte er.

»Warum denn?«

Er machte lediglich eine ungeduldige Kopfbewegung zum Zeichen, daß sie still sein mußten.

»Anders ist ebenfalls nach links gerückt. Du deckst dort unten ein größeres Stück ab.«

Er formte die Worte lediglich mit den Lippen, und Klas erfaßte sie mit Müh und Not.

»Dort beim Espenhain. Beeil dich, sie sind bald hier, und dann darfst du nicht hineinschießen.«

Er zeigte ihn ihm, und Klas nickte. Der Espenhain ragte wie ein Keil aus dem Abhang vor dem Gesenk. Es war ein Gewirr schmächtiger Stämmchen und nahezu entlaubter Äste. Die Blätter auf der Erde rings um die Bäume schimmerten wie Zaubergold und Blutspritzer. Er hielt diesen Stand für verquer und wußte nicht recht, wo er sich hinstellen sollte. Doch als er den Kopf wandte, um es Erik zu sagen, war dieser fort. Er hatte eine unglaubliche und ziemlich erschreckende Fähigkeit, leise zu kommen und zu verschwinden.

In der Ferne waren die Stimmen der Treiber zu vernehmen, und ihm wurde klar, daß sie ziemlich stramm vorrückten, da er sie bereits hören konnte. Vom Wald her wehte ein Lüftchen, das so schwach war, daß es nur die windempfindlichen Espen erfaßten. Sie strömten einen Schrekken aus, und ihr Laub raschelte wie feine Metallplättchen. Vorsichtig stand er auf und schätzte seine Chancen ab, sich still und schnell dort hinunterzubegeben.

Reglos stand Måns vor einem Hintergrund aus grauen Tannenstämmen und horchte auf das Anrücken der Treiberwehr. Er versuchte sich auf die Sicht zu konzentrieren, die nach zwei Seiten hin frei war, zum einen in Richtung Winterweg, der mit zwei überwucherten Spuren in den Wald führte, zum andern nach draußen auf eine kleine Moorinsel unterhalb einer Felskuppe. Er wußte, daß er jetzt seine Aufmerksamkeit schärfen mußte, denn wenn sich hier etwas ereignen sollte, dann wahrscheinlich mit Tempo. Wenn ein Elch aus der Dickung am Rand des Moores bräche oder vorsichtig zwischen den Tannen hindurchglitte und sich über die Forststraße schliche, dann müßte er bereit sein, schnell zu schießen. Die Entfernung könnte kurz werden, und in diesem Fall neigte er leicht dazu, zu hoch zu halten, das wußte er. Er hatte das Spiel jedoch schon fast aufgegeben, bevor es überhaupt ernsthaft in Gang gekommen war. Ständig lauschte er in Richtung Kolby auf Schüsse. Mehr als seine halbe Aufmerksamkeit dorthin gerichtet, würde er hier unten nie etwas ausrichten. Er fror und versuchte, die Muskeln nicht anzuspannen.

Die Männer näherten sich rasch dem Endpunkt des Treibens. Måns fand, daß es viel zu schnell ging. Er konnte schon das eine oder andere Johlen hören. Sie schienen einen fürchterlichen Spektakel zu veranstalten. Gustaf explodierte wahrscheinlich. Und dort oben saß, reglos und zusammengekauert, Anders Flod. Er konnte ihn vor sich sehen, so, wie er ihn schon Hunderte Male auf dem Stand gesehen hatte. Große schmutzige Hände um die Büchse, den Mund leicht geöffnet, um besser zu hören, und keinen einzigen Muskel in Bewegung. Allein die Augen patrouillierten über das Blickfeld. Hin und wieder schweifte dieser aufmerksame hellblaue Blick umher, bis er sich plötzlich schärfte und die Pupillen ein klein wenig größer wurden. Im nächsten Moment stünde die Kornspitze zitternd auf dem Ziel. Er würde einatmen, und dann stünde sie still.

Måns war so weit weg, daß er zusammenzuckte, als er hinter und über sich ein Geräusch vernahm. Es war nur eine Weihe, die dort kreiste, doch sie war bestimmt ein Vorzeichen, denn jetzt glaubte er fern am Rand des Moores eine Bewegung wahrzunehmen. Es waren mindestens zweihundert Meter bis dorthin, doch er legte an und folgte ihr. Bildete er sich nur ein, daß sich in dem Erlengebüsch etwas regte? Dem war wohl so, denn die nächste Bewegung erfolgte viel weiter rechts, und es handelte sich um keine Einbildung, da ihr ein leises Knacken folgte, und er sichtete einen diffusen grauen Körper, der mit ihm zugewandten Hinterteil an der Felskuppe entlang verschwand. Ehe Måns entscheiden konnte, ob es sich um ein schußbares Stück Wild handelte, war es verschluckt. Es mußte schußbar gewesen sein, denn knapp zwei Minuten später hörte er aus Pelles Richtung ein Gewehr knallen.

Jetzt konnte er die Treiber deutlich hören. Im Wald knickte und knackte es, Stimmen schwanden und johlten wieder auf. Er erwartete jeden Moment das Signal zum Halt vor der Schützenlinie und fragte sich, ob sich zuvor wohl noch etwas zeigen werde. Oder ob sich etwas ereignen werde. Vierzig Minuten, hatte Erik veranschlagt, würde das Treiben dauern. Es waren höchstens noch zehn davon übrig. Um ihn herum war es trotz des menschlichen Geschreis und des Gejohls still. In seinem Schweigen verschluckte der Wald gar leicht einen Mundvoll menschlicher Laute. Das Gras zu Månsens Füßen war silbrig vor Kälte.

Aus Richtung Kolby ertönte ein Schuß. Das Geräusch war klar und deutlich und hielt sich eine Sekunde lang in der kalten Luft. Er sah einen Rehbock in scharfem Troll über die Forststraße wechseln, sah ihn und registrierte ihn mechanisch, schoß aber nicht. Er horchte nur in Richtung des Sechserstandes. Es tat sich nichts mehr. Er wußte auch nicht recht, was sich noch hätte tun sollen. Jetzt blies Gustaf drei kurze Signale, die auf den Flügeln wiederholt wurden, und die Treiber machten halt. Es wurde wieder still. Kein Schuß, kein Wind. Nach einer Weile hörte er sie kommen. Ihre Stimmen waren genau zu unterscheiden. Er hörte jemanden nach einem Ture rufen, und Ture antwortete ausgelassen. Am Rand des Moores erschien der erste Treiber, eine kleine Gestalt in einem Wollpullover, der dort unten weiß und blau leuchtete. Gustaf tauchte in gemächlichem Trott zwischen den Stämmen vor ihm auf, doch Måns bemerkte ihn erst, als er direkt bei ihm war.

»Was ist mit dir?«

Måns begriff zunächst nicht, was Gustaf meinte. Er drehte sich langsam um und begriff, daß aus Richtung

Kolby nichts mehr zu hören sein würde. Gustaf stand da und starrte auf die Büchse, die zu seinen Füßen entsichert ins Gras gefallen war.

»Ich werde nicht gescheit aus dir. Du solltest eigentlich mit einem Gewehr umgehen können. Willst du denn ein Unheil anrichten?«

Er stellte sich direkt vor Måns, angstvoll und stinksauer zugleich.

»Was ist los mit dir? Hast du geschossen?«

»Nein, nein«, sagte Måns schnell. »Ich habe nicht geschossen. Ich habe hier nichts gesehen, was sich geregt hätte.«

Er hob die Büchse auf und nahm unter Gustafs Blicken die Patronen heraus. Das Treiben wurde abgeblasen.

10

Mittwoch, 16. Oktober

Der Waldtelegraf verbreitete unter den Treibern, die an den Rändern des Moores und in den Tannenhainen auftauchten, daß irgendwo hinter der Schützenlinie ein oder zwei Stück erlegt worden seien. Zwei Schüsse hatte man gehört, den einen aus Richtung Kolby und den anderen von ganz weit links. Als sie sich wieder sammelten, geschah dies unter so viel Lärm, daß Gustaf auf das Trittbrett des Busses stieg und zum ersten Mal in seinem Leben eine Rede hielt und sagte, was er von Leuten halte, die sich im Wald wie die Heiden benähmen und sich trotz der Nachbarschaft zum Heiligtum nicht besser aufführten als Städter, die daherkämen, um Pilze und Preiselbeeren an sich zu raffen. Die Stimmung sank ein wenig, stieg jedoch rasch wieder, als Georg Mård angerannt kam und erzählte, daß Pelle einen Elchhirsch erlegt habe und nun dabei sei, ihn aufzubrechen. Die ganze Gesellschaft begab sich trotz Gustafs Protesten zum Jagdplatz. Es glich einem marschierenden Bauernheer, als die etwa zwanzig rotnasigen und in Wolle eingemummelten Kerle dahintrampelten, um zu sehen, was sie herausgetrieben hatten. Pelle stand glücklich und zitternd neben dem ersten Elch seines Lebens und schwenkte in lebensgefährlicher Nähe mal des einen, mal des anderen sein Gewehr. Er erzählte, wie der Elch aus Måns Westlings Richtung aus dem Wald gekommen und geradewegs über die Sumpfwiese geflüchtet sei, was er da gedacht habe und wie er angelegt habe und wie der Elch bei dem Hohlschuß, dem schwierigsten von allen, zusammengebrochen sei und was er zu sich selbst gesagt habe, als der Elch gestürzt sei. Jetzt lag ein schlaffer junger Hirsch mit großen Lauschern und zwei kaum sichtbaren Knöpfen seitlich im Riedgras. Er hatte ein Brennekegeschoß im Hals, und er gehörte Pelle. Das Bauernheer erhob bei dem Anblick ein Mordgeschrei und Freudengeheul, Pelle wurde auf den Rücken geklopft, ihm stiegen in der Kälte Tränen in die Augen, und er mußte noch einmal von dem Hohlschuß und seinen Gedanken und allem anderen erzählen.

»Es ist wohl noch ein Stück erlegt worden, aus Richtung Kolby war nämlich ebenfalls ein Schuß zu hören«, meinte jemand.

Da nahm Pelles Gesicht die Farbe wie ein in Schmutz gewaschenes Laken an, er übergab dem am nächsten Stehenden Messer und Beil und bat ihn, mit dem Aufbrechen weiterzumachen. Er selbst rannte mit großen, unsicheren Schritten zum Sammelplatz, wo die übrigen Schützen samt Gustaf Åkerman noch in einem dichten und reglosen Haufen zusammenstanden. Måns sah ihn angerannt kommen und mit hängenden Armen ein Stück vor ihnen stehenbleiben.

»Ist ... ist etwas passiert?«

»Es ist auf jeden Fall ein Schuß gefallen da oben. Mal sehen, was es ist.«

Da sonst niemand antwortete, tat es Gustaf.

»Ist er noch nicht runtergekommen?«

»Bodin?«

»Nein, Anders.«

»Keiner von beiden«, antwortete Gustaf, sog an seinem Schnurrbart und betrachtete Pelle. »Du hast einen Hirsch geschossen, habe ich gehört. Und rennst von ihm weg?«

»Kannst du nicht für ihn mit dem Aufbrechen weitermachen?« fragte Erik Emilsson.

Aber so leicht war Gustaf nicht loszuwerden. Er schlug den Pfad zur Kolbyhütte ein und warf Erik über die Schulter zu:

»Ihr könnt euch eure Elche selber aufbrechen.«

Sie folgten ihm schleppend, so als ob sie an einer Leine gezogen würden.

»Kannst du Gustaf nicht wegschicken?« flüsterte Rickard Måns zu. Er mußte eigentlich begreifen, daß dies unmöglich war. Gustaf ging erhobenen Hauptes und steif wie ein alter Stöberhund, der von irgend etwas Wittrung genommen hatte. Plötzlich blieb er stehen, und der Zug hinter ihm bremste, als wäre ein Ruck durch die Leine gegangen.

Von der Kolbyhütte her kam ihnen Klas Bodin entgegen. Er hatte auf dem Gewehrfutteral gesessen und trug sein Gewehr mit beiden Händen, als ob er fürchtete, daß es losgehen könnte. Für Måns, der in der letzten halben Stunde vor Nervosität und Übelkeit kaum die Hände hatte stillhalten können, war der Anblick Bodins eine verhauene Klimax, die ihn inwendig leer machte. Bodin sah in der gelben Jacke, den exakt um die kurzen Waden gewundenen Wickelgamaschen und dem über den Arm gelegten Lodenmantel fein und schmuck aus. Måns ertappte sich inmitten seiner Leere dabei, wie gut er es doch fand, daß Bodin so fein und heil und schmuck aussah.

»Es wäre beinahe ein Unglück geschehen«, sagte er, als er näher kam. Es war das erste Mal, daß seine Stimme in ihren Ohren leise und kleinlaut klang. Da niemand reagierte, stieß er mit schrillerer Stimme hervor:

»Mein Fehler war das nicht! Du hast mir den Stand falsch gezeigt!«

Erik war neben seinem Rucksack in die Hocke gegangen und wühlte darin nach seiner Pfeife und dem Tabak. Er hatte noch nichts gesagt, kauerte sich aber wie eine Katze auf dem Sprung zusammen, als Bodin mit ihm sprach.

»Wir haben einen Schuß gehört«, sagte Gustaf.

»Das war ich.«

»Wo ist Anders?« fragte Erik, der noch immer abwartend in der Hocke saß.

»Da oben.«

Er warf den Kopf zurück. Man sah, daß er jetzt sicherer war, doch das hielt nicht lange an.

»Hast du geschossen?«

Erik hatte sich erhoben. Er war wütend. Mit kurzen Schritten trat er direkt auf Bodin zu, der sein Gewehr wie ein Querholz vor sich hielt. Er umklammerte es nervös mit seinen kurzen, knubbligen Händen. Måns fürchtete, daß Eriks Wut mit ihm durchginge. Er versuchte, ihm seine Hand auf den Arm zu legen und ihn durch einen Druck zu warnen, doch Erik befreite sich aus dem Griff und warf ihm einen schmalen Blick zu.

»Kannst du endlich mal von dir geben, was passiert ist?«

»Ich bin gar nicht erst zu diesem Espenhain hinuntergegangen«, sagte Bodin und wich unmerklich ein Stück zurück. »Das war kein guter Stand. Der war verquer. Ich bin gar nicht erst hingegangen.«

Er verstummte, so als erwartete er sich für diesen Teil seiner Geschichte einen Anpfiff von Erik, doch als dieser nichts sagte, fuhr er schnell fort:

»Ja, ich bin sitzengeblieben, wo ich war. Habe die ganze Zeit über nichts gesehen, was sich geregt hätte. Gleich nach dem Halt vor der Schützenlinie habe ich gehört, daß sich bei den Espen etwas bewegte, und ich habe auch etwas gesehen. Etwas Dunkles, Graues oder Braunes ... ja, ich habe einen Schuß abgefeuert ...«

Jetzt war es Gustaf, der wütend wurde. Erik hielt ihn jedoch mit einer ungeduldigen Bewegung zurück.

»Und was war es?«

»Anders«, antwortete Klas Bodin und blickte zu Boden.

»Je nun, es ist nichts passiert«, fügte er lebhafter hinzu.

»Ich bin bei ihm gewesen. Die Kugel ist ein gutes Stück an ihm vorbeigegangen.«

Gustaf war beiseite getreten und stieß jetzt wieder Luft aus. Es war irgend etwas zwischen einem Pfeifen und einem Schnauben und ließ seinen Schnurrbart flattern. Er machte abrupt kehrt und ging auf dem Pfad davon.

»Gehst du, Gustaf?« rief Måns.

»Da kannst du Gift drauf nehmen!«

»Nach Hause?«

»Ihr dürft euch einen anderen Treiberführer suchen, wenn ihr mit euren Gewehren hier Kindergarten spielen wollt. Ich habe keine Lust, am Abend perforiert zu sein.«

»Da ist etwas schiefgelaufen!« rief Erik. »Das kommt davon, wenn die Leute die Instruktionen nicht befolgen. Das habe ich von Anfang an gesagt.«

Er schien darauf erpicht zu sein, die Sache mit Gustaf klarzustellen, bevor dieser verschwand. Klas wollte er sich aufsparen, doch der blähte sich plötzlich zu größerer Zuversicht auf und versuchte dazwischenzugehen, indem er sagte, Anders Flod habe sich nicht an dem Platz befunden, an dem er hätte sein sollen.

»Sammle die Treiber zusammen und sorge dafür, daß sie nach Hause gebracht werden«, rief Erik Gustaf nach. »Mit der Treibjagd ist Schluß.«

»Aber wir wollten doch sechs Treiben schaffen«, sagte Bodin.

Måns wußte, daß Erik nicht mehr als eines und eine Entscheidung geplant hatte, doch er ließ sich sichtlich nicht beirren.

»Mehr Treiben gibt es nicht. Wir können nicht riskieren, zwanzig, dreißig Mann im Wald zu haben, wenn die Leute einfach aufs erste, was sich bewegt, Schüsse abfeuern. Schick sie nach Hause, Gustaf!«

»Komm dann wieder her!« rief Måns.

»Wozu soll das gut sein?« fragte Georg an seiner Seite leise und gereizt. »Das ist hier, verdammt noch mal, doch schon vertrackt genug.«

Måns hielt es jedoch plötzlich für wichtig, daß Gustaf zurückkam. Alles hat sich gewendet, dachte er. Welch ein sagenhaftes Glück! Klas Bodin ist ein knubbliges, gut gekleidetes, listiges Aas, das mich erpreßt und es genießt, Macht über uns zu haben. Aber ich bin froh, daß er lebt. Ich bin so froh, daß er lebt, daß ich mich seiner annehmen könnte. Himmel, daß es erst fast pfeilgerade in die Binsen gehen muß, bevor man den Unterschied zwischen richtig und falsch erkennt! Er wußte jedoch, daß er für den Rest des Tages Gustaf in seiner Nähe haben mußte. Nur wenn wir allein sind, dann verkehrt sich alles, dachte er. Aus Schwarz wird Weiß, wenn wir allein sind.

»Wir müssen Anders suchen«, sagte Rickard.

»Mit dem ist alles in Ordnung. Ich finde aber, daß diese Angelegenheit geklärt werden sollte«, sagte Klas Bodin herrisch. Er erholte sich allmählich wieder. Doch er hegte nicht den geringsten Argwohn. Das ist ein Wunder, dachte Måns. Wir sind davongekommen, ohne daß er überhaupt begriffen hat, worum es geht.

»Da gibt es, verdammt noch mal, nichts zu klären, wenn die Leute nicht dorthin gehen, wo man sie hingeschickt hat, und gleich schießen, wenn es in einem Gebüsch raschelt«, fertigte ihn Erik ab.

Klas Bodin zuckte die Achseln und ging davon, das Gewehr über der Schulter. Er schien keine Angst mehr zu haben, daß es ihm in den Händen losgehen könnte.

Sie fanden Anders ganz nahe am Rand des Gesenkes. Er saß da und aß die dicken, ledrigen, mit eingemachten Preiselbeeren gefüllten Pfannkuchen der Gillermossemutter. Für einen aus Fahrlässigkeit halb Erschossenen sah er gefaßt aus.

»Das wäre beinahe in die Hosen gegangen«, sagte er mit

vollem Mund und sah Erik an, der wie ein Turm vor ihm stand.

»Du sitzt hier und ißt?«

Måns verstand ihn jedoch. Man wird hungrig, wenn man das Leben geschenkt bekommt. Anders sah aus, als könne er sich durch einen ganzen Berg nahrhafter Pfannkuchen nagen, die in weißem Schweineschmalz gebacken und mit blutroten Preiselbeeren bestreut und bekränzt waren, welche die zehn Gillermäuse auf den Hügeln abgebeert hatten, um ihrem Vater Leben und Freude zu schenken.

»Was hattest du beim Espenhain unten zu suchen?«

»Er ist ja nie hingekommen«, antwortete Gillermossen ausdruckslos. Es war schwer zu sagen, ob er enttäuscht oder erleichtert war. »Er ist zu vorsichtig. Da bin ich ganz langsam selbst hingeschlichen, um zu sehen, wie ich bei ihm dran war. Das Treiben war ja fast am Ziel, und es wurde allmählich Zeit. Aber ich habe ihn nicht gesehen. Es knallte nur, und ich lag da und spürte den Luftzug der Kugel. Ehrlich.«

Er sah ein Weilchen mit leerem Blick vor sich hin, so als sänne er über die Dezimeter nach, die ihn noch vom Tod getrennt hatten.

»Das ist schon eine ernste Sache.«

»Du wirst doch wohl nicht hier sitzen und philosophisch werden, nachdem du das Bein wieder aus dem Grab gezogen hast?« fragte Georg spöttisch.

»Ich mache das nicht noch einmal.«

Er legte die Betonung auf »ich«. Rickard brach in sein unterdrücktes, inwendiges Lachen aus.

»So geht's«, gluckste er. »Da habt ihr es. Wir reden und planen und glauben, alles geregelt zu haben, und dann stellt Klas alles auf den Kopf.«

Måns kam es so vor, als klinge er ein bißchen hysterisch. Doch das, was er gesagt hatte, hatte viel für sich, und es gefiel Erik nicht. Immerhin war es Erik gewesen, der sie wortkarg und effektiv angeführt hatte, sowohl auf der Straße, wo das Busunglück geschehen war, als auch hier draußen im Wald. Er regelte alles mit einer Präzision und Bestimmtheit, die erschreckend wirkten. Aber jetzt, da nichts passiert war und Gillermossen mit seinen Pfannkuchen dasaß und erklärte, daß er das nicht noch einmal mitmachen werde, wirkte Eriks Effektivität nicht mehr erschreckend. Er ist ja beinahe lächerlich, dachte Måns. Er hat das Fahrrad dort auf der Straße vergessen. Und er hat überhaupt nicht daran gedacht, daß sich Klas um seine Anweisung einen Dreck scheren könnte.

»Du regelst alles, du. Und dann wird nur Pustekuchen draus.«

Obwohl Georgs Witz absolut platt war, lachten sie alle, außer Erik. Der war jetzt wütend, und das war nicht so gut. Vorher war er ruhig und effektiv gewesen und hatte alles für die Katz geregelt. Jetzt schwieg er und speicherte ihr Gelächter. Einem fast zwei Meter großen, wortkargen und intelligenten Menschen haftet normalerweise keine Lächerlichkeit an. Wenn aber doch einmal, dann ist es ein Gewand, das sich nur schwer abschütteln läßt.

»Dann sagt, wie ihr es halten wollt!«

Das war schon zaghafter.

»Morgen will er das Geld von uns«, erklärte Pelle Mård unnötigerweise. »Und womöglich ruft er heute in der Anwaltskanzlei an und hört, daß der Brief gar nicht angekommen ist. Dann aber!«

Er besaß noch immer die in Glück schwelgende Art eines Kindes, Schrecken auszumalen.

»Dann zeigt er uns an. Das ist das mindeste, was er macht!«

»Dann soll er eben, ich habe jedenfalls keine fünftausend«, sagte Anders und kaute resigniert seinen Pfannkuchen.

»Hast du dir gedacht, daß deine Alte und die Kinder dann den Hof bewirtschaften, wenn du nicht da bist?«

»Nicht da?«

Anders war ein eben erst Auferweckter, und in einem wiedergeschenkten Leben gibt es für Gefängnis und irdische Bekümmernis keinen Platz.

»Kommt überhaupt nicht in Frage, daß er uns anzeigt«, entschied Georg.

Nein, das durfte nicht geschehen. Sie starrten vor sich hin, und es zogen Kirchenältestenämter und Vertrauensposten an ihnen vorbei. Die spitzen Zungen der Verwandtschaft und die lange Valborg, unbefleckt bis in die letzte Rippe, und die Schwestern Bodin und der verdammte Probst, ihre geistliche Stütze, und Vinterrönningen, das den Bach runterginge, wenn Albinsson dort allein wäre und mit der Mistgabel herumstocherte, und Eva mit rotgeweinten Augen, die Kinder in der Schule. Kents Vater war es, der die Frau gefunden hatte, als er mit dem Milchauto unterwegs war. Görans und Hasses Vater war es, der sie überfahren hatte. Er steht in der Zeitung. Und nicht zuletzt ein Zug grauer Generationen, sicherlich weder besonders arm noch besonders ehrbar, aber Bauern und Ahnen und unendlich fern in Zeit und Raum. Sie setzten sich auf einen, sie hielten einen nieder. Gefängnis!

»Nein, nein«, sagte Rickard, »das darf nicht geschehen. Auf keinen Fall. Wir müssen zahlen. Vorläufig«, fügte er hinzu, als er Anders Flods Blick sah. »Das wird sich schon einrenken. Wir können Anders dabei wohl vorläufig unter die Arme greifen, Georg? Du, Måns, hast doch so viel, daß du hinkommst?«

Was sollte er antworten? Ein hastiger Überschlag ergab zehntausend Kronen aus Georgs Hand plus vielleicht Anders Flods halben Anteil, wenn Rickard die andere Hälfte übernähme. Zwölftausendfünfhundert für Georg, siebentausendfünfhundert für Rickard.

»Ja, das geht vielleicht. Vorläufig.«

Wo er das allerdings hernehmen sollte, wußte er nicht.

»Wir müssen am Nachmittag zur Bank fahren. Das muß natürlich schriftlich gemacht werden«, sagte Georg zu Anders, der unbekümmert nickte.

»Und du, Erik?«

»Mach dir meinetwegen keine Sorgen!«

Er hatte sein Gewehr aufgehoben und sich schon auf den Weg gemacht.

»Hast du Geld?« rief Rickard besorgt, und Måns dachte daran, wie sie jetzt zusammenhingen. Strebte einer in seine eigene Richtung, mußten ihn die anderen zurückholen, sonst fielen sie alle. Erik antwortete nicht.

»Der!« sagte Georg. »Der hatte doch noch nie ein lausiges Öre übrig.«

»Ja, dann mußt du einspringen«, sagte Rickard schnell, »denn mehr als das kann ich nicht aufbringen, und das kaum.«

»Das wäre ja mehr als die Hälfte für mich!«

»Ja, natürlich schriftlich.«

»Denkst du, ich habe einen Geldscheißer?« stieß Georg hervor, und Måns wurde noch klarer, daß es keinen Zweck hatte, mit seinen eigenen Sorgen zu kommen. Er sagte nichts. Zweihundert Kronen auf dem Sparkonto und eine Lebensversicherung auf Eva und die Kinder. Vielleicht sechshundert in bar in Vaters altem Schrank.

»Wir fahren am Nachmittag in die Stadt«, sagte Georg, »und heben Geld ab. Wir müssen aber so fahren, wie wir sind, und sagen, wir gingen in den Wald. So was spricht sich sonst leicht herum.«

Als sie zum Sammelplatz zurückkamen, meuterten die Treiber. Sie weigerten sich, nach Hause zu fahren, bevor sie entlohnt waren. Und nachdem man sie dazu überredet hatte, für die Jagd einen ganzen Tag freizunehmen, und sich dann herausstellte, daß diese nur aus einem einzigen vierzigminütigen Treiben bestand, weigerten sie sich, Geld anzunehmen. Sie verlangten einen Anteil am Elchfleisch.

»Ihr habt ja einen Knall! Das ist doch nur ein einziger Mickerelch«, wandte Gustaf Åkerman ein. »Sollen wir den in dreißig Teile aufteilen, so daß für die Schützen gerade mal die Keulen bleiben?« Sie hatten jedoch den Wildgeschmack schon auf der Zunge und waren vom Schnaps aus ihrem Proviant, der heftigen Zuspruch gefunden hatte, da der Tag doch so rasant zu Ende gegangen war, zum Aufruhr angeheizt.

»Ihr könnt heute abend nach Nybygget kommen, dann sehen wir weiter«, versuchte Erik abzulenken. »Es ist ausgemacht, daß dieser Elch ins Schlachthaus kommt.«

Nein, er solle an Ort und Stelle zerwirkt und zerlegt werden.

»Mehr dürfte es nicht werden, als daß wir es nach Hause tragen können.«

»Man geht doch hier nicht durch den Wald und friert, ohne etwas herausgeholt zu haben.«

»Ich bin da hinten eingesunken!«

»Verdammte Jagdkumpanei«, grollte einer der Årbyjungs, die plötzlich schwankend und breitbeinig wieder aufgetaucht waren. »Dreißig Mann im Wald, und da kriegen die bloß einen total verschreckten Elch!«

Klas Bodin unternahm den Versuch, mit dahingeschwundenem Gutsbesitzerklang in der Stimme Ordnung zu schaffen, was jedoch mit schallendem Gelächter und lakonischen Bemerkungen aufgenommen wurde.

»Das wird schon, sagte der Bauer, als das Scheißhaus brannte!«

»Du kannst es doch besser. Zeig, was du für einer bist, Bodin!«

Der Årbyjunge kam munter mit federnden Knien und spielerisch schwingenden Fäusten näher.

»Zerleg den Elch, damit wir sie loswerden«, sagte Rickard müde.

»Den ganzen Elch?«

Gustaf wußte Besseres, als einem Rudel Wölfe zweihundert Kilo Futter in den Rachen zu werfen. Doch davon, wie leicht ein Elch wog, wenn man in die andere Waagschale dreißigtausend Kronen legte, wußte er nichts.

»Zerleg ihn und schick sie nach Hause«, bekräftigte Erik.

Es hätte eines Salomos und dessen Weisheit bedurft, um den dürren Elch in siebenundzwanzig Anteile zu zerlegen, während der Haufen hungrig und lärmend Wache hielt. Gustaf versuchte beim Filet und der Leber zu schummeln und bestand darauf, daß die Hinterhand Grundbesitzern und Schützen vorbehalten sei, doch den Treibern schwindelte von ihrem Erfolg, und sie bewachten jeden Knochenstumpf, der abgehauen wurde. Pelle Mård stand daneben und sah unter schweren Augenlidern den Elch seiner Träume in den Küchen fremder Hütten in Suppentöpfen und Gulaschkasserollen aufgehen, und als nur noch der Kopf mit den jämmerlichen Knöpfen übrig war, schniefte er sanftmütig.

»Wie eine Meute Wölfe«, schleuderte Gustaf dem Haufen hinterher, der sich schwer beladen zum Bus zurückschleppte. »Jetzt gehen sie heim und erzählen ihren Weibern, was für eine Großtat sie im Wald vollbracht haben. Pfuitt!«

Er hatte so viel Empörung aufgestaut, daß er mit seinem Speichel fast die Fersen des zuletzt Entfleuchenden traf.

Die Schützen machten bei der Meilerstelle Mittagspause, obwohl es eben erst elf Uhr war, und kaum hatte Gustaf seine Holzstöckchen zum Brennen gebracht, da hörten sie von der Straße her eine Autohupe tuten. Georg schickte Pelle hinunter, um nachzusehen, wer das sei. Als er in Gesellschaft dreier Männer zurückkehrte, kauerte sich Gustaf noch tiefer über das Feuer und brummelte Beschwörungen, welche die drei auf der Stelle zu Tode gesteinigt hätten, hätten Worte sich mit Flügeln erheben können.

»Wir haben unten an der Straße Leute getroffen, die erzählt haben, daß Sie Mittagspause machen, und da dachten wir, Sie könnten uns mal Ihre Lizenzen und Waffen zeigen.«

Das Wort führte einer der beiden Reichspolizisten in Zivil. Der Jagdkonsultant hielt sich im Hintergrund, grüßte Rickard, den er kannte, und erkundigte sich, was sie erlegt hätten.

Mit der beinahe ängstlichen Bereitwilligkeit, die Leute auszeichnet, die gerade nichts auf dem Kerbholz haben, zeigten sie ihre Papiere und Waffen vor. Es war alles in Ordnung; Georgs Franz Sodia wurde gebührend bewundert, und Pelle konnte in aller Kürze von dem Hirsch erzählen, sowohl davon, was er selbst getan und was er gedacht hatte, als auch davon, was der Hirsch möglicherweise gedacht hatte, bevor er gestürzt war. Als sie zu Gustaf kamen, hob dieser den Blick nicht vom Feuer, das nicht so recht werden wollte, und knurrte:

»Ich habe kein Gewehr in die Hand genommen, da gibt es also keine Probleme.«

Der Jagdkonsultant hob die Augenbrauen. Zwischen ihm und Gustaf war es wie zwischen Katz und Maus, zwischen Frau und Schlange. Eine Begegnung zwischen ihnen konnte kaum ohne Gezisch von einer der beiden Seiten vonstatten gehen.

»Werden Sie allmählich alt, Åkerman?« fragte er sanft und teilnahmsvoll, bekam als Antwort jedoch nur einen noch krummeren Rücken über dem Feuer.

Da sie mit dem Förster jagten, wurden sie eigentlich als zuverlässig angesehen, und der Besuch war in der langen Reihe von Visitationen im Lauf der Woche eher eine Formalität. Der Neuling in der Gesellschaft interessierte sie jedoch. Klas Bodin mußte seine Waffe zeigen, und man hieß sie nicht nur gut, sondern drehte und wendete sie mit Respekt, und Bodin durfte das Futteral mit den ausklappbaren Stützschienen demonstrieren. Ja, der Jagdkonsultant hatte fast die gleiche, die er bisher erst einmal benutzt hatte. Etwas hochtrabend erzählte er von dem Schaufler, der dabei von seinem Schicksal ereilt worden sei.

»Woran ist der denn gestorben?« fragte Gustaf, als er fertig war.

Der Konsultant vergaß sich. Womöglich glaubte er ganz ernsthaft, daß Gustaf allmählich alt wurde.

»Woran er gestorben ist? Ich habe ihn natürlich geschossen.«

»Ach, so ist das! Ja, an einer solchen Geschichte muß ja immer etwas Bemerkenswertes sein. Aha, Sie haben ihn selbst geschossen?«

Gustaf blies in die Stöckchen, und der Konsultant, der langsam die Farbe gewechselt hatte, wandte sich an Klas.

»Und dann noch die Munition«, sagte er kurz.

»Um die Wahrheit zu sagen, ich habe keine. Ich habe mir vorläufig von Turesson welche geliehen.«

»Ach, so ist das. Nun denn, dann bedanken wir uns und gehen. Viel Glück.«

Kaum hatten sie die schwarze Erde der Meilerstelle verlassen, da fragte Erik:

»Was war das für ein Gerede, daß du keine Munition hast?«

»Von mir hast du keine geliehen«, sagte Rickard.

»Meine Güte, die sind ja so übergenau.«

Klas war dabei, sein Büchsenfutteral mit den Stützschienen und allem wieder zusammenzubasteln, und sah nicht auf.

»Was für eine hast du denn nun?«

»Das geht dich gar nichts an.«

»Ich bin hier der Jagdleiter.«

»Das habe ich gemerkt«, sagte Klas säuerlich. »Ein gutes Treiben heute morgen. Gute Stände. Richtig durchdacht.«

Erik ging zu Bodins Rucksack und riß ihn auf. Klas

protestierte nicht. Er sah belustigt zu, als ihm Erik eine Schachtel vor die Füße warf, so daß die Patronen in alle Richtungen spritzten.

»Ist das alles, was du dir leistest? Bist du so verdammt knausrig, daß du Armeemunition mitgenommen hast, die du in die Finger gekriegt hast?«

Gustaf sammelte die Patronen auf und begutachtete sie.

»Was ist an denen verkehrt?« fragte Pelle Mård unschuldig. »Ich hatte Brennekegeschosse im Lauf, aber die haben sie nicht gesehen.«

»Da hörst du es«, sagte Bodin.

»Das ist nicht das gleiche. Diese verdammten Menschenkugeln tust du mal schön beiseite.«

Anders Flod saß neben seiner Proviantbox und hörte zu. Über seinen klaren Blick legte sich ein leichter Schatten, so als hätte er an etwas Abscheuliches gedacht.

»Das werde ich wohl halten, wie ich will«, sagte Bodin leise.

»Hörst du nicht, ich habe gesagt, daß sie unzulässig sind?«

»Ich bin nicht taub. Noch nicht. Ich kann es aber werden, wenn du noch ein bißchen weiterschreist. Es ist jedoch richtig erbaulich zu hören, wie gesetzestreu ihr alle geworden seid und wie unbeschwert ihr mit der Reichspolizei umgeht.«

Sie öffneten ihre Rucksäcke und aßen schweigend ihren Proviant. Bodin hatte die Möglichkeit, jeden Angriff abzuwehren, und die nutzte er aus. Måns saß da und kaute an einem Wurstbrot, das mit jedem Bissen zäher wurde. Er erinnerte sich an frühere Mittagspausen auf diesem schwarzgebrannten Erdboden, als in Gustafs Blechdose der Kaffee gesäuselt und das Essen wie sonst nirgends geschmeckt hatte. Nach dem langen, erzwungenen Schweigen und der Spannung im Wald rekapitulierten sie normalerweise wortreich jede Bewegung und jeden Schuß, der abgegeben worden war. Jetzt lagen die Giftigkeiten und die Drohung in der Luft. Gustafs Feuer kümmerte beharrlich dahin, denn es war windstill und die Wolken hingen tief. Sie saßen im sauren Rauch und wälzten die immer gleichen Gedanken.

Gustaf mußte die Spannung bemerkt haben, doch zeigte er es nicht. Er schien während der Jagd vielmehr aufgelebt zu sein, und er sammelte haushälterisch Bodins Patronen wieder in die Schachtel, nachdem er gegessen hatte.

»Die muß man nicht vergeuden.«

»Na, du hast es in deinem Leben bestimmt nicht immer so genau genommen«, warf ihm Erik hin.

Gustaf faßte es gutmütig auf. Er nahm sich sogar die Zeit, Bodin zu erklären, warum die Behörden Vollmantelgeschosse bei der Elchjagd verboten.

»Die ergeben einen Durchschuß. Der Wundkanal ist nicht größer als das Kaliber, und meistens schlagen sie nur direkt durch. Ich habe einen Elchhirsch gesehen, der hat sich, nachdem ihm sieben solcher Dinger durch den Körper gegangen waren, noch aufrecht gehalten.«

Bodin glaubte ihm nicht.

»Doch, wie ich sage! Es ist aber möglich, sie so rechtmäßig zu machen, daß nicht einmal dieser Knacker von Konsultant die Nase rümpfen kann. Du feilst einfach die Mantelspitze ab, so daß das Blei zum Vorschein kommt.«

Er zeigte ihm, wie er es machen sollte.

»Er ist derart auf seinen Vorteil bedacht, daß er es sogar schlucken kann, wenn Gustaf Åkerman ihm eine Lektion erteilt«, sagte Rickard leise zu Måns. »Weißt du, es darf nichts vergeudet werden, was man einmal in die Finger gekriegt hat.«

Sie dehnten die Pause so lange wie möglich aus, damit Gustaf ginge, bevor sie Bodin sagten, daß sie in die Stadt müßten. Schließlich merkte Gustaf, daß sie auf seinen Aufbruch warteten, und er nahm seinen Rucksack und ging.

Måns traute sich nicht aufzublicken, als er an ihm vorbeiging. Noch schiefer wurde die Situation, als Bodin anfing, über die Jagd am Nachmittag zu sprechen.

»Am Nachmittag gibt es keine Jagd«, sagte Georg. »Wir müssen in die Stadt.«

»In die Stadt?«

Einen Augenblick lang glaubte Måns schon, Bodin habe alles vergessen, es sei nur ein Scherz gewesen, den er hingeworfen habe, um sie zu erschrecken. In diesem Gefühl wiegte er sich jedoch nur für ein paar Sekunden.

»Da war doch dieses Geld, das bis morgen da sein soll«, sagte Georg vorsichtig.

»Ja?«

Georg schluckte und sah Bodin stier an. Er war ebenso unsicher wie Måns und mußte sich nun Mühe geben, zu fragen. Ihm fiel jedoch ein anderer Weg ein, einer, von dem er glaubte, daß er weniger demütigend sei.

»Wir können gern auf das Geld pfeifen und am Nachmittag jagen ... was uns angeht.«

»Tut das«, sagte Bodin ruhig. »Pfeift drauf. Ich habe ja gesagt, ihr macht, was ihr wollt. Es hängt lediglich davon ab, ob ihr angezeigt werden wollt oder nicht.«

Nun waren sie auf dem Weg der Demütigung schon so weit gegangen, daß Georg fortfuhr:

»Für einige von uns wird das ein bißchen schwierig. Bei der kurzen Frist. Wenn es denn unbedingt morgen sein muß ...«

Bodin sah ihn nicht an. Er war nach wie vor mit seinen Patronen beschäftigt.

»Es interessiert mich nicht, wie ihr es beschafft. Fahrt in die Stadt, wenn es nötig ist. Aber es bleibt bei morgen. Dann fahre ich nach Hause.«

Wenigstens das, dachte Måns.

»Aber du läßt bestimmt wieder von dir hören«, sagte Erik mit säuerlichem Lächeln.

»Schon möglich.«

Er untersuchte die Mantelspitze einer der Kugeln, und Måns dachte, er muß sich wohl doch ein bißchen schämen, weil er uns nicht anschaut. Kann man etwas genießen und sich gleichzeitig dafür schämen? Es war verwirrend. Ihm lief schier das Gehirn heiß, als er sich überlegte, wieviel man gleichzeitig fühlen konnte. Froh sein, daß er lebte, dieses Aas. Ihm den Tod wünschen.

»Ihr macht, wie gesagt, was ihr wollt«, sagte Bodin und erhob sich. Sein Blick flatterte über sie hinweg, und sein Lächeln war ein bißchen spitz. Måns hatte die ganze Zeit über das Gefühl, daß es ein Spiel für ihn sei.

»Das geht nicht! Ich habe kein Geld, und ich kriege das nicht hin. Ich muß aufgeben!«

Es war Anders, der damit herausplatzte und der ebenso heftig wieder verstummte. Er schloß abrupt den Mund, und sein langes Gesicht lief dunkelrot an, als hätte er etwas Unflätiges gesagt.

»Das hättest du dir früher überlegen müssen«, sagte Bodin leichthin. Er betrachtete prüfend Anders' Gesicht, als wäre es etwas nicht besonders ansprechend Nacktes, das sich unvermutet entblößt hatte. Er sammelte seine Sachen zusammen und ging.

Sie kamen kurz vor zwei Uhr nachmittags in die Stadt und parkten Georgs und Månsens Autos auf dem rechteckigen Marktplatz. Rickard war der einzige, der in seinen gut geschnittenen Hosen und dem grünen Jagdrock in der Bank normal wirkte. Måns kam sich wie ein großer und rothändiger, in Wolle gewickelter Bauernlümmel vor. Normalerweise zog er sich um, bevor er in die Stadt fuhr. Georg empfing man mit der Achtung, die seine Konten verlangten, wohingegen Anders aus Gillermossen, der düster glotzend und mit seiner Sportmütze in der Hand an der Tür stand, eine gar zu aparte Gestalt war, um nicht den einen oder anderen Blick zu kassieren. Die Sache wurde nicht besser dadurch, daß er, vielleicht um sich sicherer zu fühlen, zufällig auch das Gewehr mit in die Bank genommen hatte.

Auf einer mit Kunstleder bezogenen Bank in der Konditorei *Zukunft* mußte Anders einen Schuldschein für Georg und einen für Rickard unterschreiben. Die Darlehen waren zinsfrei, doch Anders unterschrieb sie bedrückter, als er seinerzeit die Hypothek unterzeichnet hatte. Was die Rückzahlung anbelangte, konnte man keine treffendere Formulierung finden als »auf Verlangen«. Rickard erklärte, er müsse sein Geld haben, falls Klas Bodin wieder etwas von sich hören lasse und noch mehr fordere.

Måns ließ sie bei dem lauwarmen Kaffee und den Mandeltörtchen sitzen und ging quer über den Marktplatz zur Landwirtschaftsbank. Er zog das kleine Buch heraus, in dem sechstausendfünfhundertdreißig Kronen standen, und füllte einen Auszahlungsschein über fünftausend aus. Als er zu der Kassiererin an den Schalter trat, bildete er sich ein, etwas sagen zu müssen.

»Es gehört meiner Frau, aber ich habe Verfügungsrecht. Das steht hier.«

Er zeigte darauf. Das war völlig unnötig, wie ihm der Blick der Kassiererin sagte. Als er mit dem Geld von dort wegging, reute es ihn. Er hätte genausogut alles abheben und das Büchlein wegschmeißen können. Eva konnte er es ohnehin nie zeigen, und er glaubte, die abgehobene Summe niemals zurückzahlen zu können.

Es war irreparabel. Ihr mütterliches Erbe von zwanzigtausend Kronen hatte Eva für den Hof und das Haus verwandt. Mit dem, was übrig war, hatte sie Pläne, wichtige und dringliche Pläne. Wenn der Waschmaschinenvertreter auftauchte, würde es mit ihrem Vertrauen zu Måns aus sein. Sie würde natürlich zuerst alles mögliche annehmen, bevor sie dahinterkäme, wie die Dinge lagen. Sie würde eher alles andere annehmen, als daß er daran beteiligt gewesen war, einen Menschen zu überfahren, Unfallflucht zu begehen, einen Mordversuch zu planen und ihr Geld zu nehmen. Måns Westling, dachte er und preßte das kleine Plastikbuch, bis seine Hand schweißnaß war, all das hast du getan.

11

Mittwoch, 16. Oktober

Pelle Mård war allein zu Hause. Er hatte kein eigenes Geld und brauchte kein Papier zu unterschreiben. Sein Vater war der Ansicht gewesen, daß er keinen Nutzen brächte, wenn er mit in die Stadt und zur Bank käme. Zu Hause brachte er auch keinen Nutzen. Er versuchte, die Zeit totzuschlagen, bis sie zurückkämen und er sich zur Tranänghütte begeben und sie dort treffen könnte. Er saß auf dem Hof und reinigte den Vergaser seines Motorrads, als von der Straße her ein Auto einbog und auf Stora Nybygget zugefahren kam. Pelle bekam einen trockenen Mund, als er es sah, und war nicht imstande zu grüßen, als die beiden Männer ausstiegen.

»Guten Tag«, sagte der Ältere, der dem anderen ständig einen Schritt voranging. Er war ein kleiner, vierschrötiger Mann mit einem schweren und freundlichen Blick. Der andere war größer und schlanker und hielt sich im Hintergrund. Der Blick seiner braunen Augen aber glitt rasch über alles, was ihnen in den Weg kam.

»Ist Georg Mård zu Hause?«

»Nein«, antwortete Pelle schnell, »er ist nicht da. Er ist in der Stadt. Er jagt ... jetzt ist doch Elchzeit. Es handelt sich vielleicht darum, daß ...«

»Ist er in der Stadt und jagt?« sagte der Ältere amüsiert. »Das ist neu.«

Pelle kam endgültig aus dem Konzept. Er hatte es beängstigend eilig gehabt, genau zu sagen, wie es sich verhielt, und erst im letzten Moment wieder daran gedacht, daß der Vater strikt dagegen gewesen war, über diesen Besuch in der Stadt etwas verlauten zu lassen, und zwar vor allem wegen Månsens Frau und Frau Flod auf Gillermossen. Aber es machte ja vielleicht nichts, wenn diese beiden hier es erfuhren.

»Dann sprechen wir vielleicht mit Pelle Mård?«

»Ja, richtig. Das bin ich«, sagte Pelle. Er stand auf und wischte sich die Hände an einem Knäuel Putzwolle ab.

»Das ist ja prima. Wir haben auch eigentlich Sie gesucht.«

»Mich?«

Seine Stimme beschrieb einen kleinen ängstlichen Bogen und überschlug sich dann. Es war ärgerlich. Der Vierschrötige hatte es bereits vermerkt und schmunzelte.

»Wir sind von der Polizei.«

»Aha«, sagte Pelle, und sein Blick flog unsicher zum Auto und wieder zurück. »Das habe ich mir fast gedacht. Kommen Sie wegen der Jagd? Wir haben die Lizenzen und alles schon vorgezeigt. Da sind nämlich am Vormittag schon welche dagewesen. Das geht also klar.«

Er wurde übereifrig und merkte es. Beschloß, vorläufig zu schweigen.

»Nein, wir sind von der Kriminalpolizei. Ich heiße Jonsson, und das ist Assistent Lundahl.«

Er deutete auf den Jüngeren, Schrofferen.

»Dürfen wir vielleicht einen Moment hereinkommen?«

Nun, das ließ sich wohl machen. Er rieb sich so lange wie möglich die Hände an der Putzwolle ab, bevor er sie beiseite werfen und den beiden voran ins Haus gehen mußte.

»Worum geht es denn?«

Sie schienen jedoch mehr an der Einrichtung interessiert zu sein. Lundahls Blick flog wie ein flinker Vogel an Decken und Wänden entlang, und Jonsson blieb direkt unter dem Elchkopf im Herrenzimmer stehen.

»Nicht schlecht! Hat Georg Mård den erlegt?«

»Ja, das war Vater. Vor ein paar Jahren.«

Jonsson ließ sich so unbeschwert in einem Ledersessel nieder, als wäre er ein alter Freund des Hauses oder als wüßte er, daß er ein solcher werden sollte. Er legte das eine kurze Bein über das andere und sagte:

»Es geht um diesen Unfall beim Bahnhof Rasbyfors vorige Woche. Da wurde eine Frau namens Svea Hellberg überfahren.«

Pelle setzte sich. Es gab nur eines, was er sagen wollte, und das wollte er direkt in dieses joviale Gesicht schreien: *Ich* bin nicht gefahren! Doch der Blick dieses langen Lundahls, der noch genauso kalt und neugierig war wie zuvor, zwang ihn, sich zusammenzureißen. Er wußte nicht, was jetzt am natürlichsten war – zu schweigen oder etwas zu sagen.

»Ja, ich habe davon gehört.«

»Ja, das denke ich mir«, sagte Jonsson. »Es hat wohl einiges Gerede über dieses Unglück gegeben. Wir sind jedenfalls schon ein Stück vorangekommen, wie wir meinen. Aber wir brauchen wie immer ein wenig Unterstützung aus der Bevölkerung.«

Im Endeffekt schien es gar nicht so schlimm zu sein. Jonsson interessierte sich nach wie vor am meisten für den Schaufler an der Wand.

»Die Sache ist die, daß wir endlich die Handtasche dieser Frau gefunden haben«, sagte er.

»Die Handtasche?«

Dies war ein Wort, das sich ihm wie ein Haken ins Gedächtnis schlug, doch er hatte keine Zeit, darüber nachzudenken.

»Ja, sie hatte eine Handtasche bei sich auf dem Fahrrad, aber die hat man nie gefunden. Verwandte, die sie in der Stadt besucht hatte, konnten bestätigen, daß sie sie dabei gehabt hatte, und wir wußten natürlich, daß sie irgendwo sein mußte.«

»Jaja«, sagte Pelle, »das muß sie ja wohl. Allerdings stand davon nichts in der Zeitung.«

Jonsson lächelte ihn beinahe pfiffig an, so als wüßte er trotz allem seinen Scharfsinn zu würdigen.

»Nein, das ist richtig. Gewisse bedeutsame Details will oder kann man nicht herausgeben.«

Pelle verstand. Wenn der Täter beispielsweise die Handtasche an sich genommen hatte, würde er sie sich schnell vom Halse schaffen, wenn davon etwas in der Zeitung stünde. Aber so war es ja nun nicht. Das wußte er.

»Aber wir haben sie jetzt gefunden«, sagte Lundahl plötzlich. Ihm ging das Ganze offensichtlich zu langsam, und obwohl er eine Gehorsams- und Respektsmiene aufsetzte, als er den anderen ansah, wagte er die Gesprächsführung zu übernehmen.

»Wir haben sie heute morgen zur Kripo bekommen, obwohl sie eigentlich schon seit Montag vormittag im Besitz der Polizei war. Sie war jedoch zuerst im Fundbüro gelandet, und weil sich kein Name darin fand, blieb sie liegen. Bis denen dort klar wurde, daß es sich um die Tasche handelte, die wir von der Kripo suchten. Die Verwandten haben übrigens bestätigt, daß es die ihre ist«, fügte er hinzu, als ob er Pelles Gedanken hätte lesen können. »Aber wie gesagt, wir haben sie erst heute bekommen, sonst hätten wir uns schon eher gemeldet.«

»Die Mühlen der Gerechtigkeit mahlen langsam, sagt man. Diesmal mahlten sie praktisch ein paar Tage lang völlig unnötigerweise leer.«

Es war Jonsson, der sich mit ihm zu scherzen erlaubte, doch Pelle verzog keine Miene. Er konnte an der Geschichte ums Verrecken nichts Lustiges finden.

»Und was habe ich damit zu tun?« fragte er.

»Es war einer der Fahrer Ihres Vaters, der sie abgegeben hat.«

»Aha?«

Dann bombardierten sie ihn im Wechsel mit Fakten über diese Tasche, deren Existenz er schon fast vergessen hatte. Er war sich nicht sicher, daß er alles mitbekam.

»Er hat sie am Samstagabend in Verwahrung genommen. Sie lag in dem Bus, den er tagsüber gefahren hatte.«

»Ganz hinten unter einem der Sitze.«

»Er hat sie erst am Montag mittag im Fundbüro abgegeben. Zusammen mit ein paar Stöcken und Handschuhen und anderem Kram. Die Leute vergessen ja so viel.«

Pelle begegnete offen Lundahls Blick. Wenn der Kerl sich doch bloß hinsetzen würde, so wie der andere.

»Dann wird sie sie wohl im Bus vergessen haben?«

»Ja«, sagte Jonsson rasch, »das wird sie wohl getan haben. Aber nicht, als er, der besagte Fahrer, am vergangenen Samstag diesen Bus fuhr.«

»Denn da war sie bereits tot«, fügte Lundahl hinzu, so als argwöhnte er, daß Pelle nicht mitkäme.

»Dann hat sie sie wohl vorher vergessen.«

»Nicht vor Donnerstagabend. Da hatte sie sie noch. Das wurde bereits bestätigt.«

Jonsson konnte schnell sein, wenn er wollte. Wenn Pelle nur gewußt hätte, worauf sie hinauswollten; er kam sich jedoch vor wie ein Stück Rinde, das auf diesem Strom aus Behauptungen und Fragen dahintrieb.

»Von den anderen Fahrern hörten wir, daß am vergangenen Freitag Sie diesen Bus gefahren haben. Stimmt das?«

»Ja sicher. Freilich, das stimmt wohl.«

Er begriff, daß er jetzt genau und vorsichtig sein mußte. Nichts abstreiten durfte, was offenkundig war. Doch dann sagte Lundahl etwas, was ihn wie ein Schlag in den Nakken überrumpelte.

»Woher wissen Sie das?«

»Was?« fragte Pelle. Er hatte das Gefühl zu ersticken. Es ging zu schnell, er bekam keine Luft.

»Woher wissen Sie, welcher Bus es war?« fragte Jonsson

geduldig. »Wir haben doch den Namen des Fahrers gar nicht genannt.«

»Nein ... ich weiß nicht. Vielleicht war ich es ja auch gar nicht.«

Lundahl nannte die Nummer des Busses.

»Das ist der, den ich gefahren habe«, sagte Pelle. »Ich fuhr die letzte Tour aus der Stadt und war am Abend um halb elf zu Hause.«

Das sollten sie auf jeden Fall wissen. Das war wichtig.

»Da ist sie nicht mitgefahren. Sie saß ja im Zug«, sagte Lundahl.

»Nein, genau«, erwiderte Pelle. »Da ist sie nicht mitgefahren.«

»Die Frage ist nun, wann sie sie dann vergessen hat.«

Sie schienen ihren Spaß daran zu haben, das Rindenstück ein Weilchen im ruhigeren Gewässer treiben zu lassen. Sie sahen ihn an und warteten. Er nahm die Hände von den Armlehnen des Stuhls und sah, daß da, wo sie gelegen hatten, dunkle, feuchte Flecken im Leder waren.

»Ist sie mit Ihnen gefahren?«

»Nein! Wann sollte sie das getan haben?«

»Irgendwann muß sie diese Tasche ja vergessen haben.«

Er hatte ein gutes Gedächtnis für die Leute, die mit dem Bus fuhren, zumindest für die Leute, die er von Rasby in die Stadt beförderte. Er begann rasch, sie aufzuzählen:

»Auf der ersten Tour waren es zwei Leute beim Laden. Die Frau von Händler Sjölin und ihre Tochter, und dann noch jemand beim Heim, also beim Altersheim. Dort hätte sie ja dann eigentlich zusteigen müssen. Es war aber eine der alten Frauen. Auf der zweiten Tour war niemand aus dem Heim dabei. Das weiß ich noch. Die dritte Tour ...«

»Jaja«, sagte Jonsson und ließ zum ersten Mal ein wenig Ungeduld erkennen. »Das wissen wir bereits. Sie ist also nicht mit dem Bus gefahren?«

»Nein, ganz bestimmt nicht. Mit mir jedenfalls nicht.«

Erst nachdem er dies gesagt hatte, begriff er, wie dumm es war. Es war gar nicht nötig, daß Jonsson sich auf seinem Stuhl zurücklehnte und, während sein Blick gleichgültig über Mårds Trophäen schweifte, fragte:

»Wie erklären Sie sich dann, daß die Tasche im Bus war?«

»Sie muß wohl doch mitgefahren sein«, sagte Pelle matt und hoffte, daß es noch nicht zu spät war, den Kurs zu ändern. »Vielleicht ist sie das ja, obwohl ich mich nicht daran erinnere. Ich kann mir die Leute normalerweise gut merken, und wenn ich es mir überlege, so kann es durchaus sein, daß sie auf einer der Touren dabei war. Kann sein, daß ...« Er fand, daß Lundahl ihn nahezu mitleidig ansah.

»Das ist nicht nötig«, sagte er. »Sie brauchen sich nicht daran zu erinnern. Es ist bereits bestätigt, daß sie am Donnerstagabend mit dem Zug in die Stadt fuhr und daß sie die Tasche dabeihatte. Sie hatte sie auch noch, als sie am Freitagabend mit dem letzten Zug nach Hause fuhr, denn die Fahrkarte befand sich noch in der Tasche, und sie war geknipst.«

»Und dann blieb sie aus irgendeinem Grund im Bus liegen«, hakte Jonsson ein. »Nach dem Zug um zweiundzwanzig Uhr fünfundfünfzig also.«

»Und um das zu fragen, sind wir eigentlich gekommen«, sagte Lundahl.

»Wie, was denn! Woher soll ich das wissen? Ich habe den Bus um halb elf abgestellt.«

»Und danach ist er nicht mehr bewegt worden?«

»Nein.«

Er wünschte, sein Vater wäre zu Hause. Der hätte ihnen schon Bescheid gestoßen, dachte er. Er hätte sie gefragt, warum sie in drei Teufels Namen wegen dieses Busses einen solchen Zirkus mit mir veranstalteten. Er hätte ...

»Kann das jemand bestätigen?«

Bestätigen war offensichtlich ein Wort, das sie ins Herz geschlossen hatten. Pelle war sich sicher, daß Jonsson keinen Kaffee trank, wenn nicht bestätigt worden war, daß sich zwei Zuckerstücke in der Tasse befanden. Lundahl trank wahrscheinlich überhaupt nichts, wenn nicht bestätigt worden war, daß er Durst hatte.

»Ja, fünf Leute. Vater hatte ein Essen gegeben.«

Er mußte die Namen aufzählen. Das dauerte lange, denn Lundahl sollte sie notieren. Die Adressen wollte er ebenfalls haben. Måns Westling, Vinterrönningen. Erik Emilsson, Forsthaus. Anders Flod, Gillermossen. Rickard Turesson, Rasby.

»Und Vater natürlich.«

»Vater, ja«, sagte Jonsson. »Sonst niemand?«

»Nein, nur noch Valborg. Sie ist aber gegangen, als ich nach Hause kam. Sie war auf einer Versammlung in Lilla Bethel.«

Und dafür sei Bethels gutem Gott gedankt, dachte er.

»Valborg?«

»Valborg Erixén, das ist Vaters Haushälterin.«

»Ach, so ist das«, sagte Lundahl und schrieb.

»Das wird mit x geschrieben, um genau zu sein.«

»Wir sind immer genau«, sagte Jonsson jovial. »Sehr genau. Aber jetzt brauchen wir nicht länger zu stören.«

Er erhob sich und nahm seine Mappe. Ist das so einfach, fragte sich Pelle. Nichts weiter? Es gab fünf Leute, die bestätigen konnten, daß der Bus um halb elf nach Hause gebracht und nicht mehr benutzt worden war. Das reichte ihnen schon. Oder etwa doch nicht?

»Wir sollten Ihnen vielleicht die Tasche zeigen«, sagte Jonsson. »Ob Sie sie schon einmal gesehen haben.«

Er öffnete die Mappe und holte einen Pappkarton hervor. Als er den Deckel abnahm, lag die Handtasche darin, und Pelle dachte, das würde reichen. Er erkannte sie allzu gut wieder. Sie wollten jedoch, daß er sie gründlich in Augenschein nahm. Er nahm sie und drehte sie in den Händen. Es war eine billige Tasche aus braunem Kunstleder. Der Griff war geplatzt und fühlte sich scharfkantig an, wenn man ihn anfaßte. Das hatte er gespürt, als er sie zum Bus gebracht hatte, und jetzt, da dieser Griff wieder in seiner Hand lag, war dieses Wiedererleben so heftig, daß er nicht begreifen konnte, das Ganze einfach vergessen zu haben. Die anderen hatten die Tasche wohl nicht einmal bemerkt.

»Nein, die habe ich noch nie gesehen«, sagte er. »Die Frau ist wohl doch nicht mit mir gefahren.«

»Wann kommt Ihr Vater denn nach Hause?« fragte Jonsson.

»Ja, das ist schwer zu sagen. Es ist ja gerade Elchjagd, und da ist er meistens unterwegs. Die anderen, die Sie aufgeschrieben haben, ebenfalls. Sie jagen mit Vater.«

»Dann werden wir uns wohl heute abend melden, wenn sie wiederkommen.«

»Ich glaube nicht, daß sie heute abend zurückkommen. Sie übernachten normalerweise in ... irgendeiner Hütte.«

Im letzten Moment kam ihm der Gedanke, nicht zu sagen, daß sie in der Tranänghütte schliefen.

»Wo denn?«

»Das weiß ich nicht. Das ist ganz unterschiedlich. Hier oben in der Gegend gibt es ganz viele Hütten.«

Sie gingen. Er sah dem Auto nach und empfand immerhin Genugtuung darüber, daß er sie um die Auskunft über die Tranänghütte geprellt hatte. Freilich wußte er nicht so recht, was das nutzen sollte. Ihm schwirrte der Kopf, als er wieder allein war.

Als er am Abend zur Tranänghütte kam, bekam er Angst. Die anderen wirkten finsterer, als er erwartet hatte. Erik Emilsson war nicht mit in der Stadt gewesen und war auch noch nicht aufgetaucht. Måns hatte sich auf die Pritsche geworfen, auf der er den ganzen Montagabend gelegen hatte, und rührte sich nicht. Es roch feucht und muffig in der Hütte, und es brannte kein Feuer.

»Wollt ihr etwas zu essen?« fragte Pelle. »Ich habe ein bißchen was mitgebracht.«

Er begann seinen Rucksack auszupacken und förderte gleichzeitig die Zeitung zutage, die er im Laden gekauft hatte, als er dort vorbeigegangen war. Mit dieser Zeitung hatte er anfangen wollen, so ganz allmählich, bevor er etwas von dem Besuch der Polizei erzählte.

»Habt ihr die Zeitung gelesen?«

Måns Westling drehte sich herum, so daß er mit dem Rücken zur Wand lag und sah, was vor sich ging.

»Nein. Was ist damit?«

Er reichte sie dem Vater, der seine Lesebrille aus der Jackentasche zog und zu lesen begann. Pelle hatte gedacht, er würde laut lesen, doch als er fertig war, warf er die Lokalzeitung bloß Rickard hin. Auf seiner Stirn hatten sich über der Nasenwurzel zwei tiefe Querfalten gebildet, und er lehnte sich auf dem Stuhl zurück und schnaubte derart, daß Pelle schon glaubte, ihm würden die Hosennähte am Bauch platzen.

»Verdammter Mist«, sagte er. »Immer gibt es etwas, wovon man nichts weiß.«

Rickard las mit trockener und sonorer Stimme:

»Es darf nun als vollständig bestätigt erachtet werden, daß die Leiche der verunglückten Frau aus Rasby, Svea Hellberg, an die Stelle gebracht wurde, wo man sie in der Nähe des Bahnhofs Rasbyfors aufgefunden hat. ›Wir haben Spuren gesichert, die darauf hindeuten, daß der Fundort nicht mit dem Unglücksort identisch ist‹, teilt der Erste Kriminalassistent Ivar Lundahl auf Anfrage der Zeitung mit. Die Handtasche, die das Opfer auf der Fahrt vom Bahnhof bei sich hatte und die die ganze Zeit über vermißt worden war, hat sich nun ebenfalls gefunden. Die Polizei erachtet es als noch zu früh, Details über diesen Fund bekanntzugeben, doch man verfolge nun eine bestimmte Linie.«

»Aha«, sagte Rickard und schob die Zeitung quer über den Tisch zu Anders Flod, »dann käuen sie die ganze Geschichte über den Fundort der Frau wieder, und dann heißt es da noch, daß die Bevölkerung wieder mithelfen soll.«

»Die Handtasche?«

Anders Flod fuhr mit dem Zeigefinger die Zeilen entlang, als müßte er das Wort mit eigenen Augen sehen.

»Was für eine Handtasche?«

»Die hat vielleicht neben ihr gelegen.«

Pelle sah, daß Måns sich von der Pritsche erhob und Rickard um den Tisch herumtappte, sich hinter Anders stellte und die Notiz noch einmal über dessen Schulter hinweg las.

»Ich habe keine Handtasche gesehen.«

»Ich auch nicht.«

»Kommt drauf an, wo sie sie gefunden haben«, sagte Anders und richtete einen leeren Blick auf die Zeitung. »Wenn sie sie dort gefunden haben, wo es passiert ist, dann läßt sich da wohl nicht viel machen.«

»Verdammter Mist«, wiederholte Georg mechanisch. »Warum mußten wir bloß alles durcheinanderbringen? Warum mußten wir sie bloß zum Nipparbolsvägen bringen?«

Die anderen schwiegen. Pelle dachte, daß die Reihe nun an ihm sei. Jetzt müßte er erzählen, daß die Polizei dagewesen sei und ihn ausgefragt habe. Er müßte sie beruhigen, was die Handtasche anbelangte, und erzählen, daß sie nicht am Kroktorpsvägen, sondern im Bus gelegen habe. Doch würden sie davon ruhiger werden?

»Die Polizei«, begann er, doch sein Vater warf ihm einen Blick zu, der ihn verstummen ließ.

»Ja?« fragte Måns, rutschte von seiner Pritsche herunter und kam an den Tisch.

Pelle traute sich nicht. Er dachte an das, was er der Polizei gesagt hatte, was er zugegeben und was er geleugnet hatte. Der Vater würde rasend werden, wenn er aus ihm herausbrächte, wie er mit sich hatte umspringen lassen. Im nachhinein fand er, daß alles, was er gesagt hatte, verfänglich und falsch und dumm gewesen war. Er hatte die ganze Zeit über keinen klaren Gedanken im Kopf gehabt.

»Die Polizei weiß wohl nicht sehr viel«, sagte er lahm. Er traute sich ganz einfach nicht. Sie konnten genausogut selbst dahinterkommen. Vielleicht meldeten sich die Polizisten ja nicht mehr, nachdem sie diese fünf Namen auf ihrer Liste hatten. Fünf Namen, die bestätigen konnten, daß der Bus nach Hause gebracht und nach halb elf nicht mehr benutzt worden war. Fünf vertrauenswürdige Namen. Alles ehrenwerte, gesetzte und bekannte Bürger von Rasby.

»Was ist los mit dir?« fragte Georg mißtrauisch. »Hast du noch mehr gehört?«

Die Hüttentür ging auf, und wie Nickpuppen drehten sie dem Eintretenden die Köpfe zu. Es war Bodin. Pelle war dankbar, daß er einen Aufschub bekam. Ich sage es nicht, dachte er. Vater macht mir die Hölle heiß.

»Aha, ihr seid also zurück«, grüßte Bodin. »Und, ist alles gutgegangen?«

Keiner antwortete, und das hatte er offensichtlich auch gar nicht erwartet. Er hängte das Gewehr an einen der Haken neben der Tür.

»Du hast meine Büchse?« fragte Georg hitzig.

»Ja.«

»Wie, zum Teufel, darf ich das verstehen?«

Schwerfällig erhob er sich auf die Beine, ging hin und nahm die Büchse herunter. Er untersuchte sie mit eifersüchtigen Fingern, und Bodin lachte leise.

»Ich habe keinen Schuß damit abgegeben. Ich war am Nachmittag allein unterwegs, habe aber nichts gesehen, was sich geregt hätte. Schade, denn es hätte mir Spaß gemacht, dieses feine Stück auszuprobieren.«

Georg sah drein, als hätte Bodin bedauert, daß er nicht die Gelegenheit bekommen habe, seine Frau auszuprobieren.

»Die ist nicht zu leihen«, sagte er und hängte sie an die Wand. »Nicht einmal, wenn man sich die Mühe macht, vorher zu fragen.«

»Tatsächlich«, sagte Bodin gleichgültig. »Dann leihe ich sie mir vielleicht morgen kurz aus. Ich überlege mir, auch so eine zu kaufen. Aber man will ja vorher wissen, was man kriegt für sein Geld.«

Er schnürte seinen Rucksack zu und zog seinen Lodenmantel an. Es war merkwürdig, daß er zum Übernachten unbedingt nach Hause gehen wollte. Keiner wäre erstaunt gewesen, wenn er geblieben wäre, ihre Luft geatmet und mit ihrem Haß in den Lungen geschlafen hätte.

»Wie ist es denn mit dem Geld gelaufen? Das könnten wir doch genausogut gleich über die Bühne bringen.«

»Morgen«, sagte Georg langsam. Er atmete schwer und hatte noch immer die Hand am Kolben der Büchse. Er umfaßte das schwere, gut geschnittene Holz und rührte sich nicht.

»Ich dachte, ihr wolltet die Sache vom Tisch haben«, sagte Bodin und zuckte die Schultern.

»Erik ist noch nicht da.«

»Dann warten wir bis morgen, wie abgemacht. Ich fahre aber mit dem Vieruhrzug. Und danach ist es zu spät.«

Er ließ den Blick über sie gleiten. Er hatte sie an eine Wand gestellt, die sie nicht durchbrechen konnten. Ahnte er jedoch einen Augenblick lang, daß es für sie einen Weg gab, darum herumzukommen? Eine Sekunde lang wirkte er ängstlich. Es ging schnell vorbei, war lediglich ein Schatten, der vorüberzog. Er stand nach wie vor breitbeinig und sicher da, doch wahrscheinlich dachte er daran, wie es sein würde, wenn er abgefahren war.

»Mit Gustaf Åkerman würde ich mich vorsehen, wenn ich an eurer Stelle wäre«, sagte er leicht grinsend.

»Würdest du?«

Måns klang spöttisch. Er grinste Bodin an.

»Wenn jemand an *deiner* Stelle wäre, dann wäre das eine andere Sache. Der würde sich bestimmt vorsehen.« Es war bloß ein Spiel mit Worten. Sie konnten es sich nicht leisten, zu drohen. Doch Bodins Gesicht begann zu glühen.

»Ich möchte wetten, daß er euch diesen Elch wildern will«, sagte er hitzig. »Den Flymyrahirsch. Von dem läßt er nicht ab, bis er ihn erwischt hat, legal oder illegal.«

Sie schwiegen. Er mußte das Gefühl haben, schwer taub zu sein, so als wäre er unter Wasser getaucht, denn er schrie jetzt fast:

»Und dagegen wollt ihr nichts unternehmen?«

Obwohl er wußte, daß es zwecklos war, fuhr er beharrlich fort. Der Gedanke, Gustaf könnte diesen großen Mörderhirsch erlegen, der größer war als derjenige, den Georg zu Hause an der Wand hatte, machte ihn krank.

»Er wird ihn euch wegschnappen, dieses Wildereraas. Ich weiß das. Ich bin heute nachmittag in dieser Ecke gewesen, und da habe ich ihn getroffen. Er hatte seine Remington dabei, und er wollte offensichtlich seine Ruhe haben. Er schlich geradezu.«

»Bestimmt nicht«, sagte Måns. »Da hättest du ihn nie zu Gesicht bekommen.«

Er klang kalt, ganz gegen seine Art. Als er sich vom Tisch erhob und auf Bodin zutrat, hatte er denselben leeren Gesichtsausdruck wie am Montagmorgen im Wald. Doch zwischen ihm und der Büchse stand Georg.

»Wenn er tatsächlich nicht hätte gesehen werden wollen, dann hättest du ihn nie zu Gesicht bekommen. Kapierst du das? Das Wildereraas bewegt sich nicht so durch den Wald wie du.«

»Ich habe ihn mir gegriffen.« Bodin gab nicht auf. »Und ihn gefragt, was er mit seinem Gewehr draußen zu suchen habe.«

»Und was hat er gesagt?«

Måns klang jetzt vor allem belustigt.

»Äh – er hat natürlich zurückgeraunzt.«

»Vielleicht hat er gefragt, was du mit meinem Gewehr draußen zu suchen hast«, sagte Georg sanft.

Bodin nahm seine Doppelbüchse vom Haken. Er sah aus, als finde er es angenehm, deren zuverlässiges, gut ausbalanciertes Gewicht wieder in der Hand zu spüren.

»Dann bis morgen. Es wird für mich der letzte Tag sein, darum hoffe ich, daß ihr eine etwas bessere Jagd als heute arrangieren könnt.«

Nachdem die Tür hinter ihm zugeschlagen war und sie seine Schritte auf dem trockenen Boden des Kiefernhangs ersterben gehört hatten, dauerte es nur wenige Minuten, bis Erik Emilsson auftauchte und zur Tür hereinhuschte.

»Hast du ihn gehört?« fragte Anders Flod.

»Ja, freilich. Ich fand, ich könnte genausogut warten, bis er gegangen wäre.«

Er sah sich in dem Dämmerlicht um. Die Petroleumlampe war nicht angezündet. Der Herd war kalt.

»Was ist los mit euch? Warum sitzt ihr hier herum und blast Trübsal?«

»Wir sind in der Stadt gewesen und haben Geld geholt«, erwiderte Georg.

»Ich weiß wohl. Hat das so heftig in den Beutel gehauen, daß du meinst, es dir nicht mehr leisten zu können, etwas zu essen?«

Er kniete sich am Herd nieder und begann Birkenrinde in Stücke zu reißen, um damit Feuer zu machen.

»Lies die Zeitung, dann vergeht dir vielleicht auch der Appetit«, sagte Anders Flod, der die ganze Zeit über vorgebeugt am Tisch gesessen und mit dem Fahrtenmesser Zeichen gehackt hatte. Das Geräusch der Hiebe war entnervend, aber keiner hatte es über sich gebracht, es ihm zu sagen.

»Lies es mir vor, Pelle.«

Pelle tat, was ihm gesagt worden war, las stockend und mit einer Betonung, als säße er auf der Schulbank.

»Handtasche?« sagte Erik. »Hat jemand eine Handtasche gesehen?«

Sie verneinten. Pelle schwieg.

»Lies weiter.«

»Die Polizei erachtet es als noch zu früh, Details über diesen Fund bekanntzugeben, doch man verfolge nun eine bestimmte Linie.«

Erik schnaubte vernehmlich. Er bekam jetzt allmählich das Feuer in Gang und drehte sich nicht einmal zu Pelle um.

»Kapierst du nicht, daß die Handtasche noch am Kroktorpsvägen gelegen haben kann?«

»Und wenn schon?«

»Der Bus«, stieß Pelle hervor. »Die Spuren vom Bus!«

»Es hat diese Woche nachts geregnet. Da gibt es wohl nicht mehr so viele Spuren. Und wenn es welche gibt, dann sehen sie sie nicht, wenn sie nicht direkt darüber stolpern.«

»Hier steht, daß sie eine bestimmte Linie verfolgen«, strich Rickard gedämpft heraus. Er hatte offenbar solche Angst, daß er mit Müh und Not seine Stimme beherrschte, und es war begreiflich, daß er die ganze Zeit über so still gewesen war.

»Eine bestimmte Linie«, sagte Erik verächtlich. »Deren bestimmte Linien kenne ich. Dieser Lundahl, das ist der gleiche, der damals alles durcheinandergebracht hat, als ich versucht habe, die Årbybande wegen Jagens während der Schonzeit und unerlaubten Fischens und allerlei sonstigen Raffinessen dranzukriegen. Er hat geglaubt, genügend Beweise gegen sie zusammengekratzt zu haben. Als sie aber vor Gericht standen, logen sie füreinander und schworen Stein und Bein, und die Mütter und Bräute und des Teufels Großmutter waren da und weinten und schworen falsch, so daß ich als Zeuge der Anklage dastand und mich bloß lächerlich machte. Der einzige, den sie drankriegten, war der alte Lind. Er hatte mit einer Mausefalle Fasane gefangen, und es war für ihn etwas schwierig davonzukommen, denn ich hatte die Mausefallen in Beschlag genommen und ihn auf frischer Tat ertappt. Das hinderte ihn jedoch nicht daran, zu beschwören, die Fasane seien in seine Fallen geflogen, als diese im Keller standen.«

Es war erleichternd, ihn derart über die Polizei reden zu hören. Erleichternd war es vor allem für Pelle, der sich ganz allmählich an den Gedanken zu gewöhnen versuchte, daß Assistent Lundahl auch nur ein gewöhnlicher schwacher Mensch war, der seine Fehler machte. Er erneuerte seinen Entschluß, von dem Besuch der Polizei nichts zu sagen. Da würde nichts mehr nachkommen. Und wenn doch, dann könnten sie Stein und Bein schwören, daß sie den ganzen Freitagabend im Haus gewesen seien und der Bus stillgestanden habe. Würde man ihnen, die sie anständige Menschen waren, etwa nicht glauben, wo es so ein Haufen zwielichtiger Gestalten wie die Årbygang mit Hilfe von Beteuerungen geschafft hatte?

»Bei der Polizei«, sagte Pelle aus tiefstem Herzen zu Eriks Rücken am Herd, »da sind sie schon arg großspurig.«

»Wohl wahr.«

Er stand auf und rieb sich seine rußigen Hände an den Hosenbeinen ab.

»Ich setze jetzt ein wenig Kaffee auf. Mach die Lampe an, Rickard. Oder wollt ihr hier im Dunkeln sitzen und brüten?«

»Um Bodin kommen wir jedenfalls nicht herum«, sagte Georg. »Das hast du hoffentlich nicht vergessen.«

»Nein, natürlich nicht.«

»Und hast du dir Geld besorgt?«

»Nein.«

Rickard zuckte derart zusammen, daß er Petroleum auf dem Tisch verschüttete. Er versuchte den Strom mit einem Taschentuch aufzuwischen, sah aber nicht, was er tat, weil er den Blick auf Erik gerichtet hatte.

»Wie meinst du das? Länger als bis morgen wartet er nicht. Dann zeigt er uns an.«

»Ich weiß.«

Erik klang gleichgültig, und Rickard geriet darüber außer sich.

»Was willst du denn jetzt machen? Anders hat sich von mir und Georg Geld geliehen und unterschrieben. Mehr kann ich nicht herleihen. Du mußt auf jeden Fall zusehen, daß du das Geld kriegst. Georg ...«

»Ich kann nicht für fast die gesamte Summe einstehen«, fiel ihm Georg ins Wort. »Das ist ganz unmöglich.«

»Na gut«, sagte Erik. »Ich habe kein Geld.«

»Was hast du denn jetzt vor?«

»Das ist wohl meine Sache.«

»Nein!«

Georg war aufgestanden, und sein Stuhl kippte nach hinten und schlug gegen die Wand.

»Das kommt hier nicht in Frage, sich zu drücken und zu tun, was einem beliebt! Das hast du zwar, verdammt noch mal, zeit deines Lebens gemacht. Dich allem entzogen. Aber diesmal richtest du dich gefälligst nach uns. Mir ist völlig klar, daß du es nicht so schlimm findest, wegen dieser Sache verdonnert zu werden. Du hast dich noch nie groß darum gekümmert, was die Leute über dich sagen. Aber diesmal sind wir noch fünf andere, die da mit reingezogen werden. Du richtest dich jetzt, verdammt noch mal, nach uns!«

Rickard war hinter Georg geschlüpft und hatte den Stuhl aufgehoben. Georg verscheuchte ihn wie eine Pferdebremse, stützte die Hände auf den Tisch und starrte Erik an.

»Du fluchst und legst vielleicht drauflos«, sagte Erik und lächelte schmal. »Doch damit kannst du, wenn's hoch kommt, Pelle einschüchtern.«

Von einem so kleinen Hieb ging Georg noch nicht die Luft aus. Er holte Atem und schlug mit dem Arm aus. Die Petroleumlampe fegte krachend zu Boden, und die Glasscherben stoben in alle Richtungen. Erik sah auf den dahinrinnenden Petroleumfluß zu seinen Füßen. Georgs Gesicht war dem seinen so nahe, daß er ihm in die Augen keuchte.

»Wirst du dir nun Geld besorgen oder nicht!«

»Das war wohl ziemlich unnötig«, sagte Erik mit einer Kopfbewegung in Richtung der Petroleumlampe.

»Hörst du, was ich sage!«

»Ich höre gut.«

»Was immer ihr tut«, sagte Rickard leise und flehentlich, »nur schlagt euch nicht! Versucht euch zu beruhigen, alle beide.«

»Ich bin ruhig«, sagte Erik. »Ich höre, was ihr sagt. Ich verstehe, daß euch vor Bodin angst und bang ist. Die Sache ist nur die, daß ich kein Geld habe.«

»Das hatte ich auch nicht!« stieß Anders Flod hervor. »Aber ich durfte unterschreiben!«

»Dazu habe ich aber keine Lust!«

»Wozu hast du denn Lust?« fragte Måns aus seiner Ecke heraus. »Falls du irgendwann einmal bis dahin vordringen solltest.«

»Begreift ihr denn nicht, daß es sinnlos ist, ihm Geld zu geben?« fragte Erik und bewirkte, daß Georg sich schwerfällig wieder auf seinen Stuhl setzte. »Er wird nur mehr und immer noch mehr haben wollen. Das solltest du, Georg, eigentlich begreifen, wo du es doch gewohnt bist, mit Geld umzugehen und Geschäfte zu machen, wenn schon sonst nichts.«

»Solche Geschäfte mache ich nicht.«

»Nein, du hast zeit deines Lebens bestimmt nur saubere und ehrliche Geschäfte gemacht«, sagte Erik und klang fast wieder heiter. Georg sah ihn böse an.

»Ich für mein Teil bin es nicht gewohnt, mit Geld in dieser Größenordnung umzugehen. Ich rate euch aber, es zu behalten. Will man Bodin zum Schweigen bringen, braucht man dazu etwas anderes als Geld.«

»Was denn?« fragte Måns scharf. »Was willst du damit sagen?«

»Das werden wir morgen sehen«, sagte Erik. »Gebt ihm kein Geld, dann werden wir ja sehen, was er sagt.«

Måns war wieder zu ihnen herangekommen. Er war unter seiner Sonnenbräune so blaß, daß sein Gesicht schmutziggrau wirkte.

»Ich weiß, was du denkst«, sagte er und packte Erik am Arm. »Im Wald gibt es nur eine Art, alle Probleme anzugehen. Für dich gibt es nur eine Art.« Erik sagte nichts darauf, folgte aber Månsens Blick zu den Büchsen, die neben der Tür an der Wand hingen.

»Ja?«

Er sah Måns wieder in die Augen und wirkte hauptsächlich belustigt, als er bemerkte, wie sehr dieser es sich zu Herzen nahm.

»Du tust es nicht«, sagte Måns. »Keiner von uns tut es.«

»Nein?«

Sein Blick glitt von einem zum andern. Georg schüttelte den Kopf.

»Nein, Måns hat recht. Das kann gründlich in die Hosen gehen.«

»Das kann eine fürchterliche Geschichte werden«, sagte Rickard flehentlich. »Begreifst du das denn nicht? Wenn die Polizei ...«

»Meine Güte! Dann bezahlt doch, zum Kuckuck noch mal! Bezahlt, bis ihr nichts mehr habt.«

»Du bezahlst auch.«

»Ich habe aber kein Geld, habe ich gesagt! Und ich kann keins beschaffen!«

Er erhob sich und begann rastlos vor ihnen auf und ab zu tigern. Anders Flod ging daran, Kaffee zu machen, und Georg hatte den Kopf in die Hände gestützt und schwieg.

»Und jetzt müssen wir auch noch im Dunkeln sitzen«, jammerte Rickard und kehrte die Glasscherben auf dem Fußboden zusammen.

12

Donnerstag, 17. Oktober

»Er kommt!«

Rickards Ohren mußten vor Angst so empfindlich geworden sein wie die eines Luchses, denn er hörte den Automotor vor allen anderen.

»Was wirst du jetzt sagen? Was wirst du sagen, wenn er kommt?«

»Beruhige dich«, erwiderte Erik. »Das ist ja wohl meine Sache, was ich sagen werde.«

Måns saß auf der Treppe der Hütte und sah die anderen an, die dicht beieinander unter den Kiefern standen und in Richtung Forststraße lauschten. Sie schwiegen, bis sie Bodins Schritte auf dem trockenen Boden des Hügels hören konnten.

»So ganz allein deine Sache ist das wohl nicht«, sagte Anders Flod, ohne Erik anzuschauen.

Erik sagte nichts darauf. Måns sah, daß er seine Büchse entsicherte. Das geschah mit einer vorsichtigen, nahezu unmerklichen Bewegung. Mit drei langen Schritten war Måns die Treppe hinunter und stand dicht hinter ihm.

»Was hast du vor?«

»Meine Güte, ihr stellt euch an wie alte Weiber! Laßt mich in Ruhe.«

Måns entsicherte seinerseits. Und zwar direkt vor Eriks Augen.

»Ich weiß, was du dir denkst«, sagte er. »Die Büchse soll losgehen, wenn er kommt. Und wir sollen dann beschwören, daß es ein Unfall gewesen sei.«

Unbeweglich und massig war Eriks Gesicht über dem seinen.

»Aber das wirst du nicht tun«, sagte Måns.

»Nein?«

»Ich knall dich ab, wenn du es tust.«

Seine Finger lagen unbeweglich und mit Gefühl auf dem Mechanismus der Büchse.

»Jungchen«, sagte Erik, und ein Lächeln huschte über sein Gesicht.

Er horchte jedoch unablässig und schien gar keine Zeit für ihn zu haben.

»Aber das wirst du nicht tun«, sagte Måns.

Er hörte, daß seine Stimme schrill klang, und es kümmerte ihn nicht, daß er zwischen den Kiefern bereits Bodin auftauchen sah.

»Das ist mein Ernst! Ich schieße.«

»Ich glaube dir«, erwiderte Erik, ohne ihn anzusehen. »Ich bin überzeugt, daß du so verrückt bist. Das Problem ist wohl nur, zu treffen. So, wie du zitterst.«

Bodin mußte gehört haben, was er gesagt hatte, denn er verhielt den Schritt ein wenig, bevor er bei ihnen war.

»Was ist los?« fragte er.

Sein Blick wanderte von einem zum andern. Er atmete schwer nach der Anstrengung, den Hügel heraufzusteigen.

»Måns ist wieder elchfiebrig geworden«, sagte Erik. »Aber das geht vorbei.«

»Wollen wir gehen?«

Rickard zupfte Erik am Ärmel. Doch der sah unverwandt Måns an.

»Heute ist Donnerstag«, sagte Bodin. »Es geht also um dieses Geld.«

Er mußte gemerkt haben, daß ungesicherte Waffen in seiner Nähe waren, denn sein Blick patrouillierte weiterhin einen nach dem anderen ab. Georg war der einzige, der gleichgültig wirkte, als er seinem Blick begegnete.

»Du glaubst doch wohl nicht, daß wir im Wald so viel Geld bei uns haben«, sagte er. »Ich habe es zu Hause.«

»Dann müßt ihr das regeln, bevor ihr mich zum Zug bringt.«

»Machen wir. Aber wir sollten doch zusehen, daß wir vorher noch ein bißchen jagen.«

Georg marschierte in Richtung Tranängen los, und sie folgten ihm. Måns ging dicht hinter Erik.

Jonsson ging auch an diesem Morgen einen Schritt voran, als sie bei Stora Nybygget ausstiegen. Er warf einen Blick auf das zerlegte Motorrad und die Putzwolle, die noch dort lag, wo Pelle sie hingeschmissen hatte. Lundahl klingelte an der Tür. Sie wurde blitzschnell geöffnet, und da war ihnen klar, daß man sie schon bemerkt hatte, als sie mit dem Auto von der Landstraße eingebogen waren.

»Ist Georg oder Per-Erik Mård zu Hause?«

In der Tür stand eine große, hagere Frau. Sie hatte ein Kopftuch umgebunden, und ihre Arme waren weiß vor Mehl. Der Durchzug, der beim Öffnen der Tür entstand, trug einen Duft nach Weißbrot mit sich, der Jonsson freundlich stimmte.

»Nein, die sind nicht da.«

»Sie jagen natürlich.«

»Ja.«

Sie hatte eine ökonomische Art, einem das Wort abzuschneiden. Die beiden stellten sich vor und baten, eintreten zu dürfen.

»Ich backe«, sagte Valborg. »Worum geht's denn?«

»Sie sind Fräulein Erixén, nehme ich an«, sagte Jonsson sanft und glitt mit einer Geschmeidigkeit, die nur Polizisten und Hausierer auszeichnet, in diesen Weißbrotduft hinein. Valborg ging rückwärts in die Küche und verschanzte sich am Küchentisch hinter einem glänzenden

Teigklumpen. Als sie jedoch die Sprache auf den Unfall beim Bahnhof brachten, erwachte ihr Interesse.

»Was sollen die beiden denn damit zu tun haben?«

»Es geht nur darum«, sagte Jonsson sonnig, »daß wir von seiten der Bevölkerung auf Unterstützung angewiesen sind. Anders kommen wir nicht weiter.«

Ob das bei ihr ankam, ließ sie zumindest nicht erkennen.

»Ach ja?«

»Und es ist gut möglich, daß Per-Erik Mård etwas gesehen hat, vielleicht eine wichtige Beobachtung gemacht hat, ohne daß es ihm selbst aufgefallen ist.«

»Pelle?«

Es klang nicht so, als ob sie das für wahrscheinlich hielte.

»Ja, er hat doch die letzte Bustour gefahren«, sagte Jonsson. »Er war vielleicht gerade um diesen Dreh unterwegs – so um elf, viertel nach elf.«

»Das müssen Sie schon ihn selber fragen.«

»Und Sie, Fräulein Erixén?«

»Ich war nicht in dieser Richtung. Ich bin an dem Abend nach Lilla Bethel gegangen und um halb zwölf heimgekommen.«

»Da war Per-Erik Mård natürlich zu Hause?«

»Nein. Da war gar keiner zu Hause. Mård hatte hier ein Essen gegeben, aber sie waren fort, als ich heimkam.«

»Aha ... und der Bus?«

»Der Bus war natürlich weg. Mit dem sind sie doch gefahren. Kurz nach zwölf hörte ich sie alle zusammen kommen.«

»Mit dem Bus?«

»Ja, ich hörte den Bus auf den Platz fahren. Da lag ich schon im Bett.«

»Und das«, sagte Lundahl plötzlich und versuchte den Eifer in seiner Stimme zu dämpfen, »das können Sie beschwören, Fräulein Erixén?«

»Beschwören? Wozu soll das gut sein? Ich weiß doch,

was ich gehört habe. Im übrigen können Sie sie das doch selber fragen.«

»Das werden wir auch tun«, sagte Lundahl. »Man muß sie nur erst mal erwischen.«

»Ich glaube, sie übernachten in der Tranänghütte«, erwiderte Valborg und begann den Teig mit schnellen Schlägen über den Backtisch zu kneten. »Aber wo sie dann hingehen, ist schwer zu sagen.«

»Das werden wir ja sehen. Aber wir werden wohl auf Sie zurückkommen müssen, Fräulein Erixén.«

»Bitte. Aber morgen wasche ich.«

»Und am Samstag ist natürlich Hausputz«, sagte Jonsson verständnisvoll.

»Wohl wahr. Was das anbelangt.«

Sie gingen zur Tür. Jonsson verbeugte sich.

»Und am Sonntag frißt sie kleine Kinder«, flüsterte Jonsson, nachdem sie die Tür geschlossen hatten.

»Aber für eine von der menschenfressenden Art war sie ergiebig«, sagte Lundahl dankbar.

Sie setzten sich ins Auto, falteten eine Karte auseinander und studierten sie, bevor sie abfuhren.

Klas Bodin saß schon eine Stunde auf seinem Ansitz, und er fror nicht mehr. Die Sonne beschien die Bergflanke hinter ihm und hatte die stille, herbstklare Luft erwärmt, so daß es in der Senke, in der er saß, allmählich behaglich wurde. Den Ansitz schätzte er als beinahe idiotensicher ein. Wenn er sich richtig erinnerte, gab es aufs Flymyramoor hinaus, das einen länglichen Arm zum Berg hin streckte, einen Elchwechsel. Dort unten leuchtete ihm eine entrindete Kiefer mit lyrenförmigem Stamm als Fixpunkt. Ein Elch hatte dort gefegt, und Bodin fand, daß die Fegespur weit oben saß. In der Sonnenhitze und der relativen Langeweile träumte er davon, es möge der große Flymyrahirsch gewesen sein, der diese Zeichen gemacht hatte. Er hätte ihn gern in scharfem Troll über den Moorarm dort unten kommen sehen. In der Ferne hörte er Sjungas schrille Fährtenlaute, er erstarrte und wurde aufmerksam. Es verging jedoch eine Viertelstunde, ohne daß etwas geschah, und ihn überkam wieder die Schläfrigkeit. Er stellte sich vor, wie der Hirsch bald von der einen, bald von der anderen Seite aus dem Wald brach. Schließlich glaubte er, dort am Waldrand, wohin er guckte, Bewegungen zu erahnen. Es waren Vexierbilder von tief herabhängenden Rottannenästen mit Bartflechten, die sich im Wind regten, von grauweißen Espenstämmen und Steinblöcken, die sich wie gewaltige Elchrücken erhoben.

Die Einsamkeit und die Wärme taten ihm gut. Die Langeweile auf dem Ansitz war behaglich, weil sie jederzeit von etwas Unerwartetem durchbrochen werden konnte. Dennoch nagte eine innere Unruhe an ihm, eine Unruhe, die nichts mit der Jagd zu tun hatte. Ich werde zusehen, daß ich heute etwas schießen kann, und dann fahre ich. Es ist wohl das beste, hier zu verschwinden, dachte er. Er dachte an den Brief, den er geschrieben hatte, und er erschien ihm mit einem Mal als eine zweifelhafte Lebensversicherung. Die Männer, denen er sich aufgedrängt hatte, hatten etwas an sich, was bar jeder Vernunft war, das wußte er. Er hatte Angst vor Erik, und er hatte Angst vor Måns Westling, trotz des Briefes. Måns war einer, der losrasen und etwas Verrücktes tun konnte, etwas, was jeglicher Einsicht widersprach. Erik war ruhiger, listiger. Einen Augenblick lang streifte sein Gedanke wieder den Brief und den Anwalt. Hätte anrufen sollen, dachte er. Hätte anrufen und mich erkundigen sollen, ob er ihn bekommen hat. Er schloß den Gedanken ein, legte einen Deckel darüber und machte ihn ordentlich zu, denn obwohl er sekundenschnell und flüchtig war, verbreitete er einen Geruch nach Schrecken. Bodin wollte sich nicht schreckensstarr und ausgeliefert fühlen, wie er da saß. Er wollte die Sonnenwärme genießen, warten und spekulieren und schließlich schießen. Mit dem Geld und einer Trophäe nach Hause fahren, ein paar Jagderinnerungen, die er erzählen könnte. Weiter nichts.

Das Geld gehört jedenfalls so gut wie mir, dachte er. Rickard kann die Sache dann mit den anderen klären. So, wie der mich geprellt hat! Er wußte genau, was er tat, als er damit einverstanden war, die Schwestern das Erbe teilen und mir das Wenige ausbezahlen zu lassen, was es auszubezahlen gab. Wußte sicher, daß es wieder bergauf gehen würde. Nun sind wir quitt.

Die Worte kreisten ihm im Hirn. Nun sind wir quitt. Er wußte, daß es eine Beschwörung war, fast ein Gebet. Quitt sein. Nach Hause fahren. Vom Wald und den Männern wegkommen, die ihn nicht freiwillig mit auf die Elchjagd genommen hatten. Einen Moment lang wollte er schon aufstehen und zur Hütte zurückgehen. Er konnte doch genausogut gleich das Geld einfordern und nach Hause fahren. Nicht hier nahezu eingeschlossen in der Senke sitzen, wo die Sonne brannte und all das Graue und Grüne und Frostbraune ringsum sich bewegte und zu Vexierbildern von Tieren und Menschen wurde. Aber da war immer die Chance, zu schießen.

Um halb zehn hörte er einen Schuß. Es klang so, als käme er aus Georg Mårds Richtung, und das belebte ihn. Es gab auf jeden Fall Elche in dem Wald. Nach einigen Sekunden folgte der Signalschuß und nach einer Minute ein weiterer. Bodin wußte nicht mehr genau, was Erik gesagt hatte. Womöglich war ein Kalb geschossen worden, und der Schuß bedeutete, daß sie jetzt keines mehr schießen durften. Egal. Sähe er etwas, dann würde er schießen.

Nach dem Schuß ging Måns hinunter zu Georgs Ansitz am Rand von Tranängen und fand ihn leer vor. Er sah sich um und rief leise. Georgs Antwort kam von einer Stelle ein Stückchen im Wald, und Måns ging schräg über die Wiese und fand ihn und Pelle hinter ein paar jungen Tannen. Dumpfer Elchschweißgeruch lag in der Luft, und Georg strich das Messer an der Decke eines Elchhirschkalbs rein. Måns nahm Sjunga an die Leine, die das Interesse für das erlegte Tier verloren zu haben schien und begierig darauf war, erneut loszulaufen.

»Sie hat da unten vier Stück hochgemacht«, sagte Måns. »Komisch, daß sie sich auf dieses kleine Tier hier konzentrieren wollte.«

»Sie hat wohl Pech«, vermutete Georg.

Er fertigte aus einem Tauende eine Schlinge an und schlug sie um einen Hinterlauf und die Vorderschale auf derselben Seite. Das Haupt kippte nach hinten, als er das Seil straffte, und der Elch röchelte, als er auf dem Rücken zu liegen kam.

»Laß sie los«, sagte Pelle. »Sie weiß, woran sie bei ihnen ist.«

Måns löste Sjunga von der Leine, und sie machte sich lautlos davon und war rasch verschwunden. Nach einigen Minuten tauchte Erik Emilsson auf, und nicht lange danach kam auch Anders Flod.

»Aus dem Ganzen wird wohl nicht viel, wenn wir die Ansitze verlassen«, sagte Erik.

»Du hast es doch auch getan.«

»Es ist schon gut, daß ihr kommt«, sagte Georg, der rittlings auf dem Elch saß, um mit dem Aufbrechen zu beginnen. »Wir müssen auf jeden Fall über das Geld reden, solange Bodin nicht dabei ist.«

»Wir müssen hier ein bißchen ausholzen, damit wir mit Pferd und Schleppe durchkommen können«, sagte Erik.

Er nahm eine Axt aus dem Rucksack und ging, den anderen den Rücken zugewandt, auf die Büsche los.

»Du kannst mithelfen, Anders. Wir müssen bis zu dem Winterweg dort drüben kommen, sonst kriegen wir ihn nie heraus.«

»Hast du nicht gehört, was Georg gesagt hat?«
»Doch.«
Måns half Georg beim Aufbrechen und sah hin und wieder nach Erik, der mit Hilfe der Axt nach dem ebensten Weg suchte. Er arbeitete nicht besonders leise. Die Büsche fielen nach dichten Hieben zu Boden, und die Splitter stoben um ihn herum.
»Jetzt haben wir uns ordentlich verrannt«, sagte Georg zu Måns. »Er ist zu bockbeinig, um Vernunft anzunehmen.«
»Hat er etwas gesagt?«
»Nur, daß er Bodin nichts schuldig sei.«
»Still«, sagte Pelle. »Habt ihr gehört?«
Sie horchten und hörten Sjungas Fährtenlaut, ein helles und hitziges Bellen, das nach einer Weile erstarb. Als sie erneut zu vernehmen war, hatte sie sich nach Westen bewegt. Es hörte sich an, als sei sie nahe daran, etwas zu stellen, und Måns, der sie gut kannte, merkte an der Stimme, daß sie etwas erwischt hatte, was ihr zu schnellfüßig und stürmisch war.
»Du kannst doch zu dem Stand laufen«, schlug Georg vor. »Aus der Jagd wird ja nichts, wenn wir so weitermachen.«
Måns wollte gerade gehen, als Rickard hinter ihnen auftauchte. Er schien von der Tranänghütte oben zu kommen und in einem großen und unnötigen Haken nach ihnen gesucht zu haben.
»Da oben sind Leute«, sagte er atemlos.
»Leute?«
»Ja, sie rufen. Ich habe auch ein Auto gehört. Deshalb bin ich zur Hütte hinaufgegangen.«
Erik war zu ihnen herangekommen und stand da und wog die Axt in der Hand.
»Was sind das für Leute?«
»Mir ist, als würde ich einen von ihnen kennen. Ich

glaube, sie haben mich gesehen. Sie sind wohl auf dem Weg hierher.«

»Spinnst du? Bist du denn nicht stehengeblieben und hast gefragt, was sie hier zu suchen haben? Sie müssen sich doch von hier fernhalten, wenn wir jagen.«

»Ich glaube, es ist die Polizei«, sagte Rickard und schluckte. Er fingerte sich aus einer verdrückten Packung in seiner Brusttasche eine Zigarette heraus und zündete sie an.

»Die Polizei?«

»Ja, ich weiß nicht. Aber den einen habe ich erkannt. Ich weiß doch überhaupt nicht, was die wollen. Ich dachte, ich sollte euch Bescheid sagen ...«

»Du führst dich auf wie ein aufgeregtes Huhn«, sagte Georg. »Die haben bestimmt auch gesehen, wie du gelaufen bist!«

Rickard setzte sich neben den Elch, als die anderen aus der Deckung des Tannenbestandes traten und über Tranängen hin zur Hütte sahen. Nach einer Weile war von dort oben ganz deutlich ein Rufen zu hören. Als niemand antwortete, war es lange still, doch dann erschien plötzlich ein Mann in einem grauen Straßenanzug und blickte über die Wiese, die zwischen ihnen lag. Er winkte ihnen und rief etwas nach hinten. Lahm und widerwillig hob Georg den Arm und winkte zurück. Sie standen still und sahen zu, wie noch ein Mann hervorkam und hinter dem anderen her zu ihnen herunterstieg. Sie gingen langsam und unbeholfen tümpelab und huckelauf über den sumpfigen Boden.

Als sie bei dem Zerlegeplatz anlangten, waren ihre Halbschuhe bis zum Rist durchgeweicht, und die Hosen patschten ihnen um die Beine.

»Es war gar nicht so leicht, sich zu Ihnen durchzuschlagen«, sagte der Ältere und wies munter auf seine nassen Schuhe.

»Es war vielleicht auch gar nicht so angebracht«, sagte Georg. »Hier ist Elchjagd. Da kann es riskant sein, sich in den Wald zu begeben.«

»Die Sache ist nur, daß es ein bißchen eilt«, sagte der Große, der hinterherkam. »Wir sind von der Kriminalpolizei.«

Sie gingen herum und begrüßten jeden, als ob sie in ihren verschmutzten, feuchten Anzügen mitten in dem unwegsamen Wald in einen Empfang geraten wären.

»Lundahl«, sagte der Große und schüttelte seinem Gegenüber die Hand. »Der Förster und ich hatten ja schon einmal das Vergnügen.«

»Und hier haben wir Per-Erik Mård. Guten Tag«, sagte Jonsson.

Pelle warf seinem Vater einen qualvollen Blick zu und ließ den Kopf hängen, während er Jonsson die Hand schüttelte.

»Worum geht es?« fragte Erik scharf.

»Um den tödlichen Unfall auf dem Kroktorpsvägen«, antwortete Jonsson.

Daran hatten sie eine Weile zu kauen.

»Dem Kroktorpsvägen?« sagte Georg schließlich zögernd. »Wir wissen nichts ...« Lundahl unterbrach ihn geschwind.

»Nein, es hat ja auch geheißen, daß es auf der Bahnhofsstraße passiert sei. Es geht auf jeden Fall um diese Frau, die im Altersheim gearbeitet hat, Svea Hellberg. Wir sind inzwischen so weit gekommen, daß uns klar ist, von wo sie zu der Gabelung bei Nipparbol gebracht worden war. An einer Stelle auf dem Kroktopsvägen gab es etliche Spuren, unter anderem Glasscherben vom Katzenauge an ihrem Fahrrad.«

»Ach so ist das«, sagte Georg und folgte Jonsson mit dem Blick. Der schien sich für den Elch zu interessieren, ging um ihn herum und studierte ihn aus allen Richtungen.

Lundahl, der ihn keines Blickes gewürdigt hatte, sprach weiter.

»Die fehlende Tasche haben wir ja im Bus gefunden, wie Sie wissen.«

Es war still, bis Rickard mit beinahe schriller Stimme beteuerte:

»Davon wissen wir nichts!«

»Nein?«

Er sah Pelle an, und nach und nach folgten sie seinem Beispiel, und ihre Blicke sogen sich an Pelle fest.

»Ich habe davon nichts gesagt«, sagte Pelle und lief dunkelrot an. »Ich dachte gewissermaßen, daß es nicht so ...«

»Worum geht es hier?«

Georg machte einen Schritt auf Pelle zu, doch der antwortete nicht. Statt dessen begann Lundahl mit seiner trockenen, desinteressierten Stimme von der Tasche zu erzählen.

»Sie muß sie im Bus vergessen haben«, sagte Georg.

Lundahl benötigte nicht viele Sätze, um sie davon zu überzeugen, daß dies unmöglich sei. Das habe ihnen Per-Erik Mård bei ihrem Besuch auf Stora Nybygget am Tag zuvor schon klargemacht.

»Gestern? Waren Sie gestern dort?«

Georg starrte Pelle an, der sich entzog und auf einen Stein setzte. Er wirkte unerreichbar niedergeschlagen, und Georg schien es für zwecklos zu halten, ihn noch weiter anzugehen.

»Dann lassen Sie mal hören«, sagte er nur.

»Es ist nur eine Sache, über die wir uns noch Klarheit verschaffen wollen«, sagte Jonsson, er entfernte sich plötzlich von dem Elch, den er betrachtet hatte, und trat auf sie zu. »Und zwar, ob Per-Erik Mård am Freitagabend nach halb elf mit dem Bus unterwegs war.«

»Nein, das war er nicht«, sagte Georg. »Das hat er doch bestimmt schon gesagt, nehme ich an.«

Er warf ihm einen Blick zu, als ob er sich eigentlich überhaupt nicht sicher war, was er erzählt haben könnte, doch Pelle nickte stumm.

»Jaja«, sagte Lundahl, »das hat er gesagt. Und er hat gesagt, daß Sie alle das bestätigen könnten, Sie, die dagewesen waren.«

»Na also«, sagte Georg. »Dann wissen Sie doch, wie die Dinge liegen.«

Fest und breitbeinig stand er mit dem Waidmesser in der Hand da und sah dem großen Lundahl ins Gesicht.

»Wir waren jedoch jetzt am Morgen bei Ihnen zu Hause und haben Sie gesucht«, sagte Lundahl, »und da haben wir mit einem Fräulein Erixén gesprochen, Ihrer Haushälterin, nehme ich an.«

»Stimmt.«

»Sie hat Sie alle kurz nach zwölf mit dem Bus zurückkommen hören.«

»Was will sie damit sagen?« fragte Rickard hitzig. »Sie war doch gar nicht da. Das ist doch wahnsinnig, so etwas zu behaupten, wenn sie gar nicht zu Hause war!«

»Sie war bei irgend etwas, was Lilla Bethel heißt, wenn ich richtig informiert bin«, sagte Lundahl. »Ist um halb zwölf nach Hause gekommen. Da waren Sie alle miteinander ausgeflogen. Kurz nach zwölf hörte sie den Bus kommen, und dann hörte sie, wie die ganze Gesellschaft das Haus betrat.«

Georg fixierte Lundahl mit seinem eisig blauen Blick, und man sah, daß sich die Gedanken in seinem Kopf schwer wälzten. Jonsson, der immer noch am Rand des Kreises herumtrampelte, blieb plötzlich stehen.

»Sie?« fragte er.

Gustaf Åkerman stand mit geschultertem Gewehr hinter ihnen. Es war schwer zu sagen, wie lange er schon mit vorgerecktem Kopf dort stand und auf seinen Schnurrbartspitzen kaute.

»Sie müssen flott gegangen sein, wenn Sie jetzt schon hier sind.«

Jonsson wurde sichtlich wütend, als Gustaf nicht reagierte, denn er wandte sich an Georg und sagte aufgebracht:

»Wir waren auf einem Hof, der laut Karte Gökkällan heißt, und haben dieses Mannsbild dort angetroffen. Aber er wußte weder, wo die Tranänghütte liegt, noch, wo Sie sich aufhalten könnten.«

»Was ist los, Måns?« fragte Gustaf, ohne sich um Jonsson zu kümmern.

Måns konnte nicht anworten. Zwischen ihnen lagen fünf, sechs Meter, doch er spürte Gustafs Unruhe, so als hätte sie sich ihm auf die Haut gelegt.

»Aber er selber hat hierher gefunden«, sagte Jonsson. »Es war offensichtlich nicht so schwierig.«

»Månsilein ...«

Jonsson wandte sich hastig an Måns.

»War er auch dabei? War er auch mit in dem Bus?«

Måns schüttelte den Kopf.

»Halt die Klappe, Måns«, sagte Erik heftig.

Jonsson öffnete den Mund, um etwas zu sagen, aber im selben Augenblick knallte in der Ferne ein Schuß.

»Sind Sie noch mehr?«

»Einer ist da noch«, antwortete Georg langsam.

»Aber es waren nur Sie sechs im Bus? Bodin war nicht dabei?«

»Ich weiß nicht, was Sie meinen«, sagte Georg. »Der Teufel soll mich holen, aber ich werde nicht klug aus Ihnen.«

»Wir haben uns ein bißchen umgesehen«, sagte Jonsson. »Wir waren heute morgen auch auf Rasby oben und haben gehört, daß am Freitagabend mit demselben Zug wie diese Frau Hellberg ein Bruder der Fräulein Bodin angekommen ist. Sie sind wohl über den Kroktorpsvägen gefahren, um ihn abzuholen, nehme ich an. Ich habe gehört, Sie hätten versprochen, ihn abzuholen. Und dann ist das passiert.«

»Was?«

»Dieser Unfall.«

»Was sagen Sie da?« fragte Georg und reckte den Kopf vor.

»Daß der Unfall auf dem Kroktorpsvägen passiert ist. Der Bus kam ihr in der Kurve entgegen, und es gab eine Kollision. Und dann haben Sie sie von dort weggebracht und sind davongefahren.«

Georg wandte sich den anderen zu, doch keiner von ihnen sagte etwas. Er sah ratlos drein, so als wüßte er nicht, wie er erneut ansetzen sollte.

»Das sind unmäßige Anschuldigungen, die Sie da vorbringen«, sagte er. »Wir sind hier sechs Mann, die sich dafür verbürgen können, daß der Bus auf seinem Platz stand. Ich weiß nicht, was in Valborg gefahren ist. Ich werde wohl mit ihr reden müssen.«

»Es ist nicht nur sie«, sagte Jonsson. »Es spricht bereits zu vieles gegen Sie. Wir wollen mit Klas Bodin sprechen. Er kann ja sagen, ob Sie ihn am Zug abgeholt haben oder nicht.« Måns stand da und wartete auf einen Signalschuß von Bodin. Nach diesem einen dumpfen Knall war es absolut still in seiner Richtung. Plötzlich hörte er Sjunga Laut geben.

»Außerdem waren Per-Eriks Mårds Fingerabdrücke auf der Tasche«, sagte Lundahl. »Das haben wir festgestellt.«

»Ich hatte die Tasche in der Hand!«

Pelle schnellte von seinem Stein hoch und trat ganz dicht auf die beiden Polizisten zu.

»Und zwar gestern«, sagte er. »Ich hatte die Tasche gestern in der Hand, als Sie sie mir gezeigt haben! Deswegen also!«

»Gestern, ja«, sagte Jonsson ruhig. »Das wissen wir. Wir brauchten nämlich eine kleine Hilfe. Wir mußten die

Abdrücke, die wir schon vorher auf der Tasche hatten, identifizieren. Das waren eine ganze Menge, die der Frau und die dieses Chauffeurs, der die Tasche gefunden hatte. Und dann waren da die Ihren. Die waren schon vorher drauf.«

»Sie haben mich hereingelegt«, sagte Pelle und sah drein, als hätten sie ihm ins Gesicht geschlagen. »Sie haben mich hereingelegt, indem Sie mir die Tasche in die Hand drückten.«

Sjunga bellte noch immer mit rauher und ruhiger Stimme in nur einem Kilometer Entfernung. Måns schätzte, daß es ungefähr von Bodins Ansitz herkam. Er fragte sich, ob es ein Fehlschuß gewesen sei oder ob Bodin in Schußnähe eines Elchs zu kommen versuchte, den Sjunga gestellt hatte. Der Standlaut hallte die ganze Zeit über am Rand seines Bewußtseins. Pelle Mård und dem Polizisten zuzuhören war nur trostlos. Pelles Gesicht war zerrissen vor Angst.

»Sie müssen diese Tasche folglich irgendwie angefaßt haben«, sage Jonsson. »Wir könnten doch genausogut gleich erfahren, wie es sich zugetragen hat.«

»Wir wollen auch mit Bodin sprechen.«

Lundahl sah sich um.

»Können Sie ihn rufen?«

»Er ist auf seinem Ansitz«, entgegnete Georg. »Das war er, der eben geschossen hat.«

»Es ist am besten, Sie rufen ihn hierher.«

Erik Emilsson nahm seine Büchse, entfernte sich ein paar Meter und feuerte in rascher Folge zwei Schüsse ab. Dabei sah er Pelle an.

»Kommt er denn davon?« fragte Jonsson. »Ist es nicht am besten, wenn wir ihn holen?«

»Ich kann gehen«, sagte Måns. »Ich muß ohnehin Sjunga vom Stellen abbringen. Es sieht ganz danach aus, als hätte es sich ausgejagt.«

»Wir gehen alle zusammen«, sagte Jonsson.

Zögernd und schweigend gingen sie hinter Måns und den beiden städtisch gekleideten Polizisten her. Lediglich Pelle blieb bei dem Elchhirschkalb, und plötzlich rief er ihnen nach:

»Ich bin nicht gefahren!«

Jonsson wirbelte herum.

»Was hat er gesagt?«

»Er hat gesagt, daß er den Bus nicht gefahren hat, als es passiert ist«, sagte Måns. »Trotz dieser Tasche und allem, er war es nicht. Ich war es.« Er sah dabei nicht die Polizisten an, sondern Gustaf. Er sah, eine Sekunde bevor der Schmerz kam, den verstörten Schatten in seinem Blick. Er hatte ihm weh getan. Aber was er gesagt hatte, war wahrscheinlich nichts Neues für ihn gewesen.

»Es ist das beste, wenn wir hören, wie es sich zugetragen hat.«

»Das sollen Sie. Ich werde nur den Hund holen und nach Bodin suchen.«

Er führte sie im Zickzack durch den Wald zu der Stelle, wo Sjunga rauh und fest Laut gab, der von der Bergflanke widerhallte. Unbewußt kreuzte Måns gegen den Wind und hatte die Büchse schußbereit. Seiner Gewohnheit gemäß ging er leise und vorsichtig, doch hinter ihm dröhnten die Schritte der anderen im langen Gänsemarsch. Pelle kam hinter ihnen hergerannt.

Måns verspürte eigentlich nichts anderes als eine merkwürdige Erleichterung. Ein bißchen schämte er sich auch für Pelles Winkelzüge und Georgs Hartnäckigkeit. Georg war wie ein standtreuer Hund. Er würde sicherlich noch eine gute Weile fortfahren zu leugnen, trotz der Handtasche und der Zeugenaussagen und Månsens Geständnis.

Er versuchte die beiden trockenen Fußes ein Stück oberhalb des Laggs an dem langen Ausläufer des Flymyran, der sich zum Berg hin erstreckte, entlangzuführen. Sie gingen nicht gerade behutsam vor. Zweige knackten, und die Schritte dröhnten schwer zwischen den Huckeln nieder. Der jüngere der beiden fluchte, wenn er zu tief einsank. Die anderen kamen hinterher, und er konnte Rickard aufgeregt mit Georg reden hören, verstand aber nicht, was sie sagten. Doch trotz der Stimmen und Schritte ließ der Standlaut dort oben nicht nach. Sie waren jetzt so nahe, daß Måns, wenn er allein und alles so gewesen wäre, wie es sein sollte, zu schleichen und sich zu schlängeln begonnen hätte. Sjungas Laut verwirrte ihn. Er schien von einer Stelle ganz in der Nähe von Bodins Ansitz zu kommen, und Bodin hatte dort gerade vorhin einen Schuß abgegeben. Warum schoß er nicht noch einmal? Warum stand der Elch noch da und ließ sich von Sjunga anbellen, obwohl Bodin gefehlt und sich verraten hatte?

»Einen Augenblick«, sagte er leise zu Lundahl, der gleich hinter ihm kam. »Sie hat da unten in der Senke einen Elch gestellt. Ich möchte mich gern anpirschen.«

»Wir haben jetzt keine Zeit zum Elchejagen«, versetzte Lundahl.

Er hatte ja recht damit, und Måns fand es selber seltsam, daß er diese gewohnte und gleichwohl elektrisierende Spannung empfinden konnte, wenn er Sjunga hörte. Immerhin konnten sie nicht viel dagegen tun, daß er sie in einem weiten Bogen gegen den Wind führte, so daß sie an der Senke vorbei zum Berg kamen. Er machte ihnen ein Zeichen, daß sie stehenbleiben sollten.

Die Totenglocke dröhnte durch den Wald. Ausdauernd und ohne zu ermatten hallte der Laut schwer wie Schläge von der Bergflanke wider.

»Wo ist er?«

»Sie muß ihn gleich oberhalb der Kiefer mit dem lyrenförmigen Stamm gestellt haben, die Sie dort unten sehen. Die, die so weiß leuchtet. Es kommt von den Wacholderbüschen da drüben. Da hat sie ihn.«

»Nein, Bodin«, sagte Lundahl gereizt. »Wo ist Bodin?«

»Er sollte auf dem Ansitz dort sein. Er hat ihn wohl verlassen.«

Die beiden Polizisten gingen an ihm vorbei in die Senke hinunter.

»Warten Sie!« rief Måns und rannte ihnen nach. »Sie können doch in die Schußlinie laufen, wenn er noch da ist. Warten Sie!«

Sjunga mußte seine Stimme gehört haben. Die Totenglocke verstummte abrupt.

»Bodin!« rief Måns. »Bist du da!«

Um ihn herum war es still. Die anderen standen in einem Haufen weiter oben am Berg und starrten zu den Wacholderbüschen hinunter. Die Polizisten hatten sich wieder zu ihm zurückgezogen und wirkten ein wenig ängstlich. Sie erwarteten wohl jeden Augenblick einen Schuß aus irgendeinem Jungwuchs. Plötzlich kam Sjunga aus dem Dickicht gejagt und warf sich Måns vor die Füße. Sie winselte und wand sich und war auf und davon, noch ehe er sie an die Leine nehmen konnte.

»Was ist denn mit dem Hund los?« fragte Jonsson. »Warum führt er sich so auf?«

»Ich weiß nicht«, erwiderte Måns. »Sie benimmt sich sonst nie so. Sie verläßt nie freiwillig einen Elch.«

Jetzt fing sie von neuem an. Ihr Laut hämmerte gegen den Berg. Die Totenglocke klang schriller und ängstlicher, nachdem Sjunga mit Måns Kontakt gehabt hatte. Er scherte sich nicht mehr darum, vorsichtig zu sein, gab zwei Schüsse in die Luft ab und rief nach Bodin. Als niemand antwortete, rannte er hinunter und quer durch die Senke zu dem Wacholdergebüsch. Lundahl folgte ihm dicht auf den Fersen.

Als sie dort angelangt waren, warf sich Sjunga wieder heiß und eifrig vor ihm hin. Er trieb sie weg und trat ein paar Schritte näher. Bodin lag auf der Erde, von der explodierenden Büchse auf den Rücken geworfen. Gesicht und Hände hatte es bis zur Unkenntlichkeit zersprengt. Måns wankte ein paar Schritte zurück und stolperte über Lundahl.

»Was ist denn?«

»Sehen Sie selbst.«

Die anderen kamen zu dem Wacholderdickicht heruntergerannt. Måns kauerte sich zusammen und schlug die Hände vors Gesicht. Er zitterte am ganzen Körper. Er hörte die Schritte der anderen dumpf über den weichen Boden plumpsen und Lundahl rufen:

»Es ist ein Unglück geschehen! Es ist ein schweres Unglück geschehen!«

13

Donnerstag, 17. Oktober
Freitag, 18. Oktober

Langsam kamen sie aus dem Gebüsch, wo struppig und aufrecht wie Soldaten die Wacholderbüsche um die Leiche standen.

»Können wir nichts darüberlegen?« bat Pelle.

»Schauen Sie einfach nicht hin«, sagte Jonsson schroff.

Er war selber weiß um die Nase und wirkte müde.

»Im übrigen können Sie Lundahl den Weg zum Auto zurück zeigen.«

Dankbar ging Pelle voran, als Lundahl sich auf den Weg machte, um aus der Stadt Verstärkung anzufordern sowie eine Bahre, worauf man die Leiche zur Straße tragen, und einen Wagen, mit dem man sie von dort wegbringen konnte.

»Die anderen können hierbleiben.«

Er hatte sich auf einen Stein gesetzt und wischte sich mit einem Taschentuch, das in ihren Augen säuberlich weiß und fremd leuchtete, die Stirn ab.

»Wir müssen als erstes das hier aufklären. Auf das Busunglück können wir später zurückkommen. Armer Teufel. Solche Unfälle passieren nicht oft.«

Er sprach jetzt von Bodin. Er schien von dem, was er gesehen hatte, mitgenommen zu sein. Plötzlich sah er auf, und man merkte, daß ihm der Gedanke ebenso unvermutet durch den Kopf geschossen war, wie die Worte nun aus ihm herauspurzelten:

»Wußte er von der Sache mit dem Bus?«

Georg antwortete prompt, zu prompt, wie Måns fand.

»Nein, er wußte nichts davon. Er wußte natürlich, daß wir ihn abholen wollten, aber nicht zum Bahnhof kamen. So viel wußte er.«

Erik hakte ein. Er schien erpicht darauf zu sein, Jonsson den Unfall so genau wie möglich zu rekonstruieren.

»Er hat seit halb neun auf dem Ansitz gesessen. Sie haben den Schuß selbst gehört. Da waren Sie ja schon da. Mit der Büchse muß irgend etwas nicht in Ordnung gewesen sein. Die hat es ihm ja in den Händen gesprengt, als er geschossen hat.«

Måns hatte lediglich Bodin gesehen und in halb betäubtem Zustand festgestellt, daß er tot und kaum wiederzuerkennen war. Er versuchte Sjunga zu beruhigen, die nach dem Schuß, der für sie auf so unbegreifliche Weise geendet hatte, vor Angst außer sich war. Er hatte sich bis jetzt keine Gedanken darüber gemacht, wie das Ganze zugegangen war, die machte er sich erst, als er Eriks Erklärung hörte. Da konnte er allerdings nicht mehr begreifen, daß Jonsson so müde und augenscheinlich ruhig dasaß und zuhörte, wie einer nach dem anderen seine Theorie darüber darlegte, was mit der Büchse losgewesen sein könnte. Er muß doch begreifen, daß das Mord gewesen ist, dachte Måns. Er hat schließlich selber danach gefragt, ob Bodin von der Sache mit dem Bus etwas gewußt habe. Damit war ihr Motiv doch ebenso sonnenklar beleuchtet wie der Flecken aus frostbraunem Gras, in dem Bodins Leiche lag.

Måns paßte Erik ab und zog ihn beiseite. Das Warten auf die Leute, nach denen Lundahl sich auf den Weg gemacht hatte, würde sich in die Länge ziehen, und sie setzten sich schließlich still neben ihre Rucksäcke und Waffen vor den Wacholderbüschen. Erik wirkte gereizt, folgte ihm aber zum Fuß des Berges, als er ihn am Ärmel zupfte. Es war weder die Zeit noch der Ort, sich auf Erklärungen dafür einzulassen, weshalb er glaubte, was er glaubte.

»Was hast du gestern nachmittag gemacht?« fragte er ohne Umschweife. »Als wir in der Stadt auf der Bank waren. Du warst als einziger noch hier.«

Er mußte verstanden haben, was Måns dachte, doch merkwürdigerweise schien es ihn nur zu belustigen.

»Das wird dir nichts bringen«, erwiderte er. »Ich war den ganzen Nachmittag zu Hause, das kann Inga-Stina sowohl dir als auch der Polizei bezeugen. Er hat sich mit dieser Doppelbüchse selbst in die Luft gejagt.«

»Wie passend!« sagte Måns. »Nein, du, das glaube ich nicht.«

»Ich finde es nicht so passend, was das angeht. Wir sind ja trotzdem dran.«

»Falls du hingegangen bist und an seiner Büchse herumgebastelt und was reingetan hast ...«

»Hältst du mich denn für so dumm, daß ich hingehe und eine Sprengladung in eine Büchse packe?«

»Du bist der einzige, der es getan haben kann«, versteifte sich Måns. »Als wir gestern in der Stadt waren.«

»Ich war am Nachmittag zu Hause. Ich war überhaupt nicht vor der Tür.«

Er schien ihn kaum ernst zu nehmen.

»Es war ein Unfall. Begreifst du das nicht? Es war ja nicht einmal jemand in der Nähe.«

»Die Polizei wird sich damit nicht zufriedengeben.«

»Das wird sie wohl müssen.«

Er drehte sich um und ließ ihn stehen. Måns hatte das Gefühl, daß Jonsson sie beobachtete. Vermutlich war er mißtrauisch, doch er sagte nichts. Er saß nur da, um Bodins Leiche und die zersprengte Waffe zu bewachen, so daß niemand auf die Idee käme, sie anzurühren, bevor sie untersucht wäre. Daß er darüber Bescheid wußte, was sie am Freitagabend mit der verunglückten Frau angestellt hatten, erschien Måns jetzt unerheblich. Sie hatten gemurkst und gemogelt und versucht davonzukommen, waren aber gescheitert. Verglichen mit diesem hier, war das gleichgültig. Dies hier war Mord. Er war überzeugt, daß es Mord war und daß sie nicht davonkommen würden. Einer von ihnen wußte, wie es vor sich gegangen war. Einer von ihnen hatte auf eigene Faust gehandelt und geglaubt, ihnen damit einen Dienst zu erweisen. Er würde sie mit in den Abgrund reißen. Måns war von diesem Ende so überzeugt, daß ihm übel wurde und er Mühe hatte, stillzusitzen. Das Warten zog sich unendlich hin. Er stellte sich vor, wie Pelle und Lundahl durch den Wald trotteten, über Tranängen und zur Hütte hinauf. Sie kürzten zur Straße hinunter ab und kämen zum Auto. Er versuchte auszurechnen, wieviel Zeit sie brauchen würden, bis sie mit den anderen, die sie aus der Stadt herbeiriefen, wieder zurück wären, aber diese Zeit verging ein paarmal, bis deren Schritte und Stimmen zu hören waren, und ihm war klar, daß er sie zu geizig bemessen hatte.

Drei uniformierte Polizisten waren es, die mit einer Bahre und Instrumententaschen kamen. Lundahl hatte sich Stiefel angezogen und bewegte sich freier. Pelle war nach wie vor dabei und wies ihnen den Weg. Er war blaß und redete unentwegt.

Måns setzte sich ein Stück weiter weg und kehrte ihnen den Rücken zu, während sie sich an Bodins Leiche zu schaffen machten. Ihre Stimmen waren laut und alltäglich, und die Sache schien sie nicht mitzunehmen. Sie sind ja auch darauf vorbereitet, dachte Måns. Sie sind nicht so wie wir über ihn gestolpert. Sie machten einen effizienten Eindruck, und er begriff, daß sie in erster Linie an der Büchse interessiert waren. Sie würden sie zusammensammeln, und er wußte, daß sie ein Teil nach dem anderen untersuchen und herausfinden würden, was die Explosion verursacht hatte. Es gab überhaupt keine Möglichkeit, dem zu entkommen. Was immer er in die Büchse gesteckt hat, sie werden es finden, dachte er. Auch wenn es diese in tausend

Splitter zerfetzt hat. Er wurde von einem unbändigen Haß auf denjenigen ergriffen, der diesen plumpen und unappetitlichen Mord, den man unweigerlich entdecken würde, arrangiert hatte. Es mußte Erik gewesen sein. Er log, wenn er sagte, er sei zu Hause gewesen.

Zwei der Polizisten trugen die bedeckte Bahre zwischen sich, als sie die Senke verließen. Erik Emilsson ging voraus, um ihnen den ebensten und am leichtesten zu begehenden Weg zu zeigen. Die anderen folgten ihm in einer langen, schweigenden Reihe. Sie gingen langsam, und die Polizisten mußten ein paarmal wechseln. Måns hielt sich vom Trägerdienst fern.

Als sie zur Straße hinunterkamen, durften sie nach Hause gehen, wenn sie wollten. Das erstaunte Måns, der sich vorgestellt hatte, daß die Aufdeckung und Ergreifung eine rasche und katastrophale Affäre sein würde. Bei näherer Überlegung verstand er es besser. Er schnappte sich sein Fahrrad und fuhr, ohne zu den anderen etwas zu sagen, gleich nach den Polizeiautos los. Er wollte als erster beim Forsthaus sein.

Als er dort ankam, war Eriks neue Hilfe gerade dabei, im Hof Wäsche aufzuhängen, und er bat als allererstes, telefonieren zu dürfen.

»Ist etwas passiert? Du siehst völlig verstört aus, Westling.«

Er reagierte nicht darauf, sondern ging ins Haus und rief Eva an.

»Warte bitte auf mich«, sagte er. »Ich komme gleich. Ich will mit dir reden. Aber geh bitte nicht aus dem Haus.«

»Was ist denn?«

»Ich bin gleich da. Bleib einfach zu Hause.«

Es durfte nicht dazu kommen, daß jemand mit Eva redete, bevor er zu Hause wäre. Zuerst aber mußte er sich Klarheit über Erik verschaffen.

Inga-Stina stand bestürzt mit dem Klammerbeutel auf

dem Bauch da, als er hinauskam. Sie war eine schwarzgekräuselte und ein wenig groß geratene Schönheit, die seit gut zwei Monaten Eriks Haushalt mehr schlecht als recht versorgte.

»Da sind zwei Polizeiautos vorbeigefahren«, sagte sie. »Es ist doch hoffentlich kein Unglück geschehen.«

»Doch. Klas Bodin hat es die Büchse zerrissen.«

»Jesses! Ist er tot?«

»Ja. Aber ich habe da noch eine Frage. Ich habe es eilig.«

»Ja, was denn?«

»Was hat Emilsson gestern nachmittag gemacht?«

Ihre vorübergehend ins Stocken geratene Gedankentätigkeit setzte sich mit einem Ruck in Gang.

»Was hat das mit dem Unglück zu tun?«

»Ich rede nicht von dem Unglück. Das ist soeben erst geschehen. Aber was hat Emilsson gestern gemacht?«

»Er war zu Hause.«

Sie versuchte sich aus seiner Eile und seinem Ernst einen Reim zu machen, doch es gelang ihr nicht.

»Die ganze Zeit?«

»Er ist von der Treibjagd nach Hause gekommen«, sagte sie. »So um halb eins.«

»Das weiß ich. Wir haben uns ungefähr um halb eins von ihm verabschiedet. Und dann?«

»Dann war er zu Hause. Frag ihn doch selber. Ich glaube, es würde ihm nicht gefallen, wenn ich ...«

»Pfeif drauf«, sagte Måns. »Die Fragen stelle ich hier.«

»Er war zu Hause und saß meistens auf dem Sofa. Er war übrigens fürchterlicher Laune.«

Sie machte sich wieder daran, Laken aufzuhängen, und wirkte wütend. Vermutlich trug sie sich mit Kündigungsgedanken.

»Kannst du das beschwören?«

»Jaa, schon. Ich kann beschwören, daß er in seinem Zimmer auf dem Sofa lag und schrecklicher Laune war, sobald ich versuchte, um einen Handgriff zu bitten oder etwas zu fragen. Als er dann eure Autos vorbeifahren sah, wollte er gleich zur Tranänghütte hinauf. Da hatte er es plötzlich eilig und wollte sofort Proviant bereitet haben, obwohl er zuvor keinen Mucks davon gesagt hatte. Aber so ist das ja ständig.«

»Wann war das?«

»So um halb sechs.«

»Stimmt«, sagte Måns. »Wir waren vor ihm in der Hütte.«

»Was stimmt, wenn ich fragen darf?«

»Das laß mal meine Sorge sein«, sagte er und war schon auf dem Fahrrad.

»Ich werde Emilsson erzählen, daß du da gewesen bist und gefragt hast!« rief sie ihm nach.

»Tu das.«

Verwirrt und böse stand sie mit einem großen nassen Laken im Arm da und sah ihm nach, als er in der Wegbiegung verschwand. Er war überzeugt, aber nicht beruhigt. Die Sache war nicht so selbstverständlich, wie er angenommen hatte. Aber ein Unfall – das glaubte er nicht. Es gibt keine Unfälle, die so passend kommen, dachte er. Oder so unpassend.

Zuerst hatte er Eva alles erzählen wollen, so daß er es hinter sich hätte, bevor die Polizei zurückkäme. Doch nun war er unsicher und beschloß, über alles, was Bodin und dessen Rolle in der Geschichte betraf, zu schweigen. Das andere reichte schon.

Sie erwartete ihn in der Küche, wo sie mit untätigen Händen und fremdem, erwartungsvollem Blick am Tisch saß.

»Da sind zwei Polizeiautos vorbeigefahren«, sagte sie.

»Es hat einen Unfall gegeben.«

Er erzählte, Klas Bodin habe unterhalb des Berges angesessen und auf einen Elch geschossen, den Sjunga herausgetrieben habe.

»Seine Büchse hat es zerrissen. Er war sofort tot.«

»Woran kann das gelegen haben?«

»Das wissen wir nicht. Die Polizei wird das natürlich untersuchen.«

»Die Polizei?«

Es schien, als wollte sie um das Wort herumgehen und dahinter etwas finden. Mit einem Mal war ihm bewußt, daß sie von dem, was um sie herum geschehen war, schon mehr geahnt hatte, als ihm klar war.

»Die Polizei muß Unfälle doch immer untersuchen«, erwiderte er lahm, und sie nickte geistesabwesend. Das Schlimmste stand ihm jedoch noch bevor. Während er dasaß und nach den richtigen Worte suchte, um in dieser schwierigen Sache einen Anfang zu finden, kam Albinsson durch den Küchenflur hereingestiefelt. Eva warf ihm den obligatorischen Blick auf seine Stiefel zu, und er zog sie aus, bevor er eintrat. War Eva zufällig nicht in der Küche, wenn er zum Essen oder zum Kaffee kam, dann stiefelte er schnurstracks über die Reihe der Flickenteppiche und hinterließ schwarze Abdrücke. War sie dagegen da, dann zog ihr Blick an der Schwelle zum Flur eine magische Linie, welche die Stiefel nicht überschritten.

»Es müßte eigentlich Zeit zum Kaffeetrinken sein«, sagte er und legte seinen Hut neben sich auf die Küchenbank.

»Albinsson, du hast eine Uhr im Bauch«, entgegnete Eva.

»Freilich, sogar eine, die genau geht.«

Er war noch nie auch nur eine halbe Minute unpünktlich zu einer Mahlzeit erschienen. Damit wird sie sich herumzuschlagen haben, dachte Måns. Albinsson wird der Mann im Haus.

»Ich muß mit dir reden.«

»Ja?«

»Du kannst unseren Kaffee nehmen und mit ins Büro kommen.«

Bestürzt und enttäuscht starrte Albinsson ihnen nach,

das Gebäck auf halbem Weg zum Mund. Der Gast ist wie ein Fisch, er bleibt nicht lange frisch, stand über seinem Kopf. Månsens Mutter hatte diesen Spruch auf Leinen gestickt. Sie hatte auch ihren Albinsson gehabt.

»Du erinnerst dich, daß Rickard am vorigen Freitagabend angerufen hat, als ich nach Stora Nybygget gehen wollte«, sagte er und schloß die Tür des Büros. »Er hat gesagt, daß Klas Bodin sich verspätet habe und mit dem letzten Zug kommen würde. Setz dich.« Sie setzte sich zögernd auf den Stuhl vor dem Schreibtisch und balancierte ihre Kaffeetasse auf den Knien. Er erzählte das, was am Freitagabend geschehen war, so genau, wie er nur konnte. Er merkte jedoch, daß er sich hetzte. Es sollte so schnell wie möglich gehen. Es sollte zu Ende sein, und sie sollte endlich das ihre sagen können.

Doch sie sagte nichts. Sie stellte die Tasse auf den Schreibtisch. Diese schwappte über, und der Kaffee benetzte das Kreuzstichtuch. Måns hatte den Eindruck, daß sie auf ihrem Stuhl kleiner wurde, als sie die Hände vors Gesicht schlug. Sie saß lange still, und er sah ihr Gesicht nicht. Das war das Schwierigste. Er wußte, daß dies, was immer danach noch kommen würde, das Schwierigste war.

Albinsson klopfte leise an der Tür und steckte den Kopf herein.

»Mir ist der Motor stehengeblieben, so daß ich die Bügelsäge nicht in Gang kriege«, sagte er. »Die Frage ist nun, ob eine Sicherung durch ist.«

Måns fragte sich, wie lange er wohl über diese elegante Erklärung für sein Auftauchen nachgegrübelt hatte.

»Denk mal selber drüber nach und laß uns ein bißchen in Ruhe.«

»Nimm dir noch mal Gebäck und Kaffee«, sagte Eva mechanisch, als Albinsson die Tür schloß. Ihr Blick war starr, und sie wirkte geistesabwesend.

»Wußte Bodin etwas davon?«

Merkwürdig, daß sie ausgerechnet darauf kam. Einen Augenblick lang hatte er gute Lust, sich von allem zu entlasten. Sie könnte genausogut erfahren, wie Bodin sie erpreßt hatte und zu welchen Plänen sie ihre Angst und ihr Haß getrieben hatten. Er überlegte es sich jedoch anders. Das war zuviel. Absolution konnte er nur etappenweise verlangen. Er schüttelte den Kopf.

»Aber die Polizei weiß es.«

Das schien sie nicht sonderlich zu berühren.

»Die waren bereits da, als das Unglück mit Bodin geschah. Sie waren gekommen, um uns über das Unglück mit dem Bus zu befragen.«

»Das war dir ja wohl klar«, sagte sie.

»Nein! Ich habe gedacht, es würde gehen. Ich habe mich nur deshalb darauf eingelassen, weil ich gedacht habe, daß dies die einzige Möglichkeit sei, darum herumzukommen ...«

»Worum?«

»Daß du allein sein mußt. Für eine Weile.«

»Für wie lange?«

»Das weiß ich nicht. Schließlich bin ich es gewesen, der gefahren ist! Deshalb hatte ich ja auch solche Angst vor dem, was danach kommen würde. Daß du das hier nicht schaffen würdest. Es war Eriks Idee, sie am Nipparbolsvägen zurückzulassen.«

Er merkte jedoch, daß er jetzt begann, anderen die Schuld zuzuschieben. Er erzählte zwar genau, wie es war, trotzdem sah er ihren Augen an, daß in seinen Worten Ausflüchte und Winkelzüge lagen.

»Es wäre besser gewesen, wenn du selbst darauf gekommen wärst«, sagte sie.

Er war veblüfft. Ihr Gesicht war fast kantig vor Zorn.

»Entweder die Polizei anzurufen, als es passiert ist, und dafür geradezustehen. Oder auch dafür geradezustehen, worauf du dich nun eingelassen hast.«

»Ich muß ja wohl dafür geradestehen«, sagte er und merkte, daß ihr Zorn ihn ansteckte. Er wollte Vergebung erhalten und Zerknirschung verspüren, nicht ausgescholten werden.

»Das muß ich auch.«

Sie begann zu weinen. Er konnte nichts machen. Das Weinen war eine einsame und aufreibende Arbeit, die sie durchstehen mußte, doch danach war sie wieder sanfter.

»Du hast uns sauber was eingebrockt«, sagte sie. »Aber du bist wie ein kleines Kind.«

Das war nicht die Art Verzeihung, die er sich erhofft hatte, doch er mußte sich damit begnügen. Sein Entschluß, über Bodin und das, was das andere, das Furchtbare, betraf, zu schweigen, festigte sich nur noch. Dort wäre die Grenze dessen, was ihre Sanftheit hinnehmen konnte. Sie würde ihre harte Seite nach außen kehren, und alles, was dagegenstieße, würde entzweigehen.

»Dann wird die Polizei ja wohl bald wieder hier sein«, sagte sie und erhob sich.

»Es wird vermutlich so sein, daß ich hinfahren muß zum Verhör.«

»Und wann wird das sein?«

Das wußte er nicht. Sie brachte die Tassen mit dem kalten Kaffee hinaus, und nach einer Weile hörte er, daß sie angefangen hatte, abzuspülen. Göran und Hasse waren aus der Schule gekommen, und die Nachricht über das Unglück im Wald mußte bereits dorthin vorgedrungen sein, denn er hörte Göran die Sache mit mehr Variationen auslegen, als er, der er selbst am Unglücksort gewesen war, hatte erfassen können. Er saß noch in seinem Büro und konnte sich zu nichts aufraffen. Die Angst der Halbheit nagte an ihm. Halb war ihm verziehen, halb und halb war er ein Mörder. Bodin war mit und gegen seinen Willen gestorben. Oder war es ein Zufall gewesen, der ganz nach Art der Zufälle pendelte und genau dort eintraf, wo man lediglich feststellen konnte, daß dieses Eintreffen sinnlos und ohne Wert war?

»Leider sind solche Unfälle gar nicht so ungewöhnlich«, sagte Lundahl, als Måns ihm tags darauf in dessen Dienstzimmer am Schreibtisch gegenübersaß. Er hatte von Bodin zu sprechen begonnen. Måns war am Freitag genau eine Woche nach dem Unglück auf dem Kroktorpsvägen zum Verhör einbestellt. Er konnte merken, daß Lundahl mit sich selbst und seiner Arbeit, die innerhalb einer Woche ein Ergebnis gebracht hatte, zufrieden war. Was die Explosion der Büchse und Bodins Tod betraf, hatten die Ermittlungen schon innerhalb weniger Stunden ein Ergebnis gebracht. Es war kein komplizierter Unfall. Lundahl hatte allen Grund, zufrieden zu sein, und seine sachliche Freundlichkeit gegenüber Måns grenzte schier an Munterkeit.

»Dieses Risiko nimmt man auf sich, wenn man an Vollmantelgeschossen manipuliert und sie rechtmäßig macht, indem man die Mantelspitze abfeilt«, erklärte er.

Måns war verblüfft und kam sich dumm vor. Das hatte er doch auch schon vorher gewußt, aber er war zu überreizt gewesen, um diesen einfachen Schluß zu ziehen. Aus einem sinnlosen Unglücksfall, den Lundahl mit einigen dürren Worten erklären konnte, hatte er einen Mord machen wollen.

»Ein Vollmantelgeschoß ist ja nicht wie ein einfaches Teilmantelgeschoß hinten geschlossen«, fuhr Lundahl fort und zeichnete mit einem Bleistift ein kleines und krakeliges schematisches Bild einer Kugel.

»Feilt man vorn die Umhüllung weg, um das Blei freizulegen, kann der Mantel ja steckenbleiben, und nur der Bleikern wird ausgestoßen. Er wird ganz einfach von der Reibung im Lauf gesprengt. Das ist an sich ja kein Unglück, doch der nächste Schuß wird lebensgefährlich. Wenn der Mantel im Lauf zurückgeblieben ist, dann kann der nächste Schuß die Waffe sprengen. Aber das wissen Sie vielleicht?«

Måns nickte.

»Das ist kein Spielzeug«, sagte Lundahl. »Es ist dumm, an solchen Sachen herumzubasteln.«

»Er war recht sparsam«, sagte Måns. »Wollte gern eine Verwendung für diese Munition haben, obwohl sie eigentlich nicht zugelassen ist.«

»Nun, dazu sage ich ja nichts. Sie wurde ja ganz rechtmäßig, nachdem er die Spitze abgefeilt hatte. Aber es ist nun mal gekommen, wie's gekommen ist.«

»Und Sie wissen, daß es daran lag?«

Måns wich seinem Blick aus und widmete sich der Skizze auf dem Fließpapier.

»Wir haben die Waffe untersucht«, sagte Lundahl. »Es besteht gar kein Zweifel daran, wie das Unglück verlaufen ist. Ich bin jedoch der Meinung, daß Sie als alte Schützen und Jäger ihn hätten warnen sollen.«

»Das hätten wir vielleicht tun sollen«, sagte Måns. »Aber er hat gemacht, was er wollte.«

Sie sprachen nicht mehr darüber. Das Unglück mit der Büchse war eine einfache Geschichte verglichen mit dem tödlichen Unfall auf dem Kroktorpsvägen. Im Lauf der Untersuchung bekam Måns viele Kartenskizzen zu sehen, auf denen die Landstraße zum Bahnhof, der Nipparbolsvägen und der Kroktorpsvägen zusammen mit Uhrzeiten und Fahrtrichtungen aufgezeichnet waren. Er bekam allmählich mit, daß es fünfundvierzig Minuten gedauert hatte, das Unglück zu vollbringen. Für das Überfahren wurden nur Sekunden angesetzt. Doch dann folgte der Ablauf der Ereignisse, auf dessen Ermittlung die Polizei am meisten Arbeit verwandte. Ihr Interesse für das, was in der Freitagnacht Minute um Minute geschehen war, erlahmte nicht, bis sie bei dem Moment angelangt waren, da der Bus auf den Wendeplatz von Stora Nybygget gefahren war.

Es dauerte mehr als ein halbes Jahr, bis die fünfundvierzig Minuten jener Oktobernacht dem Schöffengericht dargelegt werden konnten. Es war ein warmer Maitag, und die schwarzen und laubglatten Wege des Oktobers schienen sehr fern. Måns lauschte den Beschreibungen des Tathergangs und sah Karten mit Pfeilen, Kreuzen und Uhrzeiten. Er empfand keine Verwandtschaft mit dem Westling, von dem der Ankläger sprach. Ebensowenig mit dem Westling, für den sein Anwalt vierzig stickige Minuten lang plädierte. Hin und wieder sah er nach Eva, doch sie hörte aufmerksam zu und sah ihn erst an, als er die Fragen beantwortete, und dabei konnte er sich nicht umdrehen und ihren Blick suchen.

Das Schöffengericht stellte Erwägungen darüber an, was also in der Sache vorgefallen war. Die Geständnisse der Angeklagten würden von den übrigen Umständen in der Sache gestützt. Die Anklagen seien infolgedessen bestätigt. Das Schöffengericht, dessen Mitglieder müde wirkten und aus dem Fenster sahen oder mit Stiften auf dem Tisch vor sich spielten, befand, daß Måns Westlings Fahrlässigkeit beim Führen des Busses einzig eine Haftbarkeit wegen Fahrlässigkeit im Straßenverkehr nach sich ziehen sollte. Die Fahrlässigkeit sei somit nicht als grob zu bezeichnen. Im übrigen schloß sich das Schöffengericht dem Plädoyer des Anklägers an.

Der Richter trank Wasser. Sein weißes Hemd hatte in der Wärme rings um den Kragen einen Schmutzrand bekommen. Bei der Strafzumessung, befand das Schöffengericht, müsse teils das Abhängigkeitsverhältnis berücksichtigt werden, in dem Per-Erik Mård zu Georg Mård stehe, und teils, daß Erik Emilsson bei den als Inschutznahme von Straftätern bezeichneten Handlungen die treibende Kraft gewesen sei. Die Stimme des Richters hatte sich gesenkt. Er hob sie, und sein Zeigefinger glitt in den Hemdkragen und lockerte diesen unmerklich.

»Das Schöffengericht verurteilt Måns Westling gemäß Abschnitt 4, §§ 1 und 2, Abschnitt 14, § 9 des Strafgesetzbuches, § 1, Satz 1, § 4, Satz 1, sowie § 5, Satz 1 des Straßenverkehrsgesetzes wegen fahrlässiger Tötung, Fahrlässigkeit im Straßenverkehr, Trunkenheit am Steuer sowie Unfallflucht zu sechs Monaten Gefängnis; Per-Erik Mård gemäß Abschnitt 4, §§ 1 und 2, Abschnitt 3, § 4, Abschnitt 10, § 10 des Strafgesetzbuches sowie § 4, Satz 1 des Straßenverkehrsgesetzes wegen Beihilfe zu Trunkenheit am Steuer sowie Inschutznahme von Straftätern zu vier Monaten Gefängnis; Erik Emilsson gemäß Abschnitt 10 , § 10 des Strafgesetzbuches wegen Inschutznahme von Straftätern zu vier Monaten Gefängnis; Georg Mård gemäß Abschnitt 4, §§ 1 und 2, Abschnitt 3, § 4, Abschnitt 10, § 10 des Strafgesetzbuches sowie § 4, Satz 1 des Straßenverkehrsgesetzes wegen Inschutznahme von Straftätern zu vier Monaten Gefängnis; Rickard Turesson gemäß Abschnitt 10, § 10 des Strafgesetzbuches wegen Inschutznahme von Straftätern zu zwei Monaten Gefängnis sowie Anders Flod gemäß Abschnitt 10, § 10 des Strafgesetzbuches wegen Inschutznahme von Straftätern zu zwei Monaten Gefängnis.« Die einzige Frau des Gerichts hatte ihre dicklichen Hände verschränkt und sah Måns an. In Gedanken war sie vielleicht mit dem Essen beschäftigt, wofür es bald höchste Zeit war, und sie fragte sich wahrscheinlich, ob zu Hause jemand die Kartoffeln aufgesetzt habe. Ihr freundlicher, nicht sehender Blick ging direkt durch diesen Papierwestling hindurch, dessen Konturen die Stimme des Richters, die wie eine Stahlfeder auf grobem Papier klang, hinkratzte.

»Dem Anwalt Stellan Wulter wird für die Verteidigung Westlings aus öffentlichen Mitteln eine Erstattung des Honorars von fünfhundert Kronen zuerkannt, nämliche Summe ist von Westling der Staatskasse zurückzuerstatten. Westling ist ferner verpflichtet, der Staatskasse die Kosten der Obduktion in Höhe von einhundertundsiebzig Kronen zu erstatten.«

Die Stimme des Richters strebte weiter über die Seiten. Sie wurde immer dünner, und er mußte kurz innehalten, um erneut von dem lauwarmen Wasser zu trinken. Man hörte es an der erleichterten Hebung der Stimme, als er sich ans Ende geschleppt hatte.

»Mit Rücksicht auf das allgemeine Rechtsempfinden vertritt das Schöffengericht die Ansicht, daß eine Aussetzung der Strafe zur Bewährung nicht in Frage kommen sollte«, sagte er und legte seine Blätter zusammen.

14

Måns kam in der Mittsommerwoche des folgenden Jahres nach Hause, als die Wogen des Wiesenkerbels rings um Vinterrönningen schäumten und die Kuckucke verrückter riefen als in irgendeinem Jahr zuvor, soweit er zurückdenken konnte. Kurz darauf sah man die ersten Heureiter, und die Rufe verstummten. Der Sommer begann größer und dunkler zu blühen, und die grauen, hellen Nächte, die ihn zusammen mit dem Heimweh in den letzten Wochen vor seiner Heimkehr um den Schlaf gebracht hatten, gingen dem Herbstdunkel entgegen. Er hatte in diesen Sommermonaten zuviel zu tun, als daß er merkte, wie einsam sie geworden waren. Eva war abgemagert, und die Kantigkeit ihres Gesichts, die normalerweise bei Müdigkeit hervortrat, schien ihr erhalten zu bleiben. Mit dem Essen und Schlafen ein bißchen geschludert, erklärte sie. Aber es war gutgegangen, auch wenn es mühsam gewesen war. Daß sie es überhaupt geschafft hatte, war Gustaf Åkerman zu verdanken. Sie erzählte, daß er jeden Morgen auf seinem Fahrrad herübergekommen sei und nur gegen Kost gearbeitet habe. Albinsson habe nach Kräften geracker. Gustaf sei zwar doppelt so alt, aber ihm gehe das Doppelte von der Hand.

»Ich finde aber trotzdem, daß er alt geworden ist«, sagte sie. »Er hat sich nach dir gesehnt, wie er hier mit Albinsson gewühlt und gewerkelt hat.« Georg Mård hatte Nybygget verkauft und war fort. Er hatte nicht wie Måns um einen sechsmonatigen Aufschub der Vollstreckung nachgesucht. Eva hatte zu Beginn des Frühlings aus einer Stadt in Småland ein Lebenszeichen von ihm erhalten, und es schien bei ihm wieder kräftig bergauf zu gehen. Es handelte sich um eine Zementfabrik, doch wie sie sich anließ, erfuhren sie nicht. Er hatte wohl keine große Lust, weiterhin von sich hören zu lassen, wo er doch ohnehin nicht mehr zurückkehren würde. In jenen Herbstwochen hatte sie das Gerede wie eine dichte Mauer umgeben. Von Emilsson hatte kein Mensch etwas gehört. Zu Anders Flod hatte er gesagt, daß er sich nach Norrbotten bewerben wolle.

»Da oben soll es auf einen Quadratkilometer einen Menschen geben«, hatte Anders überlegt. »Da wird er dann schon Bewegungsfreiheit haben.«

Die Schwestern Bodin auf Rasby hatte eine akute moralische Lähmung befallen, als Rickard angeklagt worden war, und sie waren weder zu einer Verdammnis noch zu einer Vergebung in der Lage gewesen. Der Probst hatte ihnen in ihrer Seelenpein zu helfen versucht, doch Anders Flod, der gut unterrichtet war, wußte, daß sie mit Rickard, der in einem Büro in Stockholm Arbeit gefunden hatte, schließlich Briefkontakt aufgenommen hatten. Fanny war hingefahren und hatte festgestellt, daß es ihm ganz und gar nicht so gut erging, wie er es gewohnt war.

»Der kommt wieder zurück«, triumphierte Anders. »Die Liebe siegt, glaubt mir. Da mag der Probst sagen, was er will.«

Anders selbst hatte ebenfalls um Aufschub nachgesucht und war den Winter über fort gewesen. Zwei Monate waren ja auch nicht so lange, als daß seine finnische Frau auf dem Hof nicht hätte zurechtkommen können. Sie war stark wie ein Pferd und auch unter normalen Umständen arbeitsam, nun hatte sie noch extra zugepackt. Der Schulbesuch der ältesten Gillermäuse war natürlich etwas unregelmäßig geworden. Anders war an einem windigen Märztag direkt vom Bus nach Hause gekommen, unangemeldet und vor Heimweh schier platzend. Die Finnin stand am Herd, als er eintrat, und vermutlich war sie froh. Anders wollte natürlich genau wissen, wie es gewesen sei. »Naja, vom Herd hat es halt den ganzen Winter lang schaurig gequalmt, aber sonst ging's.«

Nun war Anders für Eva und Måns ein Gewinn, denn die Mauer aus Gerede stand immer noch dicht, sonderte sie ab und machte sie einsam. Måns hätte in einen Umzug eingewilligt, wenn Eva es gewollt hätte. Sie hatten jedoch nie darüber gesprochen. Im übrigen wandte Vinterrönningen nur eine Seite der Gemeinde und den Menschen zu. Die andere ging zum Wald hin.

Er ging oft in den Wald, wenn er sich frei machen konnte, mit oder ohne Gewehr. Eva konnte dafür anfangs nur schwer Verständnis aufbringen. Für sie war die Elchjagdwoche eine Erinnerung, die wie ein Haken alles auffischte, was sie vergessen und begraben wünschte, und in das nüchterne Licht des Nachdenkens zerrte.

»Du mit deinem Gewehr«, sagte sie und hörte sich an, als spräche sie von einem Spielzeug. »Denk daran, wie es Klas Bodin ergangen ist.«

Genau das tat er. Dieser Gedanke ließ ihn nicht einmal dann los, wenn er alle Hände voll zu tun hatte. Er leistete ihm im Wald Gesellschaft. Måns versuchte ihm beizubringen, bei Fuß zu gehen und vertraut statt aufdringlich zu werden. Aber er war eine Unruhe.

Sie bekamen einen ungewöhnlich späten und warmen Herbst. Die Elchjagdwoche schob sich wie ein Keil eines nur leicht vom Frost gezwickten Sommers in den Oktober. Am Tag vor dem Beginn der Jagd kam Gustaf in der Dämmerung aus Gökkällan angetappt. Er war eifriger denn je. Er hatte jetzt mit eigenen Augen gesehen, daß der Flymyrahirsch zurück war, schon im dritten Jahr. Den ganzen September über hatte er dessen Treiben verfolgt und wußte, daß er kürzlich abgebrunftet hatte und sich jetzt, nachdem er ruhiger geworden war und wieder Nahrung aufnahm, rings um den Spjuten und in dem großen Moor aufhielt. In kalten Septembernächten hatte er bei den Brunftkuhlen angesessen, nur um ihn zu sehen, und darüber geflucht, daß er seine Remington zu Hause gelassen hatte. Doch jetzt war es soweit. Jetzt war der Elch sogar für einen gesetzestreuen Volkspensionär zum Abschuß frei.

Daß Måns zögerte, vor allem Evas wegen, das verstand er. Er selbst bebte jedoch vor Eifer. Genau diesen Hirsch, den hatte er sich in den Kopf gesetzt, das gestand er ein. Es sollte sein letzter sein.

»Ich werde allmählich zu alt. Es sind vor allem die Augen. Nächstes Jahr tauge ich zu nichts mehr.«

»Geh nur mit ihm«, sagte Eva, und so widmete er sich den Rest des Abends der Reinigung seiner Büchse, er fettete sie ein und zog unter Evas Augen trockene Lumpen durch das kostbare Spielzeug.

Am ersten Tag taten sie ihre Schuldigkeit, indem sie ein Elchtier schossen, das im Schlachthaus einhundertundsiebzig Kilo abgewogenes Fleisch ergab. Gustaf war beinahe gereizt. Der große Hirsch, auf den waren sie aus. Alles andere hielt nur auf.

»Wahrscheinlich ist er so alt, daß er unbrauchbar ist«, sagte Måns. »Er wird wie alte Galoschen schmecken, wenn du ihn erwischst.«

Gustaf wollte jedoch kein Fleischjäger sein. Er jagte einen Traum auf vier Beinen. Träume haben kein Schlachtgewicht und keinen Stempel von der Fleischbeschau.

Am dritten Tag war Gustaf in der Tranänghütte schon vor dem Morgengrauen wach. Måns hörte ihn in der Grube kratzen, und im Halbschlaf stieg ihm Kaffeeduft in die Nase.

»Bist du gestern nicht müde geworden?« fragte er.

Sie waren kilometerweit gestiefelt, und selbst Måns spürte es in den Beinen.

»Das schlimmste ist, daß der Hund fertig zu sein scheint«, sagte Gustaf und sah Sjunga an, die zusammengerollt auf der Pritsche lag und ihre Augenschlitze nicht öffnete, obwohl er sie mit Zucker lockte.

»Es ist ja auch nicht gut, sie so oft vom Stellen abzubringen, wie wir es gestern getan haben«, sagte Måns.

»Das spielt bei einem so alten Hund keine Rolle. Sie weiß, daß wir auf etwas Besonderes aus sind. Das wirst du schon hören, wenn sie ihn stellt.«

Dachte er denn, die Totenglocke bekomme einen besonderen Klang, wenn es Sjunga gelingen sollte, den Alten mit dem Mördergeweih zu überlisten und zu stellen?

»Ich habe sie nie so bellen hören wie damals, als Bodin das Unglück zustieß«, sagte Måns.

Für Gustaf kam diese Bemerkung so unerwartet, daß er von seinem Kaffee, den er aus der Untertasse trank, aufsah.

»Tatsächlich?«

»Es war, als hätte sie mitteilen wollen, daß etwas passiert war.«

Trotz des Feuers war es kühl in der Hütte. Das Vormorgenlicht, das durch die zwei kleinen Fenster hereinfiel, reichte kaum bis zu der Pritsche, auf der er saß, und das erleichterte das Reden. Er wunderte sich darüber, daß er nun redete. Zwei Jahre lang hatte er nur gespürt, daß er das tun wollte.

»Weißt du eigentlich, daß es gar kein Unglück war?«

Gustaf sah erstaunt und peinlich berührt drein da drüben. Doch Måns wollte weiterreden.

»Die Polizei hat das eher im Vorbeigehen ermittelt. Es war schließlich ganz einfach, dahinterzukommen, wie er das mit den abgefeilten Kugeln und all dem Kram angefangen hatte. Dann mußten sie sich ja uns widmen. Aber sie haben uns nur für das Kleine drangekriegt.«

»Was meinst du damit?«

»Das mit der Unfallflucht und der Trunkenheit am Steuer sind nur Kleinigkeiten.«

»Ach ja?« fragte Gustaf zögernd.

Sie hatten nie über diese Sache gesprochen. Er wußte nicht, was Gustaf über seine damalige Handlungsweise dachte.

»Ja«, sagte Måns, »das sind Kleinigkeiten. Gegen Mord.«

Gustaf stellte die Untertasse ab und kam zu der Pritsche. Er schubste Sjunga beiseite und setzte sich. Er schien Måns ins Gesicht sehen zu wollen.

»Du weißt, wie es vor sich gegangen ist«, fuhr Måns fort. »Er soll einen Schuß mit einer abgefeilten Kugel abgegeben haben, die im Lauf explodiert ist, so daß der Mantel zurückblieb. Der nächste Schuß sprengte die Waffe.«

»Ja, das ist ja untersucht worden.«

»Die Sache ist nur die, daß er diesen ersten Schuß nie abgegeben hat.«

Er war sich nicht sicher, ob Gustaf ihn verstand.

»Nein?«

Måns wurde eifrig.

»Du warst doch selbst bei der Treibjagd dabei, als die Inspektion kam und er seine Munition versteckte.«

»Ich erinnere mich noch gut daran. Schließlich war ich es, der ihm diesen Trick beigebracht hat. Wenn also jemand etwas dafür kann ...«

»Das ist es nicht! Er mußte ja zuerst einmal schießen, damit das mit der Umhüllung passieren konnte. Doch der erste Schuß, den er abgegeben hat, war der, der die Büchse gesprengt hat. Er hat an dem Donnerstagmorgen im Wald nichts geschossen. Das weiß ich. Am Mittwochnachmittag hatte er, als er draußen war, nichts gesehen, was sich geregt hätte, hat er gesagt.«

»Er könnte ja trotzdem einen Schuß abgegeben haben. Probehalber oder ...«

»Nein! *Denn er hatte Georgs Büchse.*«

»Beruhige dich«, sagte Gustaf. »Mir ist schon klar, was du meinst. Er hat nicht mit einer abgefeilten Kugel geschossen, bevor das Unglück passiert ist.«

Måns nickte. Er fühlte sich schlapp. Es war etwas ganz anderes, einen Verdacht in klare Worte zu fassen. Er wurde zu einer Überzeugung.

»Irgendeiner von uns muß das mit der Büchse besorgt haben. Es wird wohl nicht ganz unmöglich sein, einen leeren Mantel in einen Lauf zu kriegen, wenn man genug Zeit und ein bißchen Werkzeug hat. So ist das vor sich gegangen. Ich habe geglaubt, ich wüßte, wer es getan hat, lange bevor ich kapiert habe, wie es zugegangen ist.«

»Wer denn?«

»Erik.«

Es kam ihm erst jetzt in den Sinn, daß er über alles sprechen mußte. Er mußte unbedingt von Bodins Erpressung erzählen und von ihren Plänen, ihn umzubringen. Das war schwierig, denn die Zeit hatte sie so weit in die Ferne gerückt und wahnsinnig werden lassen, daß er sie gar nicht mehr erkennen konnte. Gustaf hörte zu und zeigte weder Zorn noch Erstaunen.

»Hast du das gewußt?« fragte Måns.

Er nickte.

»Gewußt ist vielleicht zuviel gesagt, aber ich habe durchaus geahnt, wie die Dinge lagen.«

Er erzählte, wie er an jenem Freitagabend noch spät nach Stora Nybygget hinuntergeradelt sei und sie nicht da gewesen seien. Rickard habe hinterher jedoch gesagt, sie seien die ganze Zeit über im Haus gewesen.

»Es war ja nicht schwierig, zwei und zwei zusammenzuzählen«, sagte er sacht. »Als ich merkte, wie Bodin ranging und reagierte, war mir annähernd klar, in was ihr da hineingeraten wart.«

»Ich war drauf und dran, in etwas Schlimmeres hineinzugeraten«, sagte Måns.

»Das hatte ich befürchtet.«

»Du mußt mir aber jetzt glauben«, sagte Måns hitzig. »An dem, was mit Bodin schließlich passiert ist, war ich nicht beteiligt! Ich weiß nicht, wer von den anderen es war. Nur Erik ist hiergeblieben und hätte an der Büchse etwas machen können. Wir anderen waren in der Stadt, und als wir zur Hütte zurückkamen, nahm Bodin seine Büchse mit nach Rasby. Da muß es schon erledigt gewesen sein. Es ist auch nachts niemand rausgegangen. Das weiß ich, weil ich in jener Nacht nicht viel geschlafen habe. Ich habe fest geglaubt, daß es Erik war. Ich glaube fast, ich wollte, daß er es war! Aber dann bin ich zu ihm nach Hause gefahren und habe von dieser Hilfe, die er damals hatte, erfahren, daß er während der ganzen Zeit, in der wir in der Stadt waren, zu Hause gewesen sei. Er ist erst hier angekommen, als Bodin sich mit seiner Büchse bereits auf den Weg gemacht hatte. So war das, und hier sitze ich fest.«

»Und trotzdem glaubst du, daß es Mord war?«

»Ich *weiß*, daß er mit dieser Büchse nicht einen Schuß mehr abgegeben hat als den, der ihn zerrissen hat. Es gehören zwei Schüsse dazu, damit es ein Unfall wird. Und an Unfälle, die derart bestellt kommen, glaube ich nicht.«

»Dann laß es sein«, sagte Gustaf. »Das ist vielleicht das beste.«

»Ich will aber wissen, wer es war!«

»Warum denn?«

Das konnte er sich selbst kaum erklären. Er wollte in dieser Sache ein für allemal reinen Tisch machen. Vielleicht wäre es das beste, mit der ungekürzten Geschichte über ihr Kroktorpsunglück zur Polizei zu gehen, wenn er nur einen Beweis dafür bekäme, wer von ihnen es war, der Bodin mit einer präparierten Doppelbüchse sich selbst hatte erschießen lassen. Dann dürfte er keine Rücksicht mehr darauf nehmen, wer es war. Ob es nun Anders war, den er mochte, oder Georg, den er achtete.

»In einer Stunde haben wir Schußlicht«, sagte Gustaf. »Wir müssen uns auf den Weg machen.«

Sie jagten seinen Traumhirsch. Gustaf war der selbsternannte Jagdleiter, und Måns folgte ihm. Die Pläne hatte er schon Wochen im voraus ausgearbeitet. Schlüge einer fehl, hätte er einen neuen parat. Darüber brauchte sich Måns also nicht den Kopf zu zerbrechen. Er hatte seine eigenen Gedanken, und das ereignislose Warten und vorsichtige Pirschen ließen ihm genug Zeit, sich mit ihnen zu beschäftigen.

Gegen zwölf machten sie Mittagspause. Gustaf raffte einige Stöckchen zusammen, und seine Eile deutete darauf hin, daß sie an diesem Fleck nicht alt werden würden. Måns hatte indes seine Gedanken zu Ende gedacht, und obwohl es ihm eine Qual war, mußte er reden. Es war seltsam, wie klar man alles sah, wenn man zu reden angefangen hatte.

»Du weißt doch selbst, daß er an dem Mittwochnachmittag mit seinem Gewehr keinen Schuß abgegeben hat«, sagte er.

»Hör doch endlich mal auf damit!« sagte Gustaf hitzig. »Das ist jetzt zwei Jahre her. Denk nicht mehr dran. Du hast dort, wo du gewesen bist, zuviel Zeit zum Grübeln gehabt.«

Es war das erste Mal, daß er ihn angeherrscht hatte. Beim Essen kehrte er ihm schweigend seinen gebeugten Rücken zu. Doch für Måns war es jetzt zu spät, sich noch zu bremsen.

»Du bist ihm doch hier unten begegnet«, sagte er. »Das hat er selbst gesagt. Da mußt du doch gesehen haben, daß er Georgs Gewehr hatte.«

Er bekam Angst vor seiner eigenen Erregtheit, nachdem er das gesagt hatte. Es war, als trieben die Worte selbst ihn dorthin, wohin er eigentlich nicht wollte. Er mußte sich dem Schwierigen jetzt behutsam nähern. Wieder empfand er das Dilemma der Halbheit, und er wußte nicht, welche Antwort er von Gustaf hören wollte.

»Du könntest es gewesen sein.«

Gustaf sagte überhaupt nichts dazu. Er drehte sich nur langsam zu ihm um.

»Weil du hättest wissen können, daß seine eigene Büchse noch oben in der Tranänghütte hing. Du brauchtest ja nur dorthin zu gehen.«

Gustafs Mund, der unter dem Schnurrbart ganz fest geschlossen war, lächelte leicht. Es war aber nur der flüchtige Schatten eines Lächelns, von dem die Augen nicht berührt wurden. Will er mich dazu beglückwünschen, daß ich ihn beschuldigen kann? Findet er überhaupt, daß ich ein Recht dazu habe? Måns wandte sich heftig ab. Er wünschte, die Worte wären ungesagt geblieben, obwohl er wußte, daß sie wahr waren.

Gustaf mußte ihm angesehen haben, daß er es nicht nur glaubte, sondern wußte. Zu verdächtigen und zu beschuldigen war häßlich. Der Mord, der Anblick von Bodins gesprengtem und nach hinten geschleudertem Körper – das war häßlich und ekelerregend. Der Versuch, mit einer Lüge, die gerade mal halbwegs geglaubt würde, zwischen ihnen alles einzurenken, wäre jedoch undenkbar und unwürdig gewesen.

»Ja, ich war es.«

Gustaf streckte die Hand aus und legte sie ihm auf den Arm, als er sah, wie Måns reagierte.

»Deswegen mußt du aber nicht heulen. Du selber wolltest doch wissen, wie es war.«

»Aber warum? Ich verstehe das nicht ... Warum hast du das getan?«

»Nun ja. Das war kein Einfall, der mir so gekommen ist. Den Gedanken hatte ich schon, als ich ihm beigebracht habe, wie man die Mantelspitzen abfeilt. Ich schaffte ein paar Kugeln beiseite. Warum ich das getan habe, ist dir doch wohl klar. Einesteils wegen dem, was er versucht hat, mir anzutun, das will ich zugeben.«

Rache dafür, daß Bodin ihn von der Jagd ausschloß – das allein konnte als Erklärung jedoch nicht ausreichen. Auch wenn Måns wußte, daß sie der Inhalt seines Lebens war und Bodin ihn tiefer verletzt hatte, als ihm vielleicht bewußt gewesen war.

»Einesteils deswegen, weil ich gesehen habe, in was du da im Begriff warst, hineinzuschlittern.«

Als er sah, wie Måns das aufnahm, erhob er sich und begann seine Sachen in den Rucksack zu packen. Er vermied es, ihn anzusehen.

»Du hättest dich damit zufriedengeben sollen, daß es ein Unfall war. Es wäre das beste gewesen, sowohl für dich als auch für mich«, sagte er leise.

Er hatte recht. Dieses Wissen bereitete ihm nur Schuldgefühle. Es wäre besser gewesen, nichts zu wissen. Halb und halb war Bodin seinetwegen gestorben. Er war gestorben, ob er es nun wollte oder nicht.

»Mein Wille sitzt im Schornstein!« sagte Måns.

»Was redest du denn da!«

Das hatte seine Mutter immer gesagt, wenn er, als er klein war, etwas wollte, doch das konnte Gustaf schwerlich wissen. Es war eine dumme Eingebung gewesen. Gustaf machte sie unsicher, und ihm selbst wurde übel.

»Gehen wir?«

Gustafs alten Körper hatte in diesen Herbsttagen eine Rastlosigkeit überkommen. Er sah schlechter, merkte Måns, der so oft mit ihm zusammen gejagt hatte, und die langen Märsche nahmen ihn mehr mit, als er zeigen wollte.

Der Entschluß, den Flymyrahirsch zu überlisten, war eine Grenze, die er sich selbst gesetzt hatte. Diesen noch und dann keinen mehr. Dann durfte die Unbeweglichkeit kommen. Sie durfte ihn nicht überraschen.

Nach einer knappen Stunde fanden sie frische Elchfährten im Boden, rund einen Kilometer von dem Ansitz entfernt, auf dem Bodin gestorben war. Wie in Andacht kniete Gustaf sich nieder und nahm mit der Hand Maß. Es bestand kein Zweifel. Es war der Große. Sjunga zerrte an der Leine und wollte weiter. Måns spürte, wie alles sich der Spannung unterordnete; er glaubte jetzt an ein sagenhaftes Glück. An Glück und Vorsicht und an Sjunga. Der Entschluß, den er zu fassen hatte, mußte beiseite geschoben werden. Es fiel ihm schwer, sich in ihn einzudenken. Die Stahlfederstimme des Richters, die die Strafe gemäß Abschnitt 14, § 1 des Strafgesetzbuches für vorsätzlichen Mord hinkratzte. Måns wollte diese Entscheidung nicht in der Hand haben. Noch nicht. Es mußte sich mit oder gegen seinen Willen ergeben, was er zu tun hätte.

Sjunga war zu lange in häuslicher Umgebung gewesen und hatte es sich gutgehen lassen. Sie wurde allmählich zu alt, um noch ordentlich in Fahrt zu kommen, war aber nach wie vor die schlaueste und vorsichtigste von ihnen. Flüsternd beratschlagten sie, ob sie sie losmachen und darauf vertrauen sollten, daß sie ihn stellen würde. Måns vertraute jedoch mehr darauf, mit ihr als Leithund zu gehen. Sie beherrschte die Kunst, sich vorwärtszuschlängeln, denn er hatte sie zu beidem abgerichtet.

»Kannst du dich darauf verlassen, daß sie still ist, wenn sie ihn sieht?« fragte Gustaf flüsternd. Måns nickte. Sjunga warf ihnen vor Eifer einen gelben Blick zu, sie war ungeduldig. Sie ließen sie die Fährte aufnehmen.

Es ging in einem weiten und recht leicht gangbaren Bogen zum Moor hinunter. Am Rand des Moores tauchte die erste Schwierigkeit auf. Es stellte sich heraus, daß Sjunga sich erheblich schwerer tat als sie beide, sich auf nassem Untergrund geräuschlos fortzubewegen. Måns mußte sie auf den Arm nehmen, und er fürchtete, sie könnten die Fährte verlieren. Sjunga fand sie jedoch wieder und zeigte oben im Wald dann keinerlei Zeichen von Unsicherheit, als sie zwischen den Tannenstämmen kreuzte. Die Sonne schien, und in den Wipfeln über ihren Köpfen wehte ein kräftiger Wind. Die Kreuzschnäbel schleppten Zapfen und brachten sie ein ums andere Mal zum Erstarren, da sie annahmen, so nahe an ihn herangekommen zu sein, daß sie ihn hören konnten. Unter ihren vorsichtigen Füßen trat der Fels zutage. Es ging ein Stück bergauf, und die Steinblöcke erhoben sich mit Hauben aus dichtem Haarmoos und wippendem Tüpfelfarn. Es war hinderlich und schwierig, leise zu gehen. Sjunga versteifte sich plötzlich und witterte. Sie kauerte sich wie ein Katze vor Måns zusammen, und durch die Leine, die er an seinem Gürtel befestigt hatte, konnte er ihren Willen und ihre Spannung spüren. Sie hatte mit dem Wind von dem Elch Wittrung aufgenommen. Måns wechselte einen Blick mit Gustaf. Jetzt, wenn überhaupt je, kam es darauf an, daß sie stillhielt und nicht auf die Idee kam, ihn stellen zu müssen. Ein Schauer durchlief ihren Körper, als sie sich erhob. Doch sie war still. Måns sah erneut Gustaf an. Er lächelte kurz, und dann pirschten sie sich an.

Daß sie ihn im Bett erwischten, wäre undenkbar und kaum passend gewesen. Er äste, doch wie es schien, vor allem zum Vergnügen und nicht ernsthaft, so wie er entlang dem Ufer des Waldsees knabberte und rupfte. Klein, abgrundtief und stets reglos, handelte es sich um eine der vielen schwarzen Wasserblänken, auf die man hier oben im Wald immer wieder einmal stieß. Måns hatte Seerosen darauf treiben sehen. Womöglich war der Flymyrahirsch ein Seerosenschlemmer, der hierherkam und nach den begehrten Wurzeln tauchte. Gustaf kannte fast alle seine Gewohnheiten, doch war hier nicht der Ort, ihn danach zu fragen.

Måns sah den Elchhirsch als erster. Er tauchte mit Sjunga hinter ein paar Felsblöcken auf und sank augenblicklich auf die Erde zurück. Sjungas empfindliche Nase bewegte sich, als hätte sie Flügel bekommen, und als Sjunga den Hirsch eräugte, hob Måns sicherheitshalber warnend den Finger vor ihr. Sie schwieg, aber ihrem Rumpf entrang sich ein Seufzer. Gustaf war so nahe beim ihm, daß er seinen Atem im Nacken spüren konnte. Er sah ihm in die Augen und nickte in Richtung seiner Waffe. Der Gigant dort unten gehörte schließlich ihm.

Die Entfernung konnte nicht mehr als achtzig Meter betragen, und außerdem fiel der steinige, rauhe Boden ziemlich steil zu dem Waldsee ab. Es gab weder die Möglichkeit noch einen Grund, zu versuchen, näher heranzukommen. Gustaf glitt neben ihn und legte an. Entsichert hatte er schon längst. Hier durfte kein Mucks zu hören sein.

Der Flymyrahirsch stand still dort unten und schien zu meditieren. Er war schöner als damals, da Måns ihn im Moor gesehen hatte. Der Nebel hatte seinerzeit wohl die Proportionen verschoben. Doch groß war er und an dem vielverästelten Geweih, dessen grobe Enden nach vorn gerichtet waren, leicht zu erkennen. Zum Höcker hin, den man an dem massigen Körper kaum bemerkte, war sein Fell fast schwarz. Es wurde an den Flanken nur wenig heller, doch das Weiß der Läufe hatte er bewahrt. Er stand absolut still, aber in allen seinen großen, harmonischen Linien war die Flucht zugegen.

Gustafs Gesicht war ruhig. In seinen Gedanken gab es weder ein Vorher noch ein Nachher. Seine Konzentration war jetzt ein Punkt, der ebenso stillstand wie die Kornspitze in der Kimme. Sein Zeigefinger lag auf dem Abzug.

»Schieß nicht«, sagte Måns.

Er sagte es laut und deutlich, die weißen Läufe wechselten, und die Flucht, die die ganze Zeit über in dem großen Körper geschlummert hatte, war ein Faktum. Sjunga gab einen Laut, der sich anhörte, als hätte sie sich im selben Moment, als die Zweige auf dem Weg des Hirsches knackten, weh getan. Es wurde still, der Waldsee glänzte in der Sonne und spiegelte nichts. Gustaf wandte sich zu ihm um.

»Laß ihn laufen«, sagte Måns.

Gustaf nickte. Schweigend traten sie auf dem felsigen Grund den Rückweg an.

PIPER

Kerstin Ekman

Am schwarzen Wasser

Roman. Aus dem Schwedischen von Hedwig M. Binder. 462 Seiten. Geb.

Die Zeit ist stehengeblieben dort, wohin Hillevi Klarin kommt. Natürlich gibt es 1916 auch im Jämtland elektrisches Bogenlicht, und die Straßen sind nicht mehr aus Lehm. Aber zwischen den schwarzen Seen und den dunklen Wäldern ihres neuen Zuhause herrscht noch immer der Aberglaube, sind die alten Mythen lebendig wie sonst nirgendwo, und die schweigsamen Menschen leben ihr Leben nach den Zeiten des Jahres, blicken einander seit Jahrhunderten finster an. Hillevi ist gerade 26, als sie den mutigen Entschluß faßt, ihrem heimlichen Verlobten Edvard Nolin zu folgen, dem zukünftigen Pfarrer der kleinen Gemeinde. Ob Edvard sie jemals zum Traualtar führen wird, ist ungewiß. Doch für Hillevi verwandelt sich die Verletzlichkeit, die sie zum ersten Mal verspürt, in Stärke und Zuversicht. Und nicht nur durch die kleine rothaarige Waise Risten nimmt ihr Leben bald eine hoffnungsvolle Wendung...

PIPER ORIGINAL

Carlo Lucarelli

Der trübe Sommer

Ein Fall für Commissario De Luca. Aus dem Italienischen von Barbara Krohn. 147 Seiten. Klappenbroschur.

Es ist der Sommer des Jahres 45, und Commissario De Luca ist unterwegs nach Rom. In einem kleinen Dorf in der Emilia Romagna macht er eine schauerliche Entdeckung – sämtliche Familienmitglieder der Guerras liegen erschlagen auf ihrem Grundstück. Die zum Zerreissen gespannte Atmosphäre zwischen Partisanen und Polizei, zwischen den abwartenden Menschen im Dorf und dem mißtrauisch beäugten Durchreisenden De Luca macht die Lösung des Falles zu einer gefährlichen Gratwanderung. Und dann findet De Luca eine grüne Brosche, das entscheidende Beweisstück.

»Lucarellis Schreibkunst erinnert an jene von Simenon: Sie ist reich an Details und außergewöhnlichen Kniffen, die die Lektüre zu einem beinahe visuellen Erlebnis macht.«
Messaggero Veneto

Andrea Camilleri
Jagdsaison

Roman. Aus dem Italienischen von Monika Lustig.
154 Seiten. Klappenbroschur.

Auf dem Postdampfschiff »König von Italien« kommt am Neujahrstag 1880 ein Fremder in das Städtchen Vigàta: Fofò möchte sich in seiner sizilianischen Heimat als Apotheker niederlassen. Kurz darauf beginnt eine Reihe mysteriöser Todesfälle, und ein Mitglied der Familie Peluso nach dem anderen wird dahingerafft: Mal ist es eine Pilzvergiftung, mal Schwindsucht, mal auch Mord. Fofò, durch all die Schicksalsschläge Vertrauter der Pelusos geworden, heiratet die einzige Überlebende, die junge Marchesa Antonietta. Erst der neue Stadtkommandant beginnt an der Zufälligkeit dieses wundersamen Sterbens zu zweifeln …
Wieder brilliert Camilleri in einer köstlichen satirischen Komödie, der er mit gewohnter Könnerschaft ein unwiderstehliches sizilianisches Kolorit verleiht.

»Camilleri, der Mann aus Agrigent, ist ein Chronist dieser Welt: geistreich, weise und absolut unterhaltsam. Ein Könner.«
Aspekte

Rupert Thomson
Im Spiegel der Nacht

Roman. Aus dem Englischen von Karen Lauer. 474 Seiten. Klappenbroschur.

Auf dem menschenleeren Parkplatz eines Supermarkts wird einem jungen Mann in den Hinterkopf geschossen – sein Name ist Martin Blom, und er überlebt den Anschlag, der ihm wie ein alptraumhaftes Mißverständnis vorkommt. Blom erblindet, und die Lösung seines Falles scheint aussichtslos, denn es gibt weder Zeugen noch Verdächtige. Nur langsam lernt er, sich in seiner Umwelt wieder zurechtzufinden. Bis eines Abends das Unerklärliche geschieht: Blom kann offenbar wieder sehen, jedoch nur im Dunkeln. Blom behält seine neue Gabe für sich und beginnt, diesen unvorstellbaren Zustand zu erkunden. Dann aber häufen sich die Anzeichen, daß er Opfer eines geheimen Experiments geworden sein muß...
Rupert Thomson taucht in die dunkelsten Winkel unserer Vorstellungskraft. Geschickt verwischt er dabei die Grenze zwischen Illusion und Wirklichkeit, bis der Leser nichts und niemandem mehr trauen kann.